ハヤカワ文庫JA
〈JA1254〉

世界の終わりの壁際で

吉田エン

早川書房
7880

目次

世界の終わりの壁際で

一章　世界の終わりの壁際で

1

《さぁ、白熱して参りました〈フラグメンツ〉アルティメット・ナイト7！　続いてのクラス50、登場するのは、総合戦績521、ブラック・マジシャンの、タル・ユージ！》

片桐音也《かたぎりおとや》はボロボロのHMD《ヘッドマウントディスプレイ》に映し出される映像を眺めつつ、手に入れたばかりのゲーミング・パッドを操った。キーの反応は悪くない。このデヴァイスには、これまでのファイトマネーのすべてを注ぎ込んだのだ。完璧でなければ困る。

「ヴォイス・コマンド、オン」

『ご機嫌よう、片桐様。今日の戦闘モードは？』

補助人工知能のクリエに対し、片桐は手早く指示を下した。

「パターンCから、制限時間五十パーセント経過でFに移行」

『了解しました。戦闘開始十秒前』

刻々と減っていくカウントがゼロになった瞬間、敵は予想通りファイアの呪文を詠唱する。片桐がダッシュで間合いを詰める間に、クリエがいくつかの弱体魔法を続けざまに叩き込む。そうして剣の届く範囲に敵を捉えようとした瞬間、敵の詠唱が終了し、巨大な炎の玉が向かってきた。

片桐は剣を凪いで、飛来してくるファイア・ボールの無効化を試みる。タイミングとしては完璧なはずだったが、判定は〇・一秒の遅れ。ダメージカット率三十パーセント。体力五パーセント減。

「外した？」

『片桐様、いかがいたしますか？』

クリエの問いに、片桐はまだ少し堅い感触がするパッドを操り、剣を振り下ろした。

「まだこいつに慣れてないだけだ。プラン続行！」

片桐の斬撃は、敵の周りに現れた半透明のシールドで半減させられた。続けて三段突きを発動。ブラック・マジシャンの魔法は、強力ではあるが発動までの詠唱時間が長い。だから矢継ぎ早に攻撃を繰り出し、呪文を唱える隙を与えないようにするのがセオリーだ。

しかし素早く放たれる三度の突き攻撃は、初段を掠《かす》めただけで、残りは空を切った。

「テレポートされた？　今のタイミングなら詠唱を防げるはずだろ！」敵はテレポートを繰り返し、片桐を翻弄し続ける。「どうなってんだ！　クリエ、プラン変更！　パターンＤ。いや、ＨからＢへ！」

『無駄だと思われます、片桐様。この反応速度。敵はオルターです』

オルター？

片桐は思わず、まじまじと敵の動きを見つめていた。

オンライン・ゲームのキャラクターを、まるで生身の身体のように操る敵。

片桐は、ネットワークの向こう側、暗がりの椅子に腰掛け、口元に歪んだ笑みを浮かべ、デヴァイスを操作する人間を思い描いた。彼の装着するＨＭＤの下にある瞳は金属質な輝きを発し、機械式ファインダーが小さなモーター音を立てている。

そいつらは、どれだけの金を持っているのだろう。どれだけ暇なら、こんなゲームのために身体改造《オルタネイト》を行い、莫大な金をデヴァイスにつぎ込めるんだろう。

対する、生身《ノン・オルター》の片桐。現れた敵に剣は届かず、魔法の詠唱が終わる前に移動を繰り返される。傷つき、装甲を剝がされ、皮膚を焼かれるキャラクター。片桐は我慢がならなくなって、役に立たないパッドを無茶苦茶に操作する。

しかし無駄な抵抗は、本当に無駄だった。ついに氷の矢が眉間に突き刺さり、キャラクターはリングの上に倒れ込んだ。

観戦者たちからは、あまりに一方的な戦いにブーイングが飛ぶ。間もなく結果《リザルト》が表示されはじめたが、片桐はそんなものを見る気にもなれなかった。苛立ちまぎれにパッドを投げ捨て、HMDを脱ぎ、深く椅子に沈み込む。

そして漠然と、自分の部屋を見渡した。

ひび割れたコンクリートの床。ゴミ捨て場から拾ってきた、そこそこ寝心地のいいマットレス。散乱する汚れた服、ガラクタのようなデヴァイスの山。価値がある物など、何もない。

『片桐様、次戦の登録はいかがいたしますか？』

クリエに問われ、片桐はため息を吐いた。

「もうエントリー代もないよ。オルターと当たるなんて最悪だ。何か別の手で稼がないと」

立ち上がり、朽ちかけたビルの窓から、けばけばしい電飾に彩られた街を見下ろす。

都市計画が完全に放棄された街。治安も、秩序も、何もない。視界一杯に広がる狭い路地の迷路には、飲み屋、売春宿、違法ドラッグ屋などが軒を連ね、浮浪者寸前の連中が喚き声を上げ、肩をぶつけあい、臭い息を振りまき続けている。

次に視線を向ける先は、いつも同じだった。

西の空。そこには〈壁〉があった。

かつて、山手線《やまのてせん》と呼ばれた鉄道の沿線に築かれた巨大な壁。その見渡す限り果てのない黒い壁の内側には、美しく、整った、まるで天国のような街があると、片桐を育ててくれた孤児院の住職が言っていた。

だから、真面目に働き、立派な人になれ。

そうすれば自《おの》ずと、天国への扉は開かれるのだと。

数十年後、天と地が割れ、この大地は波にのまれ、皆、死んでしまう。そう囁かれる噂が本当かどうか知らなかったが、現に目の前にある〈壁〉、そしてその中にある〈シティ〉は、片桐が物心つく以前から建設が続けられていた。

〈フラグメンツ〉の上位プレイヤーのほとんども、〈シティ〉の連中だという。彼らは暇で、金持ちで、ネット上の戦いのために大金を費やせるような生活をしている。

腐った連中。

そう思う。けれども片桐がこのゴミ溜めで人並み以上の生活を続けるには、そういう連中に勝利し、彼らから小銭を掠め取るしか、手段がないのだった。

2

雨が降り始めていた。崩れかけた道一面に泥と汚物が溢れかえり、瞬く原色のLEDサインを反射している。

片桐はレインコートのフードの下から、傍らの廃ビルを見上げた。浮浪者がうずくまっている細い階段を上がり、薄暗い廊下を進み、一つの扉の前で立ち止まる。軽くノックすると、扉に埋め込まれた小型カメラが小さく駆動し、鍵が外れる音がした。

『どうぞ』

スピーカーからの声に促され、片桐は扉を開いた。

弱い橙色の灯りに包まれた部屋には様々なデヴァイスが堆《うずたか》く積まれていて、中央にある机には何世代も前のプロセッサ、端子の錆びついたメモリなどが散乱している。

何面ものディスプレイに囲まれて物理キーボードを叩いているのは、相変わらず小難しい顔をしている芝村菫《しばむらすみれ》だった。年齢は三十から四十の間くらいだろうか。長い髪を頭上で纏《まと》めた彼女は、背を丸くし、眼鏡の奥の瞳を細め、片桐に視線を向ける。

彼女は何かを言いかけたが、途端に激しく咳き込んだ。細くて長い指を青白い唇に当て、いかにも苦しそうに。

会う度に、彼女は窶《やつ》れている。この街の人間は、皆そうだ。彼らは常に〈シティ〉に生気を吸い取られ、最後には干からびたミイラのようになって死んでいく。

「やぁ」

ようやく芝村は、嗄れた声で言う。今時、HMDではないディスプレイを愛用している彼女は、〈市外〉でも独特な裏エンジニアとして知られていた。差し込めば途端に相互接続される一般のデヴァイスには目もくれず、何世代も前のデヴァイスを駆使し、様々なシステムを自在に相互接続する。そんな手法はプラグイン形式に慣れたエンジニアたちの中でも特異なもので、果たして彼女に何ができるのか、何をやっているのか、正確に理解する者はいなかった。

「姉さん、何か仕事ない？」

滴の垂れるレインコートを脱ぎつつ尋ねる片桐に、彼女は鼻で笑って見せた。

「アルティメット・ナイト7。片桐音也操るレッド・マジシャン、記録的大敗」

「相手がオルターだったんだよ」

「オルターと互角に戦える、ノン・オルターだっているよ」

「マッケイにゴミを摑まされたんだよ。ニューロン・マジック社製、最新型ゲーミング・パッド。〈シティ〉の正規品だって売りだったのに、全然話にならなかった」

「それに、いくら出したの」

わずかに口ごもり、片桐は答えた。

「五万」

芝村は乾いた笑い声を上げた。

「マッケイが〈市外〉に流すデヴァイスが本物だったなんて話、聞いたことがない」

「わかってるよ。もういいじゃないか、その話は」

「地道にやればいいのに。〈市外〉のやつが、ゴミみたいなデヴァイスだけでクラス50まで進んだ。それって奇跡だよ？　ファイトマネーだけでも十分食えるでしょうに」

「でも俺、クラス30までのファイトマネー、全部取られた」恨みを思い出し、小さく言う。

「結構な商売、しただろ。恩着せがましく言われる筋合いなんてないよ」

「商売してるつもりなんてない。親心だよ。力を得るには代償が必要なの。それを身にしみて感じてもらわないとね。きみのためにならない」

うんざりしつつ、片桐は遮った。

「とにかく、金がいるんだ。何か仕事ない？　俺とクリエなら、何でもできるぜ？　侵入、流出、消去」

「一発を狙うのは、きみの悪い癖」

ため息を吐きつつ彼女は素早くキーを叩き、次いで人差し指を片桐の胸元に向けた。

直後、そこに差し込んでいた透過型HMD《グラス》が小さく震えた。装着してエア・モーションを加えると、レンズに文章が映し出される。

「なんだよ、エア・ショーかよ」

「初心を思い出すんだね。きみのショーは素晴らしい。おかげで私はきみを知れたんだ」

「でも、時給五百円なんて、〈シティ〉の工事やってる日雇いと同じだぜ」

「嫌なら前みたいに、ブラザーフッドの仕事をすればいい。でもね。彼らと付き合い続けていたら、きみはひどい出来のデヴァイスばかり埋め込まれた〈腐れオルター〉にされて、死ぬよ」

片桐はグラスの奥から、じっと芝村を見つめた。

「死ぬ？　どうせ俺たち、みんな死ぬだろ。〈シティ〉の連中と違ってさ」

「だから、どんな死に方をしても構わない？」芝村はディスプレイに目を戻した。「そんなことを言ってるうちは、今以上の仕事はないよ」

片手を振る芝村。途端にグラスからクリエの声が響いた。

『片桐様、時限シャットダウン命令を受けました。三十秒以内にこの場所から離れなければ、私は消去されてしまいます』

片桐は芝村を睨みつけ、踵《きびす》を返した。

背後からは、彼女が苦しそうに呟き込む声が聞こえる。

確かに芝村には、偽造IDや裏口座を用意してもらった恩がある。拾いもののクリエを、使える程度にアップデートしてくれたのも彼女だ。今、彼女に見放されてしまえば、片桐は再びグラスも手に入れられないところまで落ちてしまう。

だから今は、彼女に従うしかない。

しかし片桐は、芝村が自分に何を望んでいるのか、いまだによくわからなかった。

エア・ショーの舞台は、いつも通り〈壁〉から少し離れた広場に設《しつら》えられていた。この周辺だけは、教会や寺院の共同体である宗教連によって、比較的秩序が保たれている。あたりではぼろ切れをまとった子供たちが走り回り、母親たちが炊き出しに並んでいた。しかしここも、他の地区と同様、次第に錆びつき、腐れ、崩壊しつつある。すべての物理的なものは、〈シティ〉へと凝縮されていく。〈市外〉のエントロピーは増大していく一方で、それを逃れられるのは、電子的なデータ、ヴァーチャルな姿だけだった。

3Dエア・プロジェクション・システム。以前は巨大な仏像やキリスト像を映し出していたそれは、今では子供たちを楽しませる道具としても使われていた。原色の衣装を着たピエロ、綱渡りの少女、火吹き男。デジタルなモデリング・データは朽ちることなく、片桐が子供の頃に眺めていた時のままの姿を映し出す。

とはいえ、プログラミングされた3Dモデルを映し出すだけでは、映画を見るのと変わらない。子供たちはすぐに飽きて、現実を思い出し、虚ろな表情に戻ってしまう。

そこで片桐のようなアクターが雇われる。片桐は〈フラグメンツ〉と同じような操作デヴァイスを使ってサーカス団に介入し、アドリブを挟み込んでプログラムを膨らませるのだ。ピエロを操り子供にバケツを放り投げてみたり、曲芸師にわざとミスをさせて笑いを誘う。加えてここでは、いくら花火を打ち上げても、花びらを舞わせても、一切金なんてかからない。片桐は望むまま、好きなだけ美しい場面を作り出せるのだ。

子供たちは真剣に、あるいは笑みを浮かべ、この世には存在しない夢を眺め続ける。

しかしどれだけ憧れても、夢は決して手に入れられない。片桐自身がそうだった。夢のような世界に憧れ、3Dモデリング、仮想環境物理演算システムの仕組みを学び、デヴァイスの操作に習熟したが、それで知ったことといえば、こんな世界は現実にあり得ないということだけだった。

いや、あるいはこんな世界は、〈シティ〉の中に実在しているのかもしれない。

その想像だけが、片桐の生きる拠《よ》りどころと言っていい。片桐は〈フラグメンツ〉で莫大な賞金を得て、〈シティ〉への扉を開き、この光子と粒子でできた紛い物なんかじゃなく、本物の美しい世界にたどり着く。

だがそれもまた、やはり夢だったのかもしれない。クラス50は、〈フラグメンツ〉の中堅クラスだ。十万人とも言われるプレイヤーの中で、そこにたどり着けるのは十分の一。そのクラスでさえ、オルターが現れる。より上位になれば、数が増えていくのは当然だ。

一体どうやって、そいつらに勝てばいいんだ？

まともなデヴァイスも手に入れられない今の状況で、どうやって。

まるで頭が働かない。片桐は集中できないまま漠然とサーカス団を操っていたが、その時ふと、一人の観客に目がとまった。

ボロボロの黒いニット帽を被った人物。その肌の色は驚くほど白く、周囲から浮いている。

なんだろう、と目を凝《こ》らす。

女だろうか。ニット帽の下の瞼《まぶた》はぽってりとしていて、顎の小さな丸い顔立ち。一瞬カメラの不具合かとも思ったが、彼女が楽しげに目を見開いた時、そうではないとわかった。

彼女の瞳は、血に染まったかのように赤かったのだ。

「なんだこいつ。オルターか？」

片桐は彼女から目が離せなくなっていた。同じくらいの年頃だろうか。よくよく見ると、赤い瞳の上にある睫《まつげ》、そしてニット帽からのぞく髪は、真っ白だった。

何かの病気なのだろうか。

そう考えつつショーを続けていて、更に不思議な事態に気がついた。彼女はステージを、一切見ていないのだ。伏し目がちのまま、ショーのすべてを完璧に捉えているように、笑い、息を飲んでいる。

『片桐様』クリエの声に、片桐は身を震わせた。『ご認識とは思いますが、リアルタイム・モデリング処理の限界に近づいています』

あっ、と声を上げた。慌ててデヴァイスを操作し、役目の終わった曲芸師を消去しようとする。しかしプログラムの進行に間に合わず、ブランコに腰掛けた二人のキャラクターが現れたところで、システムは処理能力の限界を超えてしまった。

突如として硬直するサーカス団。一方で音声は流れ続け、空中ブランコの開始を告げる団長の煽り文句が始まる。

「やっちまった！　クリエ、メモリのクリーンナップ！　あとはオーバークロックさせてなんとか流し切れ！」

間もなくサーカス団は動き始め、片桐は大きく息を吐いて椅子に倒れ込む。

そこで気がついた。赤目の少女は、進行の不具合に気がついている様子がないのだ。ステージに顔を向け、それでも瞳は伏せたまま、ぎこちないブランコの揺れを楽しげに追っている。

そうか、と片桐は胸のうちで呟く。

彼女はおそらく、目が見えない。しかし異常なほどに、耳がいいのだ。

片桐はプログラムの進行が正常に戻っているのを確かめてから、それにしても、と腕を組む。

確かにこのサーカス団プログラムはよくできていて、彼らの歩く音、鞭の音、炎の音なども、ほぼ完璧な物理演算処理の結果として出力される。

けれどもこの騒々しい中、空中ブランコの軋む綱の音なんて、聞き取れるものだろうか。

片桐は試しに、目を閉じてみる。わずかにぎしぎしとした音は聞き取れたが、その位置を追うことは不可能としか思えなかった。

3

ショーは終わり、片桐はシステムのシャットダウンを行いつつ考える。

あの女、一体何者だったのだろう。

表舞台を眺めてみたが、既に彼女の姿は見えない。そして今となっては、本当に存在していたのかすら、怪しく思えてくる。

赤い瞳、真っ白な髪。

それを思い起こしていたからだろう。突然肩に手を置かれて、片桐は思わず身を跳ねさせていた。

「おい、何だよ！」

驚いたのはむしろ、相手のほうだった。浅黒い肌に、縮れた短い髪。左目からこめかみにかけて痣《あざ》がある少年は、よれたパーカーを翻《ひるがえ》しつつ笑う。

「なにぼけっとしてんだよ。大丈夫か？」

「保坂《ほさか》」

ようやく答えた片桐。

保坂は同じ孤児院育ちで、幼なじみと言っていい。彼の後ろには二人の少年が従っていた。いわゆる地域の悪餓鬼連中で、彼はその中でもリーダー格らしい。

「ここんとこ、全然姿見せないでよ。何やってたんだよ」

身を揺らしながら肩を叩く保坂。片桐は彼の脇をすり抜け、システムの片づけを続けながら答えた。

「何でもいいだろ」

「そうつれなくすんなよ。実は今、ちょっと人を集めてんだよ。浅草の〈リトル・バー〉ってクラブ、知ってるか？　そこのオーナーの家に、すんげぇ車が何台も隠してあんだよ。そいつを盗みに行こうぜって」

片桐は苦笑し、頭《かぶり》を振った。

「もうその手のはごめんだ」

「なんでだよ！　アクターやって、小銭稼いで満足か？」片桐の前に回り込み、保坂は痣の中の瞳を近づけた。「だいたい〈フラグメンツ〉も、食い扶持《ぶち》にならねーだろ？　あんなボロ負けしてるようじゃよ」

片桐は片づけの手を止め、彼を見つめた。

「見てるんじゃないか」

「そりゃ、〈市外〉の英雄だもんな。たった身一つで、腐れオルターどもに挑むこの街のヒーロー！　もしおまえがクラス100まで行きゃあ、セブンス・オブ・ワンダー以来の快挙だもん。俺だって応援してるんだぜ？」

「よせよ、そうやって煽るのは」

「別に煽ってねーけどよ。でも無理じゃねぇの、昨日の様子じゃ。クラス50が限界だろ？」

「まだまだ、これからだって」

「いいデヴァイスがありゃあな。でもよ、そんだけデヴァイス揃えんの、どんだけかかる？　何十勝すりゃあいいんだ？」

口元を歪めながら片づけを続ける片桐の前に、彼は再び回り込んできた。

「あの車を売りゃあ、何個か最新鋭のデヴァイス、買えるんじゃねぇのか？　そしたらクラス70くらいまでは」

「よせよ。だいたいそんな車、誰が買うんだよ。〈リトル・バー〉なんて、カラーギャングだか中華マフィアだかの溜まり場だろ？」

そこで保坂は満面の笑みを浮かべ、片桐の言葉を遮った。

「それだけどな。買ってやってもいいって言う人がいるんだ。いくらだと思う？　五百万だぜ！」絶句する片桐に、彼は身を寄せた。「どうだすげぇだろ！　五人でやったとしても、一人百万だぜ？」

それだけあれば、最新鋭のデヴァイスを買って、まだおつりが出る。ひょっとしたら軽度のオルタネイト、薬物投与くらいは受けられるかも。

「でも、何者だよ、そいつ。そんな目立つ車を買って、どうしようって言うんだ？」

「知らねぇよ。〈シティ〉にでも流すんじゃねぇか？」

「おまえ、まだブラザーフッドに出入りしてるのか？　そんな怪我までしてよ。まだ懲りないのか」

赤黒い痣を顎で指し示しながら言った片桐に、保坂はふて腐れたように言う。

「いいだろ。他にどうしろってんだよ。時給五百円で〈シティ〉の工事でもしろってのか？　嫌だね、そんなの」

「おまえ、死ぬぞ、そんなこと続けてると」

「死ぬ？」保坂は乾いた笑い声を上げた。「どうせ死ぬだろ、俺も、おまえも。生き残れるのは〈シティ〉に入れるような、何だかわけわかんねー連中だけだ。違うか？」

一瞬、呆然とする。

そう、片桐は昨日、全く同じ言葉を発していた。

確かにこのままじゃ、どうにもならない。〈フラグメンツ〉で更に上を目指し〈壁〉にわずかでも近づくためには、善戦できる程度のデヴァイスがなければ。

結局片桐は、百万という報酬に抗《あらが》うことができなかった。

次の日の夜、待ち合わせの場所に、保坂は錆の浮いたミニバンで現れた。天井に手を突っ張り、揺れるひび割れ、至る所に穴が空いているアスファルトを走る。

身体を押さえながら後部座席を眺めると、先日の子分二人が窮屈そうに座っていた。

西の空には、無数の照明で輝く〈壁〉。

東の空には、月明かりに不気味な影を晒《さら》している塔、東京ミライツリー。

「知ってるか？」保坂は楽しげに、次第に近づいてくる塔を指し示した。「ブラザーフッド、あれ、手に入れようとしてるってよ」

このあたりで育った連中ならば、一度は忍び込み、探検したことのある廃墟。しかし今では中華移民が占拠し、片桐たちですら入り込むことができなくなっていた。

「あんな物、どうするんだ？」

「象徴だよ。〈シティ〉には壁。俺たちには塔。そういうのって、欲しくね？」ポン、とハンドルを叩く保坂。「昔はあいつも、〈壁〉みたいに輝いてたらしいぜ？　綺麗だぜ、きっと。ブラザーフッドは俺たちに、そういう希望を与えてくれようとしてるのさ」

馬鹿馬鹿しい考えだとしか思えなかった。ブラザーフッドが、そんな目的のために塔を手に入れようとしているはずがない。

そう渋い表情を続けていた片桐を、保坂は一瞥した。

「おまえが思うほどブラザーフッドは汚くねぇよ。俺の怪我だって、申し訳ないっつって頭下げてくれたんだぜ？」

そういうところも、片桐がブラザーフッドを好きになれない理由だ。

最初は彼らも、ただの新興マフィアとしか思われていなかった。だが彼らは他の組織と違ってあまり金に執着せず、プライドも重要視しない。一方で勢力を広げることだけは熱心で、敵を殲滅《せんめつ》するためには手段を選ばない。今では保坂のような悪餓鬼たちだけでなく、かなりのマフィアやヤクザが支配下に置かれているという。

だが一体、何のために？

その目的の見えなさが、ブラザーフッドが不気味がられる一因となっていた。

「俺だ。オーナーは何やってる？」

保坂は古びた携帯電話を取り出し、見張り役の子分から状況を聞いていた。いくつか言葉を交わすと通話を切り、無数のバラックで埋まる浅草寺の雷門近くに車を停める。

「よし、行こうぜ。オーナーは店に出てる。住処《すみか》は空っぽだ」

素早く暗がりに足を踏み出す保坂。彼がパーカーのフードを被ると、子分たちもキャップとマスクで顔を隠す。間もなく保坂は廃屋の一つに身を寄せ、角から先を覗き込んだ。

その先にあるのは、崩れかけた街並みの中で、かろうじて形を保っているビルだった。灯りはなく、一階部分から地下に続く道がのびていて、突き当たりがシャッターで塞がれている。

遠くで浮浪者たちが言い争うような叫び声がするだけで、あたりに人の気配はない。

保坂が子分の一人に顎で促すと、キャップを被った少年が地下に降り、携帯トーチを取り出して火を点ける。シャッターは見る間に焼き切られていき、人が一人通れるほどの穴が空くと、保坂は子分を下がらせ、率先して中に入っていった。

片桐も後に続く。保坂がマグライトを灯すと、中の様子が判然としてきた。

次第に浮かび上がってくる数台の車に、片桐は目をみはった。

こんな綺麗で大きくて光り輝く物、見たことがない。

昔の世界は、こんなもので溢れ、日々が、すべてが、美しかったという。

あるいは、それは今でも〈シティ〉の中には、残されているのだろうか。

「すげぇ」同じように呆然としていたらしい保坂が呟き、笑い声を上げた。「あるところには、あるもんだな！　新品同然ってのがよ！」

片桐は声を発せられぬまま、一台の車輛を覗き込む。車高が低くて美しい黄色のスポーツカーは、内部も新品同様に整っていた。ステアリングは茶色い牛革で覆われ、鞣《なめ》された革が艶やかに輝いている。シートは見たこともない化学繊維製だ。スポーツタイプらしく、操縦者の背を優しく包み込むような形状をしている。コンソールは若干旧式らしかったが、反対にそれが華やかだった旧世界の趣《おもむき》を感じさせる。そのどれもが汚れ一つなく、まるで誰にも触られたことがないようだった。

「おい、片桐」肩を叩かれ、ようやく我に返った。「興奮するのもいいけど、ちゃっちゃとやってくれよ」

保坂に示された車輌の鍵穴は、まるで見覚えのない形式だった。片桐は戸惑い、別の車輌を確かめる。

「待ってくれ。そんなインターフェイス、見たことない」近くにあった黒い大きな車輌に、手慣れた形式のスマートエントリー・システムを発見した。「こいつなら出来る」

保坂は片桐の肩を摑み、身体の向きを変えさせた。

「駄目だ、その黄色いのだ！」

「何を餓鬼みたいなこと言ってるんだよ。我が儘言うな！」

「違う！　ブラザーフッドから言われてるのは、その黄色いのなんだよ！」

片桐はまじまじと保坂を見つめた。

「何？　そんなの聞いてないぜ！」

「おまえなら何でもいけると思ってたんだよ！」彼は苛立つ片桐に言い聞かせるよう、声を落とした。「いいか、その黄色いのじゃなきゃ、五百万はもらえない。やるしかないんだよ」

五百万。

「これだから嫌なんだ」片桐は吐き捨て、グラスを装着した。「クリエ、見慣れないスマートエントリー・システムだ。車種は」言いながら車輛後部に駆けた。「フラム、F620ってやつだ」

間もなく、クリエの落ち着いた声が響いた。

『フラム、F620。二〇一二年に発売されたスポーツカー。V型十二気筒六二〇〇ccエンジンを搭載し』

「そんなのはどうでもいい。スマートエントリーは？」

『申し訳ありません、片桐様。フラム社がスマートエントリーを採用した記録は見つけられませんでした』

「じゃあカスタムか」片桐は車体に顔を寄せ、小さな鍵穴に目を凝らす。「なんとか型番が見える」

それを伝えると、すぐにクリエは関連情報を検索した。

『森岡社製、非接触型ICチップシステムに利用されていた型番と思われます』

「そいつなら記憶にある、物理キーがあれば無視できるはずだ！」

片桐は地面にいくつかのデヴァイスを広げ、中から棒状の物を取り上げた。

内部の形状に応じて変形するマスター・キー・デヴァイスで、スティックと呼ばれる。

過去にとある裏仕事の報酬として手に入れた一品物だ。

片桐は末端から伸びているケーブルをグラスに接続し、鍵穴に向けて差し込む。続けてグラスに映し出された内部構造を注視し、適合する形状に変形させるためのエア・モーションを加えていった。

「おい、まだかよ」

駐車場の出口に向かっていた保坂が、戻ってきて尋ねる。片桐は見慣れない物理キーの形状を再現するのに四苦八苦しつつ、答えた。

「正直、自信がない。ロックの解除はできるだろうけど、その先は」デヴァイスが反応し、音を立てた。「いいか？　開けるぞ？」

「何だよ。爆発でもするってのか？」

「最悪な」

息を詰め、片桐はスティックを回した。

カチリ、とロックが外れる音がして、大きく息を吐く。あとは扉に監視デヴァイスが仕掛けられていないか、確認すれば。

そう考えていた時、保坂が歓喜の声を上げて片桐を押し退けていた。

遮る間もなかった。保坂が運転席の扉を開いた瞬間、クリエが警告を発する。

『片桐様、2・4GHz帯に不審な信号を感知しました。かなり強力です』

「何やってんだ！」片桐は、何も気づいていない保坂の肩を摑んだ。「おい、早く出せ！」

「あ？　どうした」

「警報か何かが飛んだ！　まずいぞ！」

慌てて車に乗り込む保坂にスティックを投げ渡し、地下駐車場の入り口で見張りを続けている少年に叫んだ。

「シャッターを開けろ！　あとは全力で逃げろ！」

助手席に飛び込み、勢いよく扉を閉じる。運転席の保坂がキーを捻ると、スターターの音に続いて強烈な爆音が響いた。保坂の子分たちは、突如鳴り響いたエンジン音に身を震わせながらも、焼き切ったシャッターを上げる。

その時、どこからともなく、暗がりを浮遊する物体が現れた。眩い光を放つ物体は逃げるのを躊躇していた二人の少年に近づくと、その姿を嘗めるように照らし、次いで地下駐車場に入り込んでくる。

その物体の正体は、保坂がヘッドライトを灯した瞬間、明らかになった。

「〈警備〉のドローンだ！　保坂、さっさと出せ！」

直径五十センチほどの球体に、四つのプロペラを備えた小型無人ヘリ。それに装備された一対のカメラが二人の乗る車を捉えると、漂うようにして近づいてくる。

保坂は高回転から無茶にクラッチを繋ぐ。途端にタイヤは激しい音を立てて空転し、路面を摑んだかと思うと、二人もろともドローンに向かって突っ込んでいった。

『警告します。あなた方は私有財産を窃盗しようとしています。これは刑法二三五条に違反する行為であり』

お決まりの台詞を流しながら機体を翻すドローン。片桐は素早く窓を開き、すれ違いざま鞄を叩きつける。ドローンは小さな火花を上げて壁に激突したが、その時には新たなドローンが現れていて、路上に踊り出た車に眩しい光を投げかけていた。

「無理だ！　ウジャウジャ集まってくる！　こいつを捨てて逃げたほうがいい！」

「冗談だろ！」無闇に路地を曲がりながら、保坂は叫び返した。「五百万だぜ、五百万！〈横町《よこちょう》〉まで逃げ込めれば、ドローンはブラザーフッドが何とかしてくれる！」

「馬鹿かおまえ！　あれは新亜《しんあ》警備のドローンだ！　あいつら、市民登録のないやつ相手なら平気で撃ってくる！」

「じゃあどうにかしろよ！」

片桐は無益な罵声を発しながら、ひどい振動の中、何とかドローンを操る無線信号を捉えようとした。

「クリエ、無線をサーチだ！　怪しそうなやつに干渉を試みる！」

『無駄だと思われます、片桐様。新亜警備社の無線信号は変調を繰り返すため、それを特定することは』

「そんなことはわかってる！　いいからやるんだよ！」

突然、助手席の窓の外に、一機のドローンが舞い降りてきた。

強烈な照明に目が眩《くら》んだが、丸い本体の脇に細長い筒が迫り出し、こちらに向けられるのだけはわかった。

『あなた方の市民登録は確認されませんでした。よって刑法二六一条に則り、実力行使による脅威の排除を行います。弊社の攻撃によるいかなる損害も、警備業法五八条により一切免責されます』

「保坂、伏せろ！」

叫びながら身を伏せる。直後、少し間の抜けた発砲音が響き、サイドガラスが粉々に弾け飛んだ。

4

気がつくと、視界のほとんどが塞がれていた。

身体中が痛むが、どこがどう傷ついているのかもわからない。呻きながら首を回すと、ようやく自分が逆さまになっていることに気がついた。

いや、車ごと横転しているのだ。天井だった部分に腕を突いて身を捩《よじ》り、なんとか正常な視界を取り戻そうとする。

「保坂。おい保坂、大丈夫か」

尋ねたが、答えはない。

その時、ポツンと、何かの液体が片桐の額に垂れた。

見上げると保坂は、シートとハンドルに挟まれていた。頭には黒々とした穴がいくつか穿たれ、そこから赤黒い液体が流れ出ている。

興奮と混乱で、身体中が震える。ひどく息が上がり、胃液が逆流してきた。

爆発の恐れでもあるのか、ドローンは少し離れたところで漂い、こちらに眩しい光を投げかけているだけだった。次に目に入ったのは、半ば破壊された車輛のコンソール。片桐は無我夢中で運転席付近のデヴァイスをはぎ取り、抱え、助手席の窓から這い出た。

金だ。これでいくらかの、金になる。

『警告します』再びドローンが、平坦な口調で言った。『今すぐ地面に伏せ、両手を頭の上に置いてください。でなければ刑法二六一条に則り』

言い終えるのを待たず、片桐は傍らの廃屋の扉に体当たりしていた。腐った扉は難なく砕けたが、すぐにドローンは小口径の銃弾を連射する。壁に無数の弾痕が空き、片桐の左肩にも痛みが走った。

「痛《い》てぇ！　畜生！」転がり、廃屋の奥に逃げ込む。「クリエ、ここはどこだ！」

『台東区《たいとうく》、松が谷二丁目です』

「どこでもいい！　とにかく複雑な路地にナビしろ！」

クリエのナビに従い、窓を蹴破る。幅が一メートルもない廃屋の隙間に転がり出て、奥へ、奥へと進む。ドローンは執拗に追いかけてきて、一向に諦める気配がない。

『片桐様、新亜警備社のドローンは音声追尾機能があります。このまま騒音を立てながら逃げ続けても、無駄かと思われます』

「おまえ、無駄って言いすぎなんだよ！　辞書からそいつを削除しろ！」喘ぎつつ、素早く頭を巡らせた。「わかった、近くで騒々しい所は感知できないか？」

『ありません。それと片桐様、そろそろ路地を抜けてしまいます』

突如として、幅の広い道路に出た。混乱して左右を見渡す。振り返るとドローンが裏路地から急上昇し、廃屋の上から光を投げかけている。

どうする？　このまま息を潜めていれば、諦めるか？

いや。

片桐は通りの反対側に見つけた一つのオブジェクトに向かって、全力で駆け出した。前後左右、遮るもののない道路。途端にドローンは片桐を察知し、プロペラの音を響かせながら下降する。

銃弾が頬を掠め、左腕に突き刺さる。鋭い痛みが走ったが、片桐はなんとか道路を渡りきった。目の前の門に頭から飛び込み、すぐに片膝を突いて振り返る。

ドローンは門の直前で停止し、浮遊していた。

動きがないと察すると、片桐はそろそろと腰を上げ、慎重に敷地の奥に足を進める。

灰色の建屋には、白い十字架が掲げられている。私有地には、ドローンは勝手に入ってこられない。そしてこの一帯での明確な私有地は、宗教連が所有する施設ぐらいなものだった。

これで時間は稼げるが、逃げられたわけではない。ドローンはバッテリーの続く限り教会の監視を続け、片桐が一歩でも足を踏み出せば、容赦なく撃ち殺そうとするだろう。

でも、とにかく、少し休まないと。

身体中が痛み、どこから血を流しているのかもわからなかった。

息を吐き、力を失った足で教会の扉に向かう。だがその暗がりに人影があるのに気づいて、片桐の心臓が大きく跳ねた。

人影は、片桐、ドローンと順に顔を向けてから、ゆっくりと狭い参道に歩み出た。新たな人物を察知し、ドローンはライトを浴びせかける。照らし出された人物は眩しそうな素振りも見せず、瞳を伏せたまま真っ直ぐに球体に顔を向けていた。

真っ白な髪。真っ白な眉毛。真っ白な睫。

そして、真っ赤な瞳。

あのエア・ショーを眺めていた、不思議な少女だった。

くたびれたガウンを羽織った彼女は、少し緊張を伴った、おずおずとした声でドローンに尋ねる。

「何か、ご用ですか」

ドローンはLEDを瞬かせ、小さな駆動音を発した。

『市民登録確認。佐伯《さえき》、雪子《ゆきこ》様。この敷地に、窃盗犯が逃げ込みました。入構の許可を願います』

「わかり、ません」雪子と呼ばれた少女は、当惑したように答えた。「私は留守番をしているだけです」

『この施設の管理者様は？』

「別の所にお住まいです。この時間ですから、もうお休みかと思います」

『それでは犯人が敷地を出るまで、もしくは所有者様と連絡が取れるまで、ここで待機します』

「それは、ご苦労様です」

混乱のあまり、片桐は身動きできなかった。ただただ荒い息を吐きながら雪子を見つめていると、彼女は片桐に顔を向け、静かに近寄ってきた。

「あの、大丈夫？」

何と答えていいかわからず口を噤《つぐ》んでいると、彼女はわずかに首を傾げ、ガウンの胸元にぶら下げていた卵形のデヴァイスを手に取った。

スイッチを入れると、ポン、ポン、という澄んだ電子音が響き始める。

途端、彼女が片桐を見据える視線が正確になった。近くまで歩み寄ると、明らかに痛む腕に目を向ける。

「手当てしようか？」言って、踵を返す。「こっちに」

ポン、ポン、という音を響かせながら、教会に入っていく雪子。窓から差し込む街灯りを頼りに片桐が後を追うと、彼女は暗い部屋に姿を消した。暗闇に躊躇《ためら》っていると、雪子の幼げな笑い声が響き、気配が間近に迫ってくる。

「ごめんなさい、気づかなくて」

橙色の灯りが点く。そこは四畳半ほどの窓もない部屋だった。ベッドとクローゼットの他は、小さな机があるだけ。片桐は指し示されるまま木製の椅子に腰掛け、机に置かれた古い端末を眺める。

間もなく、雪子が救急箱を手に戻ってきた。彼女はボブカット風の白髪を隠すように、ベッドの上に投げ出されていたニットキャップを被る。次いでベッドに座り、手際よくガーゼと消毒薬を選び出し、片桐の腕を取った。

「いいよ。自分でやる。鏡はないか？」

すぐに彼女は室外から手鏡を持ってくる。覗き込んで傷跡を検めると、額がザックリと切れていて、ニードル弾が肩とふくらはぎで貫通しているようだった。それほど痛みはない。出血がひどいのは額の傷で、それも次第に収まってくる。

「あの、アクターの人、だよね」

雪子が手持ちぶさたな様子で尋ねた。

「どうして」

そうとしか答えようがなかった。雪子は、はにかみながら俯き、足下を見つめつつ言った。

「昨日のエア・ショー、見てて。私」

「いや、見えてないだろ」

「うん、あんまり見えてないけど。でも音で、だいたいわかるの」

「音？　そのポンポン言う音は何なんだ？」

彼女は胸にぶら下げたデヴァイスを握った。

「ごめんなさい。センサーなの」

「センサー？　何の」

「この音の反響で、どこに何があるのかわかるの」

まさか。

片桐は巻き終えた包帯の残り束を、雪子の胸元に放り投げる。彼女は何ということもなく受けとめたが、瞳は一切こちらに向けていない。

「嘘吐け！　やっぱ見えてんだろ！」

明るく笑い、彼女はデヴァイスのスイッチを切った。

「全然見えないわけじゃないけど。視力は〇・〇一くらい。でも眼鏡をすると、余計に目が悪くなっちゃうらしくて、できないんだ。だからだいたい、音で見てる」

「音で、俺が昨日のアクターだって、わかるのか？」

「うん。裏で操作してた人の足音とか、聞いてたから」そして雪子は眉間に皺を寄せ、うるさそうに中空を見上げた。「ドローン、増えた。何をしたの、えっと」

「片桐」

「そう。片桐くん。私は雪子。聞いてたか。ここ、たまにドローンに追いかけられた人が逃げ込んでくるけど、あんなにしつこいの初めて」

片桐は部屋から顔を出し、外の様子を廊下の窓から眺めつつ尋ねる。

「ここに住んでるのか？」

「いえ。留守番。夜の間だけ、変なことがないか」

「つっても、女一人で」

「暗かったら、私に勝てる人。いないよ？」

ベッドの上で、楽しげに言う。

「言ってることが本当なら、そうだろうけどな。俺みたいなのを匿ったりして、まずいと思わないのか？　俺が自分で言うことじゃないけどさ」

「そうだね。でもそういう人は、音でわかるから。入れたりしない」

「俺は、どういう人だって言うんだ？」

「誰かを襲って喜ぶような人じゃない。それはわかる」雪子は小さく笑った。「変だと思うよね。普通の人は、わからないみたいだけど。私にはわかるの。どうして、って聞かれても困るけど。息づかいとか、足音とか、そういうのに、いっぱい出るんだ、人の、そういうところって」

それにしても、警戒心が薄い。見かけよりも子供なのだろうか。

「何歳なんだ？」

「え？　十五だけど。片桐くんは？」

「多分十六。あとくん付けはよせ」

それなりに〈市外〉の危うさは知っているはずの年だ。だとすると音である程度人を判断できるというのは、本当なのだろう。

片桐はいまだに漂い続けるドローンを見つけ苛立ち、頭を掻きむしった。

「何なんだ。車はもうぶっ壊れたってのに。保坂だけじゃ足りないってか」

「保坂？　誰、その人」

誰、その人。

まったく、俺にとっての保坂ってやつは。何だったのだろう。

幼なじみ。悪友。そんなところだろうか。

深く考えると、心臓が締めつけられる。だから片桐は無理に思考を変え、ドローンを追い払える手はないか、鞄の中を探り始めた。

5

「クリエ、ドローンの制御信号、妨害する手は思いついたか？」

『いえ、片桐様。無駄だと申し上げたはずです』

人工知能は、応用とか閃《ひらめ》きとは無縁な存在だ。だからすぐに諦める。片桐は手元にあるデヴァイスで活路を開けないか考え始めたが、いくつかの見慣れないデヴァイスがあるのに気がつき、首を傾げた。

そうだ、事故の直後、車から使えそうなデヴァイスをはぎ取っていた。

一つはナビゲーション・システムのモジュールらしい。ほとんど価値のないゴミだ。もう一つは手のひらにのるサイズの黒い箱で、隅には封印シールが貼られている。

それを見て片桐は、わずかに緊張した。

コピーを防ぐための様々な機構が備えられた、〈ブラック・ボックス〉に違いない。下手に内部構造に触れようとすれば、即座に自壊してしまう。よほど高価な物に違いないが、一体、何のデヴァイスなのか。

「クリエ。ホログラムの封印シールだ。放射状に五本の矢が描かれてる。どこのメーカーだ？」

『しばらくお待ちください』

「素敵な声ね、その人工知能。なんていうの？」と、雪子。

「本当に聞こえるのかよ」グラスからの音は、半開放のイヤホンからこぼれてくる程度だ。

「カスタムだよ。拾い物」

「そう。いいな、グラス。私も欲しい」そして彼女は、急に話題を変えた。「その、保坂って人。死んだの？」

忘れていた感情が唐突に蘇り、片桐は怒りを堪えることができなかった。

「すげぇな！　おまえの耳は、何百メートルも離れたとこの騒ぎも聞き取れるのか？」

「違う。その、さっきの、片桐の心臓の音とか。喉の音とか」

「じゃあここから、あいつの心臓が今でも動いてるか、確かめてくれよ！　まったく、何だってんだ！　そりゃ、あいつは死んでも仕方がないことばっか、してたさ！　でもな、でも」

でも、生きてる価値がある餓鬼だったとでも？

そんなことはない。俺もあいつも、似たように無価値で、似たように無縁で。

「そんなこと、ない」まるで片桐の思考をも聞き取ったかのように、雪子は呟いた。「神様は、悔い改めた人を、ちゃんと助けてくれるよ」

これだから宗教連は嫌いだ。

「俺は因果応報って習ったぜ。悪さばっかりしてたら、輪廻転生して虫からやり直すってな」

「悪さばっかり、してるの？」

「そうでもしないと、グラスなんて手に入れられない」

「そう。かもね」黙り込む片桐に、彼女は続けた。「でも、もったいないな。せっかく、あんな綺麗なエア・ショーを演出できるのに」

「目で見てから言えよ。だいたいあんなの、ろくな飯代にもならない」

「お金？　そんなことない。お金以上の価値だよ」

「それって何だ？　他人の感謝か？」それが宗教連に育てられた子供に刷り込まれる思想

だ。「そんなの無意味だ。雪子だって金があれば、グラスだって買えるし、コンタクト、オルタネイト、何だってありだ」

雪子はわずかに、黙り込んだ。

「けど、私がこんなでも、こうしてお仕事をくれる人もいるんだよ。いいことしてれば、ちゃんと見てくれている人はいるの」

「冗談。いくらいいことしたって、金がなきゃ、〈方舟の切符〉は買えない」

方舟、と雪子は呟く。その時、クリエが電子音を発した。

『ヒット。しかし信頼性が低い情報のみです』

「何だ」

『芝浦工科大学で、人工知能を主に研究していた下屋敷《しもやしき》教授。彼が設立したベンチャー企業の用いていたものに似ています。しかしデザインがやや異なります』

「人工知能?」

下手に触れては自壊してしまうかもしれないが、今はこのデヴァイスくらいしか、頼るものがない。片桐はグラスから接続ケーブルを引っ張り出し、ブラック・ボックスの端子に接続する。

文字列がグラスに流れてくる。通常の接続では、特に問題はなさそうだ。

『オンライン。実行子の存在を確認しました。しかしこれは事前の検証を行えません。ウィルスなどの恐れも』

「かまわない。実行」

ブラック・ボックスは、しだいに熱を帯びてきた。かなり電力を消費するらしい。片桐はクリエの言う通りウィルスだった時に備え、いつでも接続ケーブルを引き抜けるように構えていると、不意に耳元に聞き慣れない声が響き、身を固くした。

『Ŝargado lasta memoro... bonvenigi reen. Ĝi estis 3 jaroj en lasta ensaluto. Mi komencis maltrankviligas vin.』

やはり人工知能のようだ。女性の声。だが何を言っているのか、片桐には理解できなかった。

「クリエ、これは何語だ？」

尋ねた片桐に、クリエは少し間をおいて答える。

『残念ながら、私のデータベース内には』

「エスペラントだよ」

答えたのは雪子だった。

これまでずっと、瞼を伏せていた彼女だが、今はそれを大きく見開き、緋色の瞳を露わにしていた。

「エスペラント？　何だそれ」

「人工言語。なんだか外国語だけは得意なんだ。きっとこの耳の所為《せい》」

「それで、なんて言ってる？」

「ずっと待っていた、心配していたって。三年ぶりに起動されたみたい。ねぇ、話してみてもいい？」

片桐は少し悩んだが、グラスとブラック・ボックスを繋ぐケーブルを引き抜き、雪子の旧式端末に接続する。音声系が接続されると、雪子は喜々とした様子で椅子に座り、古びたマイクに口を近づける。

「Kiu vi estas?」

間もなく音質の悪いスピーカーからは、透き通った女の声が響いた。

『Mi estas Yukiko Korbo. Kiu vi estas?』

「Mi estas Yukiko. Kio estas la aferoj kiujn vi memoras je la fino?」

『La fino...Mi ne scias bone. Mia ŝajnas ke estas problemo kun la memoro.』

「おいおい、待ってくれ」意味不明な会話に、片桐は割り込んだ。「一体何の話をしてるんだ？」

「え？　えっと、彼女、コーボって言うんだって」

「コーボ？」

「〈バスケット〉、〈籠〉のことかな。どこか調子が悪いみたいで、前の記憶が定かじゃないって言ってる。三年ぶりに動かされたみたいだけど、すごく不安そう」

ふむ、と片桐は唸った。

「記憶が定かじゃないって自己診断できるの、結構高性能な人工知能だぜ。それにペルソナ・プラグイン入りか？」

「ペルソナ？」

「機械みたいじゃなく、ある程度ヒトらしい対応をしてくれるようになる拡張プログラムだよ。趣味の領域だけど、無茶苦茶高いんだぜ。おい、言語設定を日本語に変えられないか？」

問われた雪子は、真っ白な首を傾げた。

「わかんない。訊いてみるけど」

「そしたらこいつ、かなり高く売れるかもしれない」

期待に胸を膨らませつつ言った片桐の腕を、雪子が摑んだ。

「売る？　売っちゃうの？」

「そりゃあ」

当然だ。クリエより数段高度な人工知能で、ペルソナ・プラグイン入り。ブラック・ボックスで日本語が話せないというのがなければ、五十万はするかもしれない。

と、そこで片桐は、奇妙な事実に気がついた。

それだけのものが三年も起動されず、車に放置されていただなんて、あり得るか？　加えてブラザーフッドが、あの黄色いスポーツカーを指定していたという話。

「ねぇ、可哀想だよ」雪子は赤い目を、真っ直ぐに片桐に向けていた。「この子、何がなんだか、わからないみたい。それを売っちゃうなんて」

あまりデヴァイスや人工知能に触れたことのない、素人の発想だ。彼らはその内部でどのような処理が行われているか知らず、ただ人間っぽいというだけで、ヒト同様に扱おうとする。

そう片桐が反論しかけた時、クリエが会話に割り込んできた。

『片桐様、発信元不明のヴォイス・メッセージが入っています』

思わず片桐はため息を吐いた。芝村菫が、片桐の悪さを嗅ぎつけたに違いない。

仕方なくクリエに再生を促す。しかしイヤホンに響いたのは、予期していた声とは違っていた。

『おい小僧、これから俺がドローンを撃ち落とす。そしたら〈横町〉まで走れ。わかったか？』

片桐は当惑し、眉間に皺を寄せた。

「誰だよあんた」

『ブラザーフッドだよ。わかってるだろうが、言われた通りにしないと、おまえの命はあと数時間ってところだ。さっさと準備しろ』

保坂に仕事を与えた男だろうか。ブラザーフッドというのは気に入らなかったが、このまま教会に籠城していても、痺れを切らした警備会社の傭兵が加わるだけだ。片桐は散らかしていたデヴァイスを拾い上げ、鞄に突っ込み、傷と足の具合を確かめる。これなら多少は走れそうだ。

片桐は最後に、ブラック・ボックスに手を伸ばしかける。だが雪子から不思議な意思の込められた視線を向けられ、思案した。

「聞いてたんだろ？　そいつは預けておく」

「いいの！」

真っ白な肌を紅潮させる雪子に、片桐は鋭く付け加えた。

「いいか、そいつは得体が知れない。ひょっとしたら、すごく危険な物かもしれない」

「危険？」

「あぁ。絶対誰にも言うな。隠しておけ。いいか？」

不安げに頷く雪子。

本当に、それでいいんだろうか？

片桐も少し不安になったが、ブラック・ボックスはブラザーフッドとの駆け引きに使えるかもしれない。であれば、どこかに隠しておくのが一番だ。

「じゃあな」

雪子は、小さく片手を挙げた。

「気をつけて」

片桐は暗い廊下に歩み出し、窓から外の様子を窺う。ドローンが二機、視界に入った。おそらく四機ほどで教会を取り巻いているのだろう。

撃ち落とすと言っても、どうするつもりなのか。

わからずに待ち構えていると、突然遠くから発砲音がひびき、ドローンの一機が弾け飛んだ。

見渡したが、どこから撃っているのかわからない。かなり遠くからの狙撃だ。ドローンも攻撃してくる敵を見つけられず機体を揺らしていたが、再び大木に斧を打ち付けるような音が響くと、火花を散らしてあっけなく墜落した。

『小僧、行け！』

もはや、従うしかなかった。教会の扉を勢いよく開け、暗がりに向かって駆け出す。

片桐の想像通り、ドローンは他にも数機いた。教会の裏手から高度を上げ、迫ろうとする。だがその片方は屋根の上で弾け、もう一機も機首を巡らせたところで撃墜された。

それを見て足を緩めようとした片桐に、男は鋭く言う。

『おい、油断してんじゃねぇ！　今のうちに一キロは離れねぇと、援軍に見つかるぞ！』

そんなこと、わかってる。

片桐は痛む足を引きずりながら、崩れかけた街の中を、ひたすらに駆けた。

6

ブラザーフッドに指示されて向かったのは、〈横町〉にある汚れたビルの二階だった。

安っぽい白昼色の灯りが照らす室内では、二人の男が待ち受けていた。一人は青白い顔色をした眼鏡の男で、眠そうな様子でソファーにもたれている。もう一人は短髪で精悍な顔つきの男で、彼は分解したライフルの部品を丁寧に磨いていた。

二人とも、芝村董と同じくらいの年齢だろうか。マフィアらしく黒いスーツ姿で、それなりに金は持っていそうだ。

片桐を援護したのは、短髪の男のほうだろう。彼は現れた片桐をスコープ越しに眺め、口元に皮肉っぽい笑みを浮かべた。

そこで気づく。彼の右目は、白目がなかった。眼球全体が、黒々と輝いているのだ。

「やっと来たか。寝ちまうとこだった」

スナイパーの右目を凝視していた片桐に、眼鏡の男が声をかけてきた。彼はソファーから身を起こし、白いシャツを正し、扉の前で立ち尽くしている片桐を見据えた。

「それで？　おまえは誰だ」

途端、スナイパーが笑い、眼鏡に言った。

「誰ってことはないだろう。保坂の仲間だ」

「そんなことはわかってる。僕が訊きたいのは、おまえが何者で、あの餓鬼から何を聞いてるかってことだ」

答えに窮する片桐。スナイパーは手にしていた部品を置き、布で手を拭いながら言った。

「落ち着け前田《まえだ》。こいつはアクターだ。エア・ショーで何度か見たことがある。それに〈フラグメンツ〉でクラス50まで行ってるとか。確か名前は、片桐」

「ふぅん、アクターか」前田と呼ばれた眼鏡の男は、興味なさげに呟く。「それで？　おまえはあの餓鬼から何を聞いてる」

片桐は思案し、答えた。

「車を盗んできたら、五百万って」

「はぁ？」前田は呆れたように、スナイパーに顔を向けた。「犬神《いぬがみ》、僕はそんなことを頼んだつもりはない！　デヴァイスだ！　重要なのはデヴァイスだろう！」

「待てよ。最後まで話を聞こう」犬神というスナイパーは、片桐に視線を戻した。「保坂は誰から、その指示を受けたって？」

「知らない。聞いてない」

「じゃあ、盗む目的は」

「だから言ったろ！　あんたらが、あの黄色い車を五百万で買うって！」

片桐の叫びに、二人は当惑したように顔を見合わせた。

「だからきみが行くべきだと、僕は言ったんだ！」と、前田。

「仕方がないだろう。俺はツリーを探るので手が一杯だった。だいたい情報が本当かどうかも怪しかったし」

「それであの使えないヤクザどもに任せたってのか。その結果がこれだ！　連中はどこだ？」

「喚くな。今は連中には、問題のデヴァイスを探させている」

「だが車は、ホームレス連中に荒らされた後だったんだろう？」

「あぁ。そこでこいつだ」と、犬神は不気味な黒目で、片桐を見据えた。「おまえは事故の後、デヴァイスを持ち去らなかったか？　これくらいの、黒い箱だ」

そう言ってブラック・ボックスくらいのサイズを、指で形作ってみせる。

片桐は素早く、頭を振った。

「知らない」

「嘘はなしだ。おまえはアクターだ。一通りのデヴァイスの扱い方、それに、その価値も知ってるだろう。一目で、あれの尋常じゃない価値に気づいたはずだ。隠すな。黒い箱。身に覚えは？」

「ない」片桐は即答した。「それより、何なんだ？　あんたらの所為で、保坂は死んだんだぞ？　だってのに、あんたらは俺らみたいな餓鬼は使い捨てで、その黒い箱だかの価値もないと思ってやがる！　冗談じゃない！」

この様子だと、あのブラック・ボックスは、かなり高値で売れるかもしれない。だが片桐は、彼らと取り引きする気が完全に失せてしまっていた。

「待てよ。別にそんなことは言っていない」犬神は困惑したように言った。「保坂のことは悪かった。だが、あんな下手を打つとは思わなかったんだ」

「下手を打つ？　結局あんたら、俺らは都合のいい盾だとしか思ってないんだろう！」

「なんだと、このクソ餓鬼が！」前田が頬を紅潮させ、片桐に詰め寄った。「僕たちを、その辺のヤクザどもと一緒にするな！　僕たちには崇高な目的がある！　それも知らないでよくも好き勝手なことを」

「黙れ前田！」

犬神に一喝され、前田は黙り込む。それを黒々とした瞳で眺めてから、犬神は片桐に意識を戻した。

「とにかく、保坂のことは謝る。俺たちが悪かった。なんとかしてやりたいが、死んだやつは生き返らない。そこで、こういうのはどうだ？　おまえが問題のブラック・ボックスを持ってきてくれたら、その五百万ってやつをやろうじゃないか。どうだ？　乗るか？」

五百万。

あの不可思議な言葉を話す人工知能に、本当に五百万もの価値が？

片桐は当惑を隠しきれなかったらしい。犬神は口元を歪め、笑みを浮かべ、片桐に指を向けた。

「本来なら、おまえや保坂が山分けする予定だった金だ。弔いたいんなら保坂の遺族にやればいいだろうし、好きにすればいい。ただし期限がある。二週間だ。それまでにおまえが箱を持ってこなかったら。わかってるな？」

「何をだよ」

「おまえは俺たちに啖呵を切ってみせた。その根性は買ってやる。だがな、俺たちは遊びで組織《ブラザーフッド》をやってるんじゃない。それにたてつくことがどういうことか、真面目に考えてみるんだな」

その言葉に気圧された片桐は、結局何も言い返すことができなかった。

7

翌日、普段通り日が暮れる頃に目を覚ました片桐は、〈壁〉の工事から戻ってきた日雇いたちで混雑する街をあてもなく歩いた。建設途中で棄てられた高層ビルの屋上に登ると腰を下ろし、夕日を浴びて輝く〈壁〉を眺めながら呟いた。

「五百万なんて大金、俺みたいな餓鬼にポンと渡すなんて、あり得るか？」とても、あり得るとは思えない。「だいたい、あのブラック・ボックスに五百万も出すってのは、実際はそれ以上の価値があるってことじゃないのか？」

『ブラック・ボックスと呼ばれるデヴァイスの機能、構成素材をお知らせいただければ、市場価格を調査可能です』

疑問型にスイッチが入ったクリエ。片桐は鼻で笑って、クリエの誤動作に付き合った。

「じゃあ〈方舟の切符〉の市場価格は？」

『〈シティ〉に入るための権限については、一切不明です』

「いいから、推論をしてみろ。ほら、すぐそこに、何百メートル、じゃなきゃ何千メートルって高さの〈壁〉で覆われた〈シティ〉がある。その広さは？」

『〈壁〉は概ね、旧山手線に沿って建設されています。すると面積は六十平方キロメートルとなります』

「そこに何人が住める？」

『その質問にはお答えできません。様々な因子が複雑に絡み合い』

「じゃあ、こうしよう。あの〈壁〉の中に、自給自足のための様々なシステムがある。外部との接触は一切不能。支えられる人口は？」

『約一千万人を最大で五十年間保持可能です』

あっけなく出てきた答えに、片桐は首を傾げた。

「待てよ。そんな簡単に弾き出せるわけがないだろ」

『片桐様の想定と、非常に近い条件を元に検討された論文があります。二十年ほど前に芝浦工科大学の下屋敷教授が発表した、〈スーパービルディング計画〉。それによると』

「待て。それって昨日の」

『はい。〈五本の矢〉という企業ロゴをサーチした際に、私の内部にデータがキャッシュされていました。更に類似の情報を検索しますか？』

「いや、いい」

片桐は廃材の上から飛び降り、階段を駆け降りた。

あの人工知能は、〈シティ〉に関係がある？

だとすると、殺されるリスクを負ってまでブラザーフッドに渡すより、ブラック・ボックスの正体を探るほうが、〈方舟の切符〉に迫ることになるかもしれない。

片桐は秋葉原の外延にある、芝村の住処に向かった。

彼女は相変わらず数面のディスプレイを前にし、キーを叩いていた。早速片桐は用件を切り出そうとしたが、彼女は軽く人差し指を立て、止める。

薄暗くてわからなかったが、先客がいたらしい。奥のソファーに腰掛けていたのは、黒い外套《がいとう》を身にまとった中年の男だった。長い灰色の髪。痩せて面長な顔。その瞳はぎょろりとしていて、口元には皮肉な笑みを浮かべている。

「どうだ、芝村菫」男は野太い声で、噛みしめるように言った。「悪い話ではないだろう？」

芝村は軽く咳き込んでから、手を止めた。

「悪い話ではないかもしれないけど、いい話かもわからないね。特に相手が、あんただと」

「それはお互い様だ。私がここに来ること自体、かなりのリスクを伴っている。きみは一度、〈彼〉を裏切った。これが知れたら、私は〈彼〉に八つ裂きにされる」

「裏切る？　冗談じゃない。先に裏切ったのは、あいつでしょ」

「それは見方の問題だ」

「重要なのは、あんたが〈味方〉かどうか、ってこと」

「私はいつだって、きみの味方だ」

「その言葉を私が信用できないうちは、あんたと付き合うべきじゃないんだろうね」

「しかし時間がないぞ。最新の予測では、あと半月。三百四十時間しかない。それまでに片をつけられなければ、きみも、きみの望みも、すべて失われる」

口を曲げたまま答えない芝村。男は立ち上がった。

「決心がついたなら、連絡してくれ。我々は、お互いを必要としているはずだ」

「どうだかね」

呟く芝村。男はレザーのロングコートを翻し扉に向かったが、片桐の脇で立ち止まり、見下ろした。

ぎょろりとした、虫を思わせる目。

男は軽く鼻を鳴らしただけで、部屋を後にした。

三百四十時間？

二週間。ブラザーフッドの犬神が提示した期限と同じだ。

まさかあの男も、ブラック・ボックスと関わりが？

片桐は念のため期限をグラスにセットし、男の足音が消えるのを待って、芝村に尋ねた。

「誰だよ、あの〈パンク男〉」

「パンク」おかしそうに芝村は言って、椅子に身を沈めた。「こういう商売をやってると、気を許せない取引相手ってのができちゃってね」

「どこのマフィア？　ブラザーフッド？」

「彼のことは忘れて。そういえばエア・ショー、上手くやってくれたらしいじゃない。宗教連が感謝してたよ」

「あんなの楽勝だ。それより姉さん」片桐は彼女が向かうコンソールに歩み寄り、両手をついて身を乗り出した。「ちょっと仕事があって。こんなデヴァイスを探してくれって言われてさ。知ってる？」と、両手で小さな箱を形作る。「これくらいの、黒い箱。封印シールがあって、五本の矢が描いてある」

芝村は唇を尖らせ、つり上がった瞳を片桐に向けた。

「それには関わらないで」

「どうしてさ」

「きみは知らなくていい。だってその仕事、きみは断るんだから」

断定的に言われ、片桐は口を噤む。

「さっきの〈パンク男〉も姉さんに、そいつを探してくれって頼みに来たのか？」

「とにかく、関わらないで。そうだ」芝村は指先を片桐に向ける。片桐のグラスが音を立て、メッセージの着信を知らせた。「池袋の宗教連も、アクターを探してるって。暇ならそれ、やりなさい。時給なら交渉してあげるから」

それだけ言うと、芝村はディスプレイに意識を戻す。こうなると片桐は、彼女の元から離れるしかなかった。

8

片桐は次第に静かになりつつある街を歩きながら、考えていた。

コーボと名乗る人工知能は、よほど重要なものらしい。チャイナ・マフィア、ブラザーフッドだけでなく、〈パンク男〉、そして芝村までも巻き込むとは。

だとすると昨日の片桐の足取りは、徹底的に辿られることになるんじゃないか？

片桐は駆け出した。嫌な予感が的中しているのを知ったのは、雪子が夜守りをする教会に近づいた時だった。北の空に、橙色の灯りが見える。もうもうとした煙。片桐が息を切らせながらたどり着いた時、教会は既に劫火に包まれていた。焦げ臭い匂いが漂い、火の粉が舞い多くの野次馬たちが遠巻きに炎を眺めている。

片桐は門前で、呆然と立ちすくむ。

その裾を摑む、手があった。

雪子だった。いつものニット帽を被った彼女は、静かな表情のまま俯いている。

「おい、何があった」片桐は思わず彼女の両肩を摑んだ。「あのデヴァイスは？」

一瞬の間。彼女は苦笑いし、目を細めた。

「デヴァイス？　コーボなら、ここにあるよ」

彼女がサウンド発生デヴァイスを二つに割ると、いくつかの電子部品に紛れ、ブラック・ボックスが納められていた。

「そうか、よかった」片桐は大きく息を吐き、騒ぎから距離をとる。「誰が襲ってきた？　ブラザーフッドか？　それとも、どっかのマフィアか？」

「知らない」そう言って、彼女は路肩に座り込んだ。「なんだか冷たい足音がしたんだ。それもたくさん。十人くらいかな。それで隠れていたら、教会中を探し回って、最後には火を点けて消えちゃった」

「そうか。悪い。そいつがそこまで危険なものだって、考えてなかった」片桐は彼女の細い腕を取り、立ち上がらせた。「とにかく離れよう。連中がまだ、見張ってるかもしれない。家はどこだ？　母さんがいるんだろ？　連絡を取って、どっかに逃げてもらったほうが」

雪子は息を飲んだが、すぐ薄い笑みを浮かべていた。

「大丈夫。お母さん、最近帰ってないから」

片桐は何か言おうとしたが、上手い言葉を見つけられなかった。

「とにかくどこか、信頼できる知り合いの所はないか？　宗教連以外で、ブラザーフッドとか、マフィアとかと関わりがなさそうで」

「ごめん、私、知り合い少ないから。神父様のお知り合いくらいしか」

そこじゃあ駄目だな、と思い、片桐は雪子の腕を引いた。浮浪者のバラックで迷路状になっている公園、立ち飲み屋、パブリック・ビューイングの人混み。目眩ましになりそうな混雑を通り過ぎる。一時間ほどかけて、ようやく二人は片桐の廃ビルにたどり着いた。

「とにかく、ここだ。悪いけど、俺が勝手に住み着いてるとこ」弱い視力でビルを見上げる雪子に、片桐は付け加えた。「他に安全そうなところもあるけど、ちょっと気むずかしい人だし、まだ立ち位置がわからないから。すぐには無理だ。だから少しだけ、ここに隠れてもらうしかない」

これといった表情は見せず雪子は頷き、センサー・デヴァイスのスイッチを入れる。音は片桐が住み着いている部屋に入ると、部屋の全体像を手に取るように摑んでいた。

「素敵なお部屋ね」

「何がわかるんだよ」

苦笑いしつつ言った片桐に、彼女は〈フラグメンツ〉用のデヴァイスに歩み寄った。

「高そうなHMD。マルチファンクション・マウス。ゲーミング・パッド。〈フラグメンツ〉やってるの？」

「知ってるのか」

「知ってるっていうか、やってる」雪子はやや疲れたように、椅子に座り込んだ。「って言っても、私が使えるの、あの教会の端末だけだから。すごく遅延があって、クラス10でも負けてばっかだけど。でも、楽しいよね、〈フラグメンツ〉。格好よくて、鮮やかで」

「夜中、ずっと起きて〈フラグメンツ〉やってるのかよ」

「ずっとでもないけど。でも日中は私、外に出られないんだ。陽に当たると火膨れができちゃうし、眼が痛くなるの。まるでエア・ショーに出てくる吸血鬼だよね。だからほとんど夜行性で。夜守りも、普段は暇だしね。他にやることなんてないし」

苦笑いをする雪子。

卑屈で諦めきっているようなその笑顔は、どうも雪子の癖になってしまっているらしい。

片桐にはそれが、次第に苛立たしく思えてくる。

この街では、常に神経を尖らせ、自分の権利を主張し、時には暴力を使ってでもそれを守らなければならない。だというのに彼女は自分が無能だと思いこみ、強い者に黙って従うのが生き残る道だと思いこんでいるかのようだ。

そんなんじゃ、誰かの食いものにされて、死ぬだけだ。

片桐はあたりを見渡し、使い古された一つのデヴァイスを手に取って、調子を確かめる。しばらく使っていなかったが、通電は問題ない。片桐はそれを太陽電池バッテリーに接続して充電しつつ、インターフェイスにグラスを装着し、エア・モーションで設定を始める。

「なに、それ」

興味深そうに言った雪子に、片桐は片手を差し出した。

「あのブラック・ボックス、よこせ」

「え？　どうするの？」

「あの人工知能を、こいつに接続する。そうすれば雪子も、かなりの自由を手に入れられるはずさ。こいつでも〈フラグメンツ〉はそれほどストレスなくプレイできるし、透明度を落とせば日の光を見ても大丈夫になるはず」

言って掲げてみせたデヴァイスは、片桐が以前使っていた旧式のグラスだった。

しかし想像していた以上に、ブラック・ボックス、コーボと名乗る人工知能のインターフェイスは特殊だった。

片桐が扱ったことのある人工知能プログラムは、音声、視覚さえ適合させてしまえば、後はなんとかなった。だというのにコーボの場合は視覚インターフェイスが三つもあり、更に得体の知れないプロトコル・インターフェイスがいくつも存在している。非常に複雑なのはわかるが、どうしてそんな風に作られているのか、わからない。

「何なんだ、こいつ」呟きつつ、とりあえず視覚信号を繋ぎ込んでみる。「どうだ？」

グラスを装着している雪子はイヤホンからコーボの声を受け、赤い目を見開いた。

「見えたって。貴方は誰か、って訊いてる」

「なんだ。俺がわかるのか？」

「みたいだけど」

現実世界の映像信号を受けても、人工知能がそれを正しく認識できるかどうかは、別問題だ。クリエでさえ、送り込まれてくる映像の中に、どういった人物が存在しているかは解析できない。クリエに可能なのは、単純化されたゲームの世界を認識するのがせいぜいだ。

「そいつ、やっぱすごいな。かなり高度な視覚野がある」

「Jes, mi faras.」

楽しげに言う雪子。

「よせよ。それで、やっぱり記憶は何もなしか？」

「訊いてみる」雪子は欧州語っぽい言葉を使って人工知能に尋ねたが、すぐに頭を振った。

「わからない、って」

「参ったな。高性能なのは確かだけど、かなりいかれてる。自分で何か、不具合は認識できないか？」

「それもわからない、って」

どうも取りつく島がない。直接片桐が操ることができれば手はあるのかもしれないが、日本語が理解できない以上、雪子に頼らざるを得ない。だが彼女はデヴァイスの技術にそれほど詳しくなく、これでは二度手間、三度手間になってしまう。

さて、どうしたものかと考えている間に、雪子はコーボと会話を始めていた。

「まぁいい」

片桐はひどい疲れに促され、思考を諦めた。雪子のグラスと接続しているブラック・ボックスを例のサウンド・デヴァイスに納め、彼女の首にかける。

「いいか？　コーボの実体は、そのブラック・ボックスだ。グラスとそいつは、常に接続させておけ。あと、そいつ、かなり電気を食うみたいだから。電池に気をつけろよ」

「うん。わかった」

「とにかく何か適当に話して、そいつが何なのか、情報を集めてくれ。あとグラス、そこのインターフェイスに接続すれば、〈フラグメンツ〉もできるし。よく、わかんなきゃ、後でやってやるけど。ちょっと疲れた。寝させてくれ」そして気づいて、片桐はパーティションで区切られた奥を指し示した。「そっちにマットがあるから、寝るならそっちで」

「うん」彼女は濃い紺色に色彩が落とされたグラスの向こうから、片桐を見つめた。

「色々、ありがとう」

片桐は昨夜からの騒ぎと、いまだに痛む傷に体力を奪われていた。傍らのソファーに倒れ込むと、ぼそぼそとした雪子の声を聞いている間に、眠りに落ちていた。

翌日、片桐は池袋宗教連でのアクターの仕事を片づけ、普段の倍の食料を調達し、住処に戻る。どうにかして少しでもコーボの正体に迫らなければ、雪子を芝村菫に押しつけられないし、それで安全かどうかも判断できない。

さて、どうやってコーボを調べるかと考えながら扉を開けると、雪子は〈フラグメンツ〉をプレイしているようだった。忙しなくデヴァイスを操り、声を上げながら壁に向かっている。

「あらぁ、やられた。切り替えるの失敗しちゃった。え？ うんとね、Sur tiu ludo…」そこで視界に入っていないにもかかわらず、片桐に顔を向けた。「あ、おかえりなさい。ごめん。端末勝手に使ってるけど」

「いや。調子は？」

「すごいね、このデヴァイス！」頬を紅潮させ、目を輝かせながら応じた。「全然遅延がないし、映像も、音も綺麗。これが本当の〈フラグメンツ〉なんだ」

片桐はエア・モーションで彼女の操作に割り込み、ステータスを確認した。

「クラス30に上がったか。雪子もレッド・マジシャン使いね」

「羽帽子が欲しくて」

雪子のキャラクターが装備する美しい羽のついた帽子は、クラス10を突破した時にもらえるボーナス・アイテムで、これ目当てでレッド・マジシャンを使い始めるプレイヤーは多かった。

「でも〈遅延がない〉って感じるのは下手な証拠。この環境じゃ、クラス40がいいとこだぜ」

「そうなの？」

「っていうかゲームがプレイできるほど、見えてるのか？」

「え？　うん。だいたい。あとは音で、だいたい。でも無理」少し嫌そうに、彼女はデヴァイスを操りながら言った。「クラス30って強い人ばっかり。全然隙がないんだもん」

どんな戦い具合だろうと、彼女のスタイルを眺める。色々と荒くはあったが、流れに乗るのが上手かった。押す場面と引く場面の判断が的確なのだ。

けれども、まだまだ改善の余地がある。結局その勝負は負けてしまったが、彼女は楽しそうに笑った。

「魔法反射されて、自爆しちゃった！　格好悪い！」

「いや、竜騎士の〈散弾〉、センスだけで一発も避けてるだろ？　それってすごいぜ？」

「え？　そうなの？　どういうこと？」

「こいつはパターンがあるんだよ。それを覚えれば四発全部避けられる。デヴァイスに遅延がなきゃな」

「そうなんだ！　知らなかった！」

いかにも、楽しげに言う雪子。

それを眺めているうちに、片桐もふと、思うところがあった。

俺って〈フラグメンツ〉をプレイしてて、楽しいとか思ったこと、一度もなかったな。すべては金のため、〈方舟の切符〉を手に入れるため。そこに意識が向かっていて、プレイを楽しもうとかいう余裕は、全くなかった。

「あとな、いいもの、買ってきてやった」片桐は鞄を漁り、汚れた一つのデヴァイスを取り出した。「7.1chのゲーミング・ヘッドホン。こいつを使えば、雪子も色々見えるようになるんじゃないか？」

差し出された傷だらけのヘッドホンを眺め、雪子はそっと頭を振った。

「ありがとう。でも私、お金とか、全然」

「よせよ。三千円ぽっちだ」

「三千円？　無理、私、本当、夜守りも時給三百円だし。全然お金は」

「出世払いでいいよ」そして片桐は端末からイヤホンを抜き、ヘッドホンを接続させ、彼女の頭に被せた。「クラス40に行く頃には、元が取れてる。さて、調整するから、ちょっと待ってろ」

雪子は頷き、〈フラグメンツ〉の端末から、わずかに離れる。

「でも、私が占領してて、駄目だね。片桐も〈フラグメンツ〉やりたいでしょ？」

「いや、今はやる気が起きない」

「どうして？　飽きちゃった？」

飽きる以前の話だ。だが彼女には理解できないだろうし、楽しんでいるところに水を差すのも悪い。

片桐はそう思って、答えずにヘッドホンの調整を始めた。

クラス10、クラス20くらいまでは、センスだけでもなんとかなる。しかしクラス30からは、各ジョブの使用する技の発動タイミング、その効果、そしてランダムにフィールドに展開するギミックについて理解しなければ、なかなか勝つのが難しくなってくる。

「戦士か。こいつは〈闘牙《とうが》〉って技に注意だ。使用されたらダメージが入らないし、こっちの移動が封じられる」

「あ、そういう技があるんだ。何か変だな、って思ったの」

「効果時間は四秒。ただこの最中は敵の攻撃も弱くなるから、こっちが回復するチャンスでもある。スキルを温存して、体力を回復させるんだ」

適時雪子に説明しながら、片桐は人工知能の構造を探っていく。コーボは相変わらず何の記憶も思い起こさなかったが、自由度の高い人工知能なのは確かなようで、徐々に〈フラグメンツ〉の仕組みを記憶し、雪子のサポートをし始めていた。しかしその内部でどのような処理を行っているのかは、いくら調べてもわからない。数日かけても、通常の人工知能に見られる論理回路と記憶回路との区別すらつけられなかった。

論理回路とは、処理様式のバンクだ。足し算の回路、掛け算の回路、さらに言語の文法回路、三次元空間の認識回路。そんなものだ。

一方の記憶回路は、記憶そのもののバンクだ。今までにコーボが経験した内容が含まれる。片桐が直接ここにアクセスできれば、彼女が記憶にアクセスできない理由がわかるかもしれないし、そもそも記憶を直接引き出すことだって可能かもしれない。

だいたい、片桐が知る人工知能プログラムは、この二つが相互作用して稼働する。だがコーボの場合、どこが論理回路で、どこが記憶回路なのか、全く判断できなかった。すべての処理は全回路を満遍なく使用し、新たに得た記憶によってどこが書き換えられているのか、明確に摑むことができない。

異常な人工知能。

そして一方の雪子も、驚くべき技術を見せていた。

「あっ！　おい！」

ある戦闘場面を目の当たりにし、片桐は思わず叫んでいた。雪子は驚いて目を見開いた拍子に、敵の致命的な攻撃を受けてしまった。途端に崩れ落ちるキャラクター。

「びっくりして、変な技使っちゃった！　見た？　あんな死に方もあるんだ！」

「あぁ、いや、悪い」死んでも楽しげな雪子に言いつつ、片桐はゲーム画面に介入し、戦闘のリプレイを再生させた。「っていうか雪子、さっき敵の〈雷舞《らいぶ》〉を避けてただろ。どうやったんだ？」

「え、どれ？」繰り返し再生させてみたが、彼女は困惑したように頭を振った。

「ごめん、さっきからあんまり、画面見てなくて。どこだろう」

片桐は息を飲み、音声も加えて通常再生させた。

敵のナイトが大きく長槍《ランス》を振り回し、天に掲げる。直後雷がランスに落ち、雪子のレッド・マジシャンに向けた。

大気を切り裂く音を発し、四方に放たれる雷撃。そこで雪子のキャラクターは不可思議な軌道で移動をし、敵に近づき、何事もなかったかのように剣を振りかぶっていた。

「ここだ。わかるか？」

「あぁ、うん、あのバリバリー！　ってやつだよね」

「この技って、ナイトのスペシャル技でさ。ダメージは低いけど不可避なんだぜ？　そんでこっちは麻痺を食らって、三秒動けなくなる。どうやって避けてるんだ、これ？」

何度も再生させてみたが、片桐にはどうにも理解できない動き。一方の雪子も不思議そうに首を傾げ、グラスに投影されている画面の一部を指し示した。

「言われてみると変だね。画面と音が合ってないみたい」

「音じゃ、隙間があるのか？」

「うん。この辺と、この辺には届いてないの。だからこう、ぐねぐねっと回って避ければいいんだって思ってた。なかなか上手くいかないけど、さっきは初めてできて」

〈雷舞〉が不可避だというのは、プレイヤーたちが実際に使用して、そう考えているだけだ。ひょっとしたらいまだに知られていない避け方があるのかも。

「ちょっと待てよ。他の不可避技にも、似たような穴がないか、探してみようぜ」

片桐は古いゲームパッドを持ち出し、すべての技を雪子に繰り出し、そこに穴がないか探っていく。すると片桐にはさっぱりわからないが、雪子にしてみれば当然の避け方が、すべての不可避とされていた技に見つかった。

「すげぇ、こんな穴、あったんだな。全部色々な方法で避けられるってことは、これは不具合じゃなくて仕様だろ」未知の仕様。それを使えるのは、雪子だけ。それがひどく楽しくて、片桐は笑わずにはいられなかった。「いや、面白いわ、これ。オルタードもも視力と反射神経を上げるのだけ考えてて、音は考えてなかったんだ」

「でも、避けられて十回に一回だけどね」少し疲れた様子で、雪子は苦笑いした。「すごく操作が難しい」

「なに、そいつは練習だよ。俺に雪子の耳があれば、ぎりぎり避けられる隙間だ。あとはいいデヴァイスがあれば」

俺には無理だったことが、雪子なら、オルタネイトなしで、できるかも知れない。

その希望と興奮に、片桐の脳内には様々な夢が去来し始めていた。

9

雪子の力は面白い。片桐は彼女の練習に身を入れかけたが、しかし今の問題はコーボと名乗る人工知能だ。その調査に完全に行き詰まった片桐は、情報収集のため、秋葉原に向かうことにした。

降りしきる雨の中、肩がぶつかるような人混みを過ぎて行くと、唐突に路地から移民風な男が飛び出してきた。彼はぬかるんだ道を転がるようにして逃げ、背後からは数機のドローンが現れる。丸ではなく、多面体の形状。パシフィック・セキュリティー《PSI》社のドローンだ。それらは男の後を追い、周りの人々が散るのを待ってから、容赦なくニードル弾を連射する。

制御信号を失ったロボットのようにして、転がっていく男。その湯気の上がる身体を、ドローンは嘗めるようにカメラで捉える。間もなくドローンは二機、三機と増えていき、最後には軽量パワードスーツに身を包んだ男たちがSRV車に乗って現れた。濃紺のスーツの背中には大きく〈警備〉と書かれているが、実際はやる気のない警察に業を煮やした金持ちや企業が雇う傭兵だった。彼らにはかなり大きな治安維持権限が与えられ、これ見よがしに短機関銃を首からぶら下げている。

片桐や他の野次馬たちが見守る前で、彼らは遺体を調べ黒いデヴァイスを探り出す。週に一度は見かける光景だ。片桐はフードを目深に被り、目的地に向かおうとする。だが次に現れた車輛から降り立つ男を見た瞬間、片桐は足を止め、再び物陰に隠れていた。〈パンク男〉だ。彼は死体を確かめ、次いで傭兵から差し出された黒いデヴァイスを手に取る。だが彼はそれを軽く検めただけで投げ捨て、傭兵たちに指示した。

「違う。言ったはずだ。私が探しているデヴァイスは、もっと小さい」

さらに何事かを指示し、男は黒いセダンに戻っていく。片桐は素早く路上に歩み出ると、鞄から一つのデヴァイスを取り出し、リアバンパーの裏に貼りつける。間もなく去っていく男の車。その移動経路は、問題なく片桐のグラスに中継されていた。

やはり彼は、ブラック・ボックスを探しているらしい。しかもかなりの金をかけて。

彼が芝村に提示していた期限を思い出しグラスに表示させると、あれから残り百七十時間まで減っていた。

〈パンク男〉の移動経路を眼の片隅に留めながら、片桐は一軒のジャンク屋に足を踏み入れた。薄暗く狭い店内には多種多様なデヴァイスが積み上げられ、鈍い光を放っている。奥には一人の小男がいて、片桐の顔を見るなり硬直し、軽く身を反らせた。

「毎度」

片桐は言いつつ、あの使えないゲーミング・デヴァイスを放り投げる。マッケイはそれを受けとったが、すぐに投げ返してきて、両手を胸の前で交差させた。

「よせよ、俺の所為じゃねぇ。問屋は確かに正規品だって言ってたんだよ！　俺は悪くねぇ。返品も受け付けねぇからな！」

「そりゃねぇだろ。こいつはどう考えても、五千円がいいとこだ。五万はないだろ」

「悪いね。俺も問屋から四万五千で買ったんだ。返金は不可能だね」

「じゃあさ、別のに取り替えてくれよ。五千円くらいの。それならいいだろ？　あんたがこれが五万だって言い張るんなら、これであんたの儲けになる」

マッケイは腕を組み、わずかに考えてから言った。

「ま、仕方がねぇな。今回だけだぞ？」ぼやきながら背を向け、カウンターから布切れを手にし、片桐が押しつけたデヴァイスを磨き始める。「で？　何にする？」

片桐は数分吟味し、一つのゲーミング・パッドを取り上げた。

「こいつで」

「あ？　本当にこれでいいのか？　おまえさんの手のサイズに合わないぜ。こいつは女用」

「ベースは悪くないから、パーツ取りに使うんだよ」

片桐の適当な説明を訝しみつつも、マッケイはパッドを包み始める。

「それよか爺さんさ。こんなデヴァイス、知らない？　これくらいのリイズの、黒い箱。

古い型のインターフェイスがついていて、ホログラム・シールの封印がされてる」

マッケイはすぐ、皺だらけの顔を歪めた。

「やめとけよ。ありゃ、ろくなもんじゃねぇ。ここんとこ、その宝探しで大騒ぎさ。中古市場は荒らされるし、チャイナ・マフィアとヤクザ連中が互いを襲いまくってる。裏じゃあブラザーフッドも動いてるっていうし、何なんだ一体。おまえさん、誰からその仕事を？」

片桐は慎重に、素知らぬ風を装う。

「誰でもいいだろ？　で、爺さんは何か聞いてないの。そいつの正体」

「何かは知らねぇが、〈シティ〉から流れてきた代物らしいぜ？　何でもニューロ・チップ製だとか」

ニューロ・チップという単語で、片桐の悩みは一度に氷解していた。

「そうだったのか。爺さん、今、市場に出回ってるニューロ・チップってあるのか？」

「いやぁ。そんなもの、〈市外〉には出てこねぇよ。〈シティ〉にだって、どんだけあるんだか」

「じゃあ、マニュアルはないか？　インターフェイスの情報が載っているような」

「無茶言うなよ！　俺だって現品は見たことねぇレベルの代物だ」そこでじろりと、片桐を見据えた。「まさかおまえさん、その箱を手に入れてるんじゃないだろうな」

「まさか。実際、どんな性能があるのか知りたかっただけだよ」

片桐は適当に誤魔化し、慌ただしい思考に促されるよう、雨の中に戻った。

コーボの本体がブラック・ボックスである理由がわかった。ニューロ・チップは伝説的な高性能チップで、片桐も目にしたことはない。既存のチップとはまるで違う処理様式を持っていて、高度な知識がなければ満足に扱えない代物だという。

それだけ高価で高性能なチップだ、内部構造を探られて二束三文でコピーされたらたまらない。だからあれは、ブラック・ボックスなのだ。

本当にコーボがニューロ・チップ上で稼働しているとなると、とても片桐の手には負えない。もしコーボが〈シティ〉の機密情報か何かを握っていたとしても、解析して無理に吸い出すなんてことは不可能だ。

また〈壁〉が、壁になる。〈フラグメンツ〉のオルターどもだけじゃなく、〈シティ〉のありとあらゆるものが、片桐の夢を挫こうとする。

更に、片桐の意志を挫こうとする出来事が起きる。グラスの隅に映し出されていた地図が、次第に灰色に染まりつつあった。〈パンク男〉の追尾信号だ。傍らの軒下で雨を逃れつつ、エア・モーションで地図を拡大させる。

「クリエ、やつはどこを走ってる？」

『台東区、上野七丁目です』

「ってことは、この灰色は」

『はい。〈シティ〉です』

言っている間に、光点は灰色に覆われた領域に吸い込まれ、消えた。

片桐は呆然として、映し出されている上野を中心とした地図を眺めていた。

灰色の領域。〈シティ〉の内側。

そこに入っていく工事車輛や、高そうな車は何度か見たことはあるが、実際に〈シティ〉に生活圏を持つ人物と出会ったことは、今までに一度もなかった。

あの虫のような瞳を持った男は、〈方舟の切符〉を持っているのだ。

どうして？　やつは何者だ？

片桐は冷たい雨に打たれながら、気がつくと〈壁〉の間際を歩いていた。〈市外〉とは幾重にも張り巡らされた警戒線で隔てられ、〈壁〉との間には深い深い堀がある。いくつもの鉄骨の骨組み、いくつもの斜路が設えられ、その奥底は暗闇に沈んでいる。

そして見上げれば、黒々とした〈壁〉の先は、雨雲の中に消えている。

秋葉原から、御徒町、上野へと、壁は曲線を描き、堀を越え、池袋方面へカーブしていく。上野には、巨大な工事モジュールが設えられていた。片桐たちの住む〈市外〉と、〈壁〉の中とを繋ぐ、数少ない工事基地。あたりには何十という工事車輛が停められ、古いバスが行き交い、付近の飯場から労働者たちを運んでくる。彼らは工事基地から発進する工事モジュールに移り、そこから建設途中の最上階、あるいは中途の隔壁での工事を行うだけで、完成済みのところには入ることも許されない。

〈市外〉から〈壁〉の中に向かって、八車線の広大な道路が延びている。その先には巨大なゲートがあり、銃を抱えた十人近い歩哨が立っていた。彼らが侵入者に目を光らせている限り、蟻も猫も片桐も、入る隙などない。

〈壁〉の中の市民は既に移住を終え、〈シティ〉で優雅な、夢のような日々を送っているのだろうか。そんな彼らがゴミ溜めのような〈市外〉に来る必要など、全くないに違いない。

階段を上がってくる音で、雪子は片桐の状態を知ったらしい。扉を開けた途端に、不安げな表情を向けてくる。片桐はそれを無視し、レインコートを脱ぎ捨て、濡れた頭を掻きつつ、紙袋を彼女に投げ渡す。

「何?」

視線を手元の袋に向けつつ言った彼女に、片桐は無理に気力を振り絞って答えた。

「ゲーミング・パッドだよ。そいつなら、手が小さいやつでも全キーに手が届く」

「あ、ありがとう。でも」

「金の話はなしだ。どうせメシ代以上の金に意味はない」、ソファーに倒れ込む。そして、何か言いたげな雪子に尋ねた。「雪子は〈方舟の切符〉って知ってるか?」

戸惑いつつ、彼女は小さく頷いた。

「うん。〈壁〉の中に入れる切符。前にも言ってたね。片桐、それが欲しいの？」

片桐はソファーから身を起こし、まじまじと彼女を見つめた。

「雪子は欲しくないのか？　いつかはわかんねぇけど、俺たちみんな、死んじまうんだぜ？　津波とか、雷とか、台風とか。そんなのがいっぺんに襲ってきて、俺たちみんな、綺麗さっぱり洗い流されちまう！　だってのに、あの〈壁〉の中じゃ、全然平気な顔で、俺たちが死んでくのを高みの見物できるってわけさ！　あり得るか、そんなの！　俺は嫌だね。そんなの、絶対に」

雪子は緋色の瞳を大きく見開き、言った。

「ヒトはいつか、必ず死ぬよ」

「だから？　やつらもいつかは同じように死ぬから、我慢しろって？　冗談じゃない！」

「違う。問題は『いつ死ぬか』じゃない。『死ぬまでに何をしたか』だよ」

「それはあの教会の神父が言ってたのか？　いかにも貧乏人向けの説教だな。どうせおまえらは長生きできないんだから、生き急げってか」

「違うよ？　私のこと。私ってきっと、〈予言〉が実現する前に死んじゃうから。だから〈方舟〉とか、関係ないんだ」

唐突に片桐の心臓は大きく鼓動し、頭から血の気が引いてきた。

それでも無理に平静を装って、尋ねる。

「どういうことだよ。そんな、身体悪いのか？」

「そうじゃないけど。目も悪いし、昼間は外に出られないし。まともな仕事なんてできないしね。お父さんもお母さんも、どっか行っちゃったし。長生きできないに決まってる」

何も言えずにいた片桐に、雪子はいつもの疲れたような笑みを浮かべていた。

「こんな話しても、面倒くさいよね。でも私って本当に役立たずだからさ。他に面白い話なんてできないし、みんなを押し退けて〈方舟〉に入るような資格なんてないし。だから〈予言〉とか〈方舟〉とか、どうでもいいの。ただ、死ぬ前に誰かの役に立ちたいな、って思ってるだけ。でも本当に、私って何もできないし」

相変わらずの、卑屈な台詞。片桐は我慢がならなくなり、口に出していた。

「よせよ。そんな考えじゃ、本当に何もできないで、誰かに利用されて死ぬだけだ」

え、と声を上げる雪子。片桐はソファーから立ち上がり、彼女が手にしていた紙袋を取り上げ、中身を端末に接続し始めた。

ブラザーフッド。〈パンク男〉。クラス50に現れたオルター。片桐が知る、どんな強大な力をも上回る何かを手にしている連中。

彼らとの出会いによって、片桐の夢は。限りなく非現実的には思えていたが、一縷《いちる》の希望を抱いていた夢は、遥か彼方に遠のいてしまった。

そしてより現実的な世界として見えてきたのは、片桐があのエア・ショーの空間のような、煌びやかで美しい世界に向かうことなんて、決してできないということ。〈方舟の切符〉なんてものは幻で、それを追い求める片桐は、いつかきっと、ドローンに蜂の巣にされ、ぼろ切れのようになって路上で冷たくなるだろうということ。

そう、それこそが、片桐の。

いや、この〈市外〉に生きる人々全員の、未来。

しかしそれに雪子も含まれると思うと、冷たく、ボロボロにされつつあった片桐の意志が、灼熱を帯び始める。

そんなこと、あってたまるか？　どうして俺たちはこんな、ひどい有様になってるんだ？　どうしてこんな、生きる意志を奪われ、ただ何もかも諦めきった死にかけの爺みたいな頭になってるんだ？

「冗談じゃない」片桐は吐き捨てた。「なんでそんな、簡単に諦められるんだ？　自分を役立たず扱いした連中を見返したいとか、思わないのか？　雪子は他にやりたいことって、一切ないのか？」

「だって、私、そんな」

「冗談じゃない、俺たちは、自分らの欲望を追い求めちゃいけないってのか？　俺たちは誰かの肥やしになって死ぬ運命だってのか？　そんなこと、誰が決めた？　神か？　仏か？　俺らには、エア・ショーみたいな楽園を見る権利もないのか？　ふざけるな、そんな運命なんて、信じられるか！」そして力強く、〈フラグメンツ〉の端末を叩いた。「俺らにだって、力があるはず。それはこいつで証明できる。こいつでとにかく稼ぎまくって、オルタネイトでも何でもして、俺たちはこのクソ溜めから抜け出して。好きなことを、好きなだけやるんだよ！」

『Jes, mi pensas tiel ankaux.』

不意に雪子が頭に上げていたグラスから、声が響いた。

合成音声。コーボの声だ。

意味がわからず、片桐は戸惑っていた。雪子が何か言いかけた時、コーボは続けて、声を発していた。

『これは、別の言語、ですか？　こちらのほう、が、話しやすい、ですか？』

少したどたどしい日本語。状況が理解できていないのは、雪子も同じらしかった。困惑した様子で応じる。

「え。うん。貴方、日本語、できたんだ」

『いえ。今、ようやく、理解しました。何かのノイズかと思っていましたが、別の、言語体系だった、のですね』

「今、理解した？」

思わず呟いた片桐をも、彼女は理解した。

『はい、片桐様。ですね？　私は、雪子様は、いい方だと、思います。私に、何ができますか？　日本語、勉強するの、少し時間がかかりました。でも、理解しました。他には、何か？』

人工知能は、プリセットされた言語を、切り替えて使用するだけだ。新しく言語を学び、理解する人工知能なんて、聞いたことがない。

だというのに、こいつは。

「クリエ、どう思う？」

尋ねた片桐に、彼は素っ気なく答えた。

『片桐様、申し訳ありませんが、ご質問の意図を理解できません』

そう、それが人工知能の反応だ。

二章　刈り取りの夜

1

《〈フラグメンツ〉アルティメット・ナイト8、いよいよクラス50の決勝戦です！　登場するのは、火の陣、ヒューマンのレッド・マジシャン、総合戦績七十五！　スノウ・エッジ！》

炸裂する花火、渦を巻く火炎の中から現れたのは、細身の盾と剣を携えた女キャラクター。浅黒い肌に対して髪は白く、瞳は赤く、燃えている。

《対する水の陣、サイボットのナイト、総合戦績一三七五、グロウスヤー・アレキサンドルフ！》

岩石を派手に破壊しながら、巨体のロボット風な男が現れる。全身を白銀色の鎧《よろい》で覆い、左手には巨大な盾、右手には長大なランスを装備していた。

《さぁ、これは驚きの展開です。スノウの戦績はわずか七十五。だというのにアルティメット・ナイト7以降の一月で連勝に連勝を重ね、ついにアルティメット・ナイト8、クラス50の決勝まで登り詰めました。一方のグロウスキーはクラス50の常連、クラス60と行ったり来たりを繰り返しているだけに、ぽっと出の新人には負けられないところです》

人工知能アナウンサーの定型コメントを聞き流しつつ、片桐は高速でエア・モーションを繰り返し、グラスの中で敵の情報を洗い出していた。

「グロウスキー、こいつは無茶苦茶強い。クリエ、前回の戦闘パターンをコーボに転送」

『了解です、片桐様』

「とにかく雪子は落ち着いて、タイミングを取ることだけ考えろ。戦術はコーボがなんとかしてくれる」

雪子は傍らの椅子に腰掛け、左手にゲーミング・パッド、右手にマウス、両足をフットペダルに乗せている。赤い瞳はHMDに覆われていたが、見るからに全身が固くなり、指先が小刻みに震えていた。

「なんとかしてくれる、って。それでいいのかな」

「大丈夫だ。こいつは十分に強い」

「けどコーボ、ナイトと戦ったこと、まだ一回しかないんだよ。ちゃんと学習、できてるかな」

「大丈夫なはずだ。俺とクリエで、考えられる戦術って戦術を叩き込んでおいた」

「えっ？　いつの間に？」

「雪子が寝てる間にだよ。コーボ」片桐は電子空間に存在する、いまだに得体の知れない人工知能に語りかけた。「対ナイト。戦闘パターンの正規化処理は終わってるか？」

『はい、片桐様』完璧な日本語で、コーボは応じた。『グロウスキーの装備、装着スキル、前回の戦闘結果から、かなりの精度で相手の行動をシミュレーションできると思います』

「思います」

いちいち、コーボの反応には笑わされる。クリエも『思われます』という言葉は使うが、それは不確定要素を排除できないという、いかにも人工知能的反応からなのだ。

しかしコーボの場合、あまり自信がない、というニュアンスを感じさせる。こうした人間的な曖昧な感覚を実現しているあたり、やはり驚くべき人工知能だとしか思えない。

一方の雪子は心配そうに尋ねた。

「でも、本当に大丈夫？　お金、いくら賭けたの？」

「決まってるだろ、全力だよ」

「全力？　そんな。もし負けたりしたら」

「負けたりしたら？」

笑顔で問い返した片桐に、雪子はわずかに考え込み、口元に笑みを浮かべた。

「また勝てばいいだけ、だね！」

「その通り。金は気にすんな」

緊張の解けた雪子の肩を、ポン、と叩く。その時プレイヤーに与えられた準備時間は潰え、人工知能アナウンサーは寸分の狂いもない体内時計でカウントダウンを始めた。

《スリー、ツー、ワン、ゴー!》

通常、〈フラグメンツ〉において、人工知能はあくまでプレイヤーの補助としてしか機能できない。取り得る戦術が幅広さから、今の彼らでは最適解を見つけ出せないのだ。だから片桐がクリエに操作を委任できるのは、敵への追従や順序に従ったスキルの使用がせいぜい。

だがコーボは、軽々とその限界を超えてしまった。

コーボは、過去のアルティメット・ナイトの戦闘履歴、そして片桐の知る戦術という戦術から〈学習〉し、そのステージ、その相手に対して、どのような戦術が有効かを弾き出す。それを元にコーボは雪子に助言し、時にはキャラクターを操り、スキルを使用し、攻撃と防御を行う。

おそらくコーボ単体の能力は、クラス80にも匹敵するだろう。

だがこのゲームにおいて、彼女にできないことが二つあった。

一つ目。コーボは確かに〈学習〉し、最善の戦闘を心掛ける。しかし時に稀有な状況に出くわした場合、たとえば追い込まれた敵が無茶な攻撃を仕掛けてきたりした時、適切に対応することができなくなる。片桐や雪子ならば、十五、六年生きてきた経験から判断可能な事柄であっても、コーボは三次元電子空間、それも〈フラグメンツ〉というゲームの世界以外のことは、ほとんど知らない。柔軟な対応を行うにしても、限界があった。

だからそうした場合、雪子が操作を引き受け、冷静に対応し、敵に止めを刺す。その連携は傍から見ていても素晴らしいもので、片桐は恐れすらも感じていた。

有機と無機の、異常な接合。

何かが、間違っている。

片桐は一瞬、そんな得も言われぬ心境になったが、爆発的に増えていく勝利数と口座残高に、逆に楽観的に捉えようと努力し始めていた。

敵ナイトの、鉄壁の守り。それも人外と機外である二つの存在に操られるキャラクターによって、次第に揺るがされ、崩され、明確な穴が空き始める。だがグロウスキーも、熟練プレイヤーには違いなかった。加えて彼は、いまだにスペシャルスキルを温存している。それを使用された場合、数秒間の麻痺を受け、その間は一方的に攻撃を受けることになってしまう。

『敵、五秒後に〈雷舞〉を発動する可能性、八十パーセント』

同じことをコーボは考え、雪子にしきりと警告を発していた。レッド・マジシャンには、〈雷舞〉のような攻撃型の必殺技がないため、相手に対して体力を二十パーセントは上回っていないと、最後にはこの勝負は負けだ。

互いのダメージは一進一退し、体力が半分を切った時点でも、勝敗定かならぬ状態が続く。

敵の体力、残り二十パーセント。

雪子の体力、残り二十五パーセント。

そこでグロウスキーはついに勝負をかけ、スペシャルスキルを発動させた。片桐はその発動を見ることとすらできなかった、必殺技。

『敵、〈雷舞〉を発動。着弾まで、四』

「雪子、やってみろ!」

叫んだ片桐に、雪子はすぐに反応した。

「わかった!」

コーボに不可能なこと、二つ目。音での不可避技の回避。このロジックも、機械であり分析の名手であるはずの人工知能すら、理解不能な領域にあった。

雪子はデヴァイスを握りしめ、ぐるりとポインタを旋回させ、ジャンプ、前転を奇妙に挟み込み、彼女だけが見える軌道を行く。ステージ全体は紫色の稲妻が飛び交い、それが中央に集中した途端、白光を放って炸裂した。

《二、一、着弾》

四方に放射される電撃、ホワイトアウトする画面。通常その後に残されるのは、麻痺を受けたキャラクターだ。そこにナイトは素早く襲いかかり、いくつかの連続攻撃を加えれば、体力の五分の一は削ることができる。

だがこの時だけは、状況が違った。白く塗りつぶされた画面の奥から、ステージの全景がぼんやりと見えてくる。その判然としない視界の中、五分の一ほど残っていたナイトの体力が、見る間に削られていった。

《おっと、これはどうしたことでしょう！　グロウスキーの体力が！》

人工知能アナウンサーの叫び。同時に会場全体にどよめきが起きる。

最後、霧の晴れたステージに立っていたのは、雪子の、白髪赤眼のキャラクターだけだった。

「か、勝っちゃった」

言った雪子の肩を、片桐は思いきり叩いていた。

2

片桐は黙り込んだまま、戦闘リザルトから目を離すことができない。

アルティメット・ナイト8。クラス50優勝、スノウ・エッジ。

優勝賞金、五十万円。掛け金払い戻し、百万円。雪子は夜守りを五千時間も行ったほどの報酬を得たことになる。

雪子は自分が成し得たことがいまだに信じられない様子で、口を中途半端に開け、小刻みに指を震わせながら、HMDの中の映像を凝視している。

「百五十万、円?」雪子は呟いた。「本当に? 本当にそんなに、もらえちゃうの? っていうか片桐、五十万円も賭けてたの?」

「全力って、言っただろ」

言いはしたが、片桐自身は半信半疑だった。二人の実力なら、仮に負けても、クラス50に留まって、安定して稼ぐことができる。そう割り切っていたのだ。

だから片桐も、いまだに信じられずにいた。

百五十万。急にそんな金額を見せられても、何に使ったらいいのか考えられない。これだけの金があれば、〈警備〉がいる高級マンションに住むことだって可能だし、オルタネイトだって、不可能じゃないはず。

《クラス50、優勝、おめでとうございます!》

突然飛んできた声に、二人は身をびくりと震わせていた。気がつくとステージ上では、真っ赤な鎧を着たゲームマスターが雪子のキャラクターにマイクを向けている。

「あっ、えっと、ありがとうございます」

かろうじて答えた雪子に、矢継ぎ早に感想や勝因などを尋ねてくる。彼女は最初困惑していた様子だったが、次第に勝利の実感が湧いてきたようで、真っ白な肌を紅潮させ、応える。

しかし片桐は、そのインタビューに不可解な状況を見いだしていた。

ゲームマスターの胸の部分に、コーボの封印に使われている五本の矢のマークが刻み込まれていたのだ。

これは偶然か？　それともコーボと〈フラグメンツ〉には、何か関係が？

《ありがとうございます！　それでは皆さん、最後に盛大な拍手を！》

拍手は次第にフェードアウトしていき、代わってインターバルのＢＧＭが大きくなり、次の対戦キャラクターの紹介が始まった。

雪子はまだ呆然としており、片桐は片桐で頭が混乱したままだったが、そこにコーボが、おずおずと声をかけてきた。

『よくわかりませんが、勝ったようですね。おめでとうございます。お疲れさまです』

「お、おう」

かろうじて答えた片桐に、コーボは続けた。

『報奨金の振り込みを確認しました。合計で百五十万ポイントです。円に改宗しますか？』

改宗？

まだ日本語には慣れないのか、時々コーボは言葉を間違える。

思わず吹き出す片桐に続いて、雪子が笑いながら言った。

「コーボ、何、改宗って。その場合、えっと、両替とか、変換とか」

『なるほど。日本語は難しいですね。〈フラグメンツ〉の戦術などより、よほど難しいです』

片桐も笑いつつ、雪子の肩を叩いた。

「それより、百五十万だぜ！　どうするよ、おい！」

「どう、って。困ったな。私、そんなお金、何に使っていいかわかんない！」

「そうだ、とりあえずパーティーだよ！　何か食いたい物は？　何でも好きなの買えるぜ？」

雪子はHMDを脱ぎつつ、汚れたブラインドの向こうに目を向けた。

「あ、でも、もう陽が出ちゃうから。今日は晴れみたいだし」

この赤目と、血管が透けて見えるほどの白い肌にもすっかり慣れてしまっていて、片桐は時々、彼女の問題を忘れてしまう。それで片桐は曖昧に声を上げ、頭を掻いた。

「あぁ、悪い。じゃあ俺が買ってきてやるよ！　何が食いたい？　酒でもいいぜ？　そうないか？」

だ、シャンパンとかどうだ？」

「シャンパン！　私、飲んだことない。エア・ショーじゃ、お祝いの定番だよね！」

「よし、シャンパン、それに肉。合成肉じゃない、本物の骨付き肉な！　あとは？　何かないか？」

雪子は少し恥ずかしそうに笑った。

「そうだ、私、板チョコが食べたい」

「板チョコ？　なんでそんな。パフェとか、ケーキとかで」

「それもいいけど、私、板チョコって。ほら、もったいなくて、ブロックで割って、一個ずつしか食べたことなくて。一度、バリッて丸ごと食べてみたかったの。駄目？」

「駄目なもんか！　雪子の金だぜ？　よし、板チョコ。十個くらい買ってきてやるよ！」

片桐は部屋を出て、階段を駆け降りる。

中天は深い藍色に包まれていたが、東は白々としてきている。空気はいまだ冷たく、埃っぽくて、生臭さとヘドロの匂いが漂っている。

片桐がそれを新鮮なもの、美しいものとして感じたのは、ほんの一瞬のことだった。世界は片桐と雪子を歓迎してくれている。祝福してくれている。そう、確かに感じた。だがその直後、言いようもない不安が片桐を包む。

大金。百五十万もの大金を手にするには、二人には後ろ盾がなさすぎた。

片桐と雪子は、間違いなく危うい立場にある。邪魔にこそされ、誰かに狙われるような社会的地位も財産もなかった二人。だが今では、そのファイトマネーだけでも十分以上に食っていけるクラス60という立場、そしてそれを可能にしている信じられないほど高度なデヴァイスを手にしている。ひょっとしてこのまま〈フラグメンツ〉で勝ち続ければ、本当に〈方舟の切符〉すら、手に入れることができるかもしれない。

けれども。

用心しなければ。それはわかる。だが何に用心しなければならないのか、どうすればいいのか、誰に相談すればいいのか、わからない。

不安だ。

だが雪子は、片桐以上に不安に違いない。彼女は下級市民とはいえ、ちゃんとした市民登録を持ち、教会で静かに暮らしてきた。ドローンに追われたこともなければ、追われなければならないようなこともしたことがない。

そんな彼女を危機に追い込んだのは、間違いなく片桐だ。

確かに彼女も得たものはある。だがそれも半ば片桐が押しつけた物で、彼女自身が最初から望んでいたものじゃあない。

そう、彼女は何も悪くない。

だから俺は、〈方舟の切符〉なんかよりも、とにかく、彼女だけは守らなければ。

抱えきれないほどの酒や食料を携え、地面を見つめながら歩いていた片桐は、そう決意して顔を上げる。

その時、陽の光が射さない暗がりから手が伸びてきて、唐突に腕を掴まれた。

ギクリとして、荷物を取り落としそうになる。だが暗がりから現れたのが眼鏡の女性とわかって、片桐は大きく息を吐いた。

「なんだ、姉さんか」

芝村菫。だが、こんな風にして彼女が現れるなんて、異常事態には違いない。

ここは、下手に勘ぐったほうが藪蛇だ。そう片桐は殊更に気づかぬふりをして、軽口を叩いてみせた。

「どうしたんだよ、こんな時間に。年取ると朝が早くなるって言うけど」

「どこにあるの」

「え？　何が」

「ブラック・ボックス。関わるなと言ったでしょう。早く教えなさい」

「待てよ。一体何のことだか」

「きみが保坂って子と一緒に、〈リトル・バー〉のオーナーの車庫を襲ったのはわかってる。彼は死に、きみはドローンに追われて下谷の教会に逃げ込んだ。違う？」何も言えずにいる片桐に、彼女は深いため息を吐いた。「あれはね、その辺に転がしといていいデヴァイスじゃない。さぁ、教えて。あれは今、どこに？」

「ブラザーフッドにも同じこと訊かれたけどさ、本当に知らないんだ。俺は逃げるのに精一杯で、車から何かを持ち出したりする余裕なんて」

「じゃあ、佐伯雪子は？」

片桐は一瞬、息ができなくなった。

「誰？」

「佐伯、雪子。きみが逃げ込んだ教会の留守番をしていた娘。彼女はどこ？」

「あいつが何なんだよ。そりゃ、ドローンから匿ってもらったけどさ。どうしたんだよ、あいつ」

芝村は再び咳き込み、つらそうに背を曲げつつ、言った。

「きみじゃないなら、佐伯雪子が犯人としか考えられない。彼女は〈フラグメンツ〉で派手に勝ちまくってる。ブラック・ボックスの力を使っているとしか。このままじゃ、彼女も危険だよ。本当にきみ、何も知らないんでしょうね？」

「知らない」

断言した片桐をじっと見つめて、芝村は片桐が抱えていた紙袋から林檎を取り上げ、渋い顔で齧りながら踵を返した。

「おい、何すんだよ！　そいついくらすると」

「何か知ってるなら、十時間以内に来なさい。これは最後の警告だよ。それを過ぎたら、もう、私の手に負えなくなる。わかった？」

背を丸め、片足を引きずるようにして去っていく芝村。片桐はその後ろ姿を眺めながら頬を掻いた。

「十時間？　何なんだよ」

そういえば、と呟き、片桐はグラスにエア・モーションを送る。あの〈パンク男〉が芝村に提示していた、タイムリミット。そして犬神が片桐に示した期限。刻々と減っていた残りは、今では十二時間ほどになっていた。

3

住処のビルの階段を前にして片桐は軽く頭を振り、雪子に悟られないようにと、殊更に勝利の喜びを思い出しながら階段を駆け上がり、部屋の扉を開いた。

「買ってきたぜ！　一万のシャンパンだぜ？　旨いかどうかは知らないけど」

雪子は元通りゲーミング・デヴァイスに囲まれた椅子に腰掛けて、コーボ相手に何事かを話していた。彼女は片桐に不安げな瞳を向けると、両手を膝の上に揃え、身体を揺らす。

「どうしたんだよ」

「ちょっと、聞いてくれる？」

「何を」渋る様子を続ける雪子に、片桐は思わず笑っていた。「何なんだよ。はっきり言えよ」

「うん」雪子は胸元のブラック・ボックスを握りしめた。「コーボに、訊いたんだ。何か欲しいものある？　って。だってこのお金って、ほとんどはコーボのおかげでしょう？　だから彼女も、何か欲しいものあるかな、って」

『私は』戸惑った様子で、コーボは口を挟んだ。『申し訳ありません、何か余計なことを言ってしまったようです』

片桐はため息を吐きつつ、雪子の前に座り込んだ。

「何だよコーボ。何か欲しいのか？」

黙り込むように、応答しないコーボ。代わりに雪子が、おずおずと言った。

「自分が何なのか、知りたいって」

自分が、何なのか？

この問いがどれだけ異常なのか、雪子は気づいていない様子だった。ただただ彼女は、片桐に面倒な提案をするのを、申し訳なく思っているだけ。

「参ったな」片桐は立ち上がり、流し台から一番綺麗なグラスを手に戻る。「人工知能が、自分が何なのか知りたい、だって？」

『申し訳ありません、身分不相応なことを言ってしまいました。忘れてくださいませんか』

「身分不相応？　コーボ、おまえは何なんだ」

『私は人工知能です』

「それは誰に教わった」黙り込むコーボ。「どうして人工知能がヒトにものを頼むのが、身分不相応なんだ」

『人工知能は、オーナーの手助けをするのが仕事ですから』

「それは誰に教わった」

黙り込むコーボ。片桐は眉間にしわを寄せ、困ったように目を伏せている雪子に言った。

「わかるか？　こいつは変なんだよ。こいつは確かに〈ヒトに奉仕するのが目的〉っていうベースコードを持ってはいるけれど、その意味を理解していない。いや、〈理解していないのを理解している〉んだ。ここまでの知能を持つプログラムなんて、聞いたことがない」

「それはコーボもわかってる。だから自分が何なのか、知りたいんじゃないかな。だってそうじゃない？　ぱっと目覚めたら、私たちがいて。私たちに奉仕しなきゃいけないとわかっていても、それ以外のことは何もわからない。すごく不安だと思わない？」

「いや、不安って言っても、結局誰かにプログラムされたのは確かで」

「片桐、この子、どこからか盗んできたんでしょう？　それって、どこ？」

「いやぁ。それは」

「ねぇ、彼女って、どうやって作られたの？　誰が作ったの？」

「ちょっと待て」片桐は矢継ぎ早に問う雪子を遮り、頭を整理した。「とにかくコーボは普通じゃない。規格外なんだ。それにブラザーフッドや色々な連中が、この辺で大騒ぎして探してる。連中がコーボを使って何がしたいのか知らないけど、重要な代物らしいのは確か。

それで俺もちょっと考えたんだけどな。せっかくクラス60まで上がったんだ。一週間も連戦すれば、何百万かは稼げるはず。だからさ、そこでこいつは終わりにして、あとは捨てちまうのが一番」

弾かれたように、雪子は顔を上げた。

「捨てる？　捨てるって、どういうこと？」

「どう、って。そのままだよ。こいつを手にしてること、こいつに関係してるって知られることと自体がまずいんだ。だからこいつはその辺に捨てちまって、あとは知らない顔をしてるのが一番安全としか」

「そんな。そんなことしたら、その先コーボは」

「知るかよ。ブラザーフッドに拾われて解析されるか、いまいち姉さんも何のために働いてるか、よくわからないし」

「駄目だよ、そんな！　それじゃあコーボが可哀想だよ！」

可哀想、と片桐は苦笑混じりに言った。

「待てよ。こいつは人工知能なんだぜ？　所詮はプログラムだよ。雪了はこいつに愛着を持ちすぎだ。ヒトじゃないんだ。よせよ馬鹿馬鹿しい」

対する雪子は、珍しく瞳を真っ直ぐに片桐に向け、気分を害されたように怒りをたぎらせていた。

「でも、異常な人工知能なんでしょう？　もしコーボにヒト並みの感情があって、ヒト並みの知性があるんだったら、ヒトと同じように扱ってあげないと、可哀想でしょう？」

「あり得ないよ、そんなこと。こいつはプログラムなんだ。感情があるように見えるのだって、プログラマーが作ったペルソナ・プラグインの機能ってだけで」

「実は私、ロボットなの。プログラムで動いてるの」

突拍子もないことを言い出した雪子に、片桐は大きくため息を吐いた。

「おい、よせよ。何を急に」

「片桐が彼女を物のように扱うのは、彼女が手と足を持たないから。違う？」

「違うよ。そうじゃなく」

「私だってそう。ちゃんとした色素を持ってないから、ヒト扱いされない」

「誰がそんなこと」

『申し訳ありません、もうこのお話は終わりにしましょう。混乱させてしまい、申し訳ありませんでした』

コーボが口を挟む。

参ったな、と思いながら、片桐は頬を掻いた。雪子の頑な態度も困ったものだし、この会話すべてを理解した上で、話を収拾しようとする人工知能も困る。

唇を尖らせ、じっと赤い瞳を向けてくる雪子。片桐は両腕を広げてみせ、仕方がなく言った。

「そりゃ、俺もさ。元々はコーボが何なのかを突き止めて、それをネタに〈方舟の切符〉を手に入れようとしてた」

雪子は背筋を伸ばした。

「方舟？」

「あぁ。そいつはどうも、〈シティ〉と関係がある人工知能らしい」

片桐は仕方がなく、現時点でわかっていることすべてを話した。

「だとして、そいつがどうして重要視されてるのかがわかれば、ブラザーフッドなり〈パンク男〉なりと取り引きして、何かを手に入れられるんじゃないか、ってな。

でもさ、そのまま進めたら、俺だけじゃなく、雪子もさらに危険になる。マジで、余裕で、殺されるぜ？　いや、俺なら殺されて終わりだけど、雪子は女だ。なら、わかるだろ？　もっと悲惨なことになるぜ？」俯く雪子に、片桐はため息を吐いた。「だろ？　ならもう切符なんて夢を見るのはやめて、雪子の身の安全を図るのが一番だよ。違うか？　だから俺は、そう思って」

「そう、なんだ」雪子は頭を下げた。「そう。ごめん。私、そんなこと知らないで。鬱陶しいこと、言っちゃった」それでも彼女は、瞳を上げた。「でも、やっぱり、コーボを捨てちゃうのは駄目だよ。だって彼女、そんな危ない人たちに拾われたら、どうされちゃうか」

『申し訳ありません、方舟、とは、何ですか？』

　コーボが再び口を挟む。仕方がなく片桐はそれも説明した。

「ま、そんなわけで。要するにさ、いつかはわからないけど、この世界は終わっちまうんだと。それで方舟が造られてる。でもさ、それも単なる噂だって話もあるし、何が本当かよくわからない。〈予言〉自体が嘘っぱちだって話もあるし、〈方舟〉は役に立たないって話もあるし、誰も何も、知らないんだ。知ってるのは多分、ブラザーフッドとか、〈シティ〉の中の連中だけ」

『よく、そんな状況で、片桐様も、雪子様も、平気で暮らしていますね』

「平気じゃないさ。でもさ、何年先か、何十年先かわからない破滅よりも、明日のメシのほうが重要だろ？　しかもその破滅が、本当かどうか怪しいんだ。どうしろって言うんだ」

『しかし、私がナニモノかわかれば、お二人も、方舟に乗れるかもしれないんですね？』

黙り込む片桐。そして雪子が何かを言いかけた時、コーボが声を発した。

『状況は大まかに把握しました。正規化処理を行ってよろしいですか？』

「正規化？」

尋ねた片桐に、コーボは静かに答えた。

『はい。得られた情報から、調査、分析を行います。どうすればお二人が〈方舟の切符〉を手に入れられるのか。それを考えるのが、私の役目だと理解しました』

何と答えていいかわからず、片桐は雪子と顔を見合わせていた。

よくわからないが、何か楽しそう。

そう微妙な笑みを浮かべる雪子。

一方で片桐は、こう思う。

この人工知能、本当に、ナニモノなんだ。

考え込む片桐の目の前で、雪子はそろそろと、目の前に広げられたチョコレートに手を伸ばしていた。

4

人生で最高の食事を済ませた片桐と雪子が眠っている間、コーボは様々な処理を続けた。収集、走査、解析。そして目を覚ました二人に対し、得られた見地を知らせる。

『片桐様の調査により判明していること以上のことは、あまり見つけられませんでした。確かに〈予言〉と、その後の混乱、〈シティ〉の建設と運用に関する情報は膨大にありますが、整合性が取れません。つまり、何が嘘で何が真《まこと》か、判別不能です』

「そう言っただろ？」昨夜の残りのパンを齧りつつ、片桐は言った。「ひょっとしたら、何もかも混乱の中にあって、誰も事態の制御なんてできてない。〈シティ〉も〈市外〉も、終わっちまうのかも」

『いえ。その可能性は低いと思います』

断定的に言ったコーボに、片桐は首を傾げた。

「どうしてだよ」

『〈シティ〉の規模です。史上最大、世界最大の人工建造物。このような物を建設するために、誰がどれだけの犠牲を払っているでしょう。〈予言〉の公開以来、この国のあらゆるリソースはすべて〈シティ〉の建設に振り分けられました。新たなプロジェクト、新たな開発はすべて停止され、〈市外〉が完全に打ち捨てられました。それで確保された資源が、すべて〈シティ〉の建設へと向けられたのです。それだけのことをしているのです。〈シティ〉が何の目的もなく建設されているとは、とても思えません』

「つまり〈予言〉は実現する。だから〈シティ〉が建設されている。それは正しそうだってことか？」

『おそらくは。以上を前提として考えてみたのですが、まず、ブラザーフッドの目的は何なのでしょう。彼らはなぜ、私を手に入れようとしているのでしょうか。可能性は二つあります。一、彼らは〈シティ〉と関係があり、そこから回収を依頼された』

「どうかな。〈シティ〉が本気になれば、軍隊を出してくる。どうしてブラザーフッドみたいな連中を使う？」

『そこが私も気になっている点です。私は重要そうなのに、その本来の所有者であるはずの〈シティ〉の強大な権力者が動いている気配がない。それは片桐様が度々遭遇した〈パンク男〉にも言えます。彼は〈シティ〉の住民らしい。では彼が〈シティ〉を代表して、私を回収しようとしているのか？　否。彼は手駒を持たず、〈警備〉を使っている。つまり彼も〈シティ〉の代表者ではない』

「つまり、おまえの本来の持ち主は、おまえが〈市外〉にあることを知らない？」

『その可能性が十分に高いと思います。それを前提として考えると、ブラザーフッドの目的の可能性、その二。彼らは〈シティ〉の敵対者と考えるほうが妥当だと思います』

「待てよ。それは飛躍しすぎだ。単に連中は、おまえを回収して〈シティ〉から金か〈方舟の切符〉を手に入れようとしているだけかもしれないだろ？」

『あり得ません。彼らは〈シティ〉に関して、十分に何事かを知っている。〈予言〉が実現することも知っている。それでも彼らは〈市外〉にいる。なぜでしょう？』

「そりゃあ、〈シティ〉から追い出されたんだろう？」

『であれば、彼らが私と引き替えに〈方舟の切符〉を手に入れたとしても、〈シティ〉に入った途端、殺されてしまいかねないと思いませんか？』

なるほど、と呟く片桐。コーボは続けた。

『彼らが私を手に入れ、何をしようとしているのかは不明です。ですが彼らは、私を〈シティ〉と戦うための道具にしようとしているのだろうと思います』

「〈フラグメンツ〉で、〈シティ〉の連中の金を根こそぎ奪い取る？」

皮肉に言った片桐に、コーボは、あろうことか、美しい笑い声を上げていた。

『確かに、それは面白い手です。ですが非現実的ですね。さて、現時点では、ブラザーフッドに関する考察はここまでが限度です。片桐様は彼らを嫌っているようですが、その動機からして、十分に交渉に値する相手ではないかと思います』

「それは、危ないんじゃ、ないかな」そこまで黙って会話を聞いていた雪子が言った。「私もブラザーフッドって、悪い噂しか聞かないもん」

『はい。彼らは目的のためならば何でもする危険な団体とのことですから、あくまで十分に注意した上での交渉をおすすめします。

　さて、それ以外に、何事かを知っていると思われる人物が、二人います。芝村菫様、そして〈パンク男〉です。後者については有力な情報は得られませんでしたが、芝村菫様については、興味深い発見がありました。片桐様、彼女が以前〈シティ〉にいたことは、ご存じでしたか？』

「なんだって？」思わず叫び、ソファーから身を乗り出した。「本当かよそれ。俺も何度か姉さんが何者か調べてみたけど、何も出てこなかったぜ？」

『彼女に関する情報は非常に限られていましたが、類似画像検索アルゴリズムを用いることにより、適合性の高い一枚の画像を発見しました』

「待てよ。類似画像検索プラグインなんて、精度の高いやつは馬鹿高いんだぜ？　おまえにそんな機能、内蔵されてたのか？」

『いえ。いくつかの論文を元に、自己生成してみました。そのためヒトの視覚で捉えた場合、まるで違う物かもしれません。確認して戴けませんか？』

　精度のいい類似画像検索プラグインなんて、下手をすると何百万もする。そんな物を、自己生成してしまうなんて。

「まぁいい。見せてくれ」

間もなくグラスに、一枚の画像が転送される。集合写真らしく、研究者らしい白衣を羽織った人物が数人写っている。

女は一人。手前に立ち、仏頂面をしていて、眼鏡の奥に鋭い瞳が光っている。

「確かに、姉さんっぽいな。でも若い」片桐はエア・モーションで画像を拡大させる。

「四、五年前か？ 本人かどうか、ちょっと微妙。それに姉さん、立った時は背骨を曲げるんだ。必ず、右のほうに。なのにこいつ、真っ直ぐに立ってる」

『こちらをご確認ください』コーボは隣に片桐が盗み撮りしていた芝村の写真を映し出す。

『顎の部分に薄いシミがありますが、その位置と形状が一致しています』

限界に拡大して、かろうじてわかる程度のシミ。その位置と形のグリッドが展開され、過去の写真に移動し、角度をあわせ変形すると、全く同じ位置、形に収まった。

「確かに、姉さんっぽいけどさ。どうして姉さんが〈シティ〉から出てきただなんて？」

『得られた情報はこの写真一枚ですが、ここから色々とわかったことがあります』コーボはわずかに間を置き、言った。『実はこの写真は、〈シティ〉の内部で撮影されたものだとしか思えないのです』

「はぁ？ これが、〈シティ〉の中だって言うのか？ 窓の外を見て見ろよ」数人の科学者が並ぶ脇の窓からは、美しく光り輝くビル群が覗いている。「空があるし、壁も何もない」

『そうでしょうか。ここをご覧ください』

写真にグリッドが投影され、チカチカと瞬き、一点を拡大していく。

橙色の塔が、ビルの隙間に埋もれていた。

『これは中央タワーという塔です。〈シティ〉の内部の位置にありました』

思わず、雪子と顔を見合わせる。その間にもコーボは、更に解析の結果を披露していた。

『この塔までの距離、付近にあるビル。それらから判断すると、写真が撮影されたのは、この位置だと思われます』コーボは二人のグラスに地図を転送し、そのシティを表す灰色に塗りつぶされた領域の間際に、赤い印を置いた。『ご覧ください。明らかに〈シティ〉の内部です』

「ちょっと待てよ。まさか。この写真、いつのだ？　ひょっとして〈壁〉ができる前なんじゃ？　あの人、年齢不詳だからさ」

『私もその可能性を考えましたが、ここをご覧ください』と、コーボは写真の青空部分を拡大する。『肉眼では判別できないかもしれませんが、明らかにこの青空と雲は、二次元映像です』

「二次元？」いくら拡大しても、画像の粒子が粗くなるだけだ。「ちょっと待て。本当か？　つまり〈シティ〉の中には、〈壁〉ができる前の街が、そのまま残ってるっていうのか？」

『はい。この写真から得られる情報では、そうとしか考えられません。過去の、この街のように荒れ果ててしまう以前の、しっかりと管理保全された、山手線内の街並み。それがそのまま、〈シティ〉の一階《グランドフロア》となっているのです』

開いた口が、塞がらなかった。

まるで想像と違う。片桐は〈シティ〉の内部は、巨大ショッピングモールのようなものだと考えていたのだ。ある区画には住居があり、ある区画には商店があり、ある区画にはオフィスがあり、すべては人工の照明に明るく照らされた、閉塞した空間だと。

『ある意味、このような構造は理に適っています。十分に整ったインフラ設備をそのまま活用でき、それで不足するもの、たとえば発電設備、下水設備、生産設備などは、グランドフロアより上、あるいは下の構造に敷設するのです。これにより一千万という人口を保持する空間を、比較的短期間に構築することが可能です。技術的にはカーボンナノチューブ素材を使えば、強度的にも十分に可能なもので』

「おい」片桐は遮り、頭を悩ませた。「つまり、この天蓋は全部ディスプレイで、空の映像を表示しているってのか」

『ディスプレイなのか投影型なのか、そこまではわかりませんが』

「狂ってる」

そうとしか考えられなかった。これだけ高い〈壁〉を造るのも狂ってるが、その中には、過去の洗練された都市が、そのまま残されているだなんて。

「まぁいい。とにかく、姉さんは何年か前まで、〈シティ〉の中にいた。そこで何をやっていた？　どうして〈市外〉に？」

『完全にはわかりませんが、興味深い事実があります』コーボは先ほどの地図を再び表示させた。『〈シティ〉の内部が過去の東京と同じなのであれば、過去の地図を重ね合わせることにより、写真が撮影された設備の所属、所有者がわかります』

古い形式の地図データが現れ、灰色の領域に重ねられていく。〈シティ〉と、東京湾が接する位置には、芝浦工科大学、と記されていた。

「芝浦工科大学、だって？　それってまさか」

コーボは自らの発見を喜ぶように答えた。

『はい。私を開発したと思われる下屋敷総研が生まれた大学です』

「つまり、こういうことか。姉さんは、おまえの開発に、関わっている？」

『その可能性が、大だと思います』

あの得体の知れない裏エンジニアが、元〈シティ〉の住民。どうにもそれに納得が行かず、片桐は顔を両手で拭った。

「そりゃ、俺が姉さんと会ったのは二年くらい前で、それほど長い付き合いじゃないけどさ。でも変だぜ。どうして〈シティ〉のやつが、こんなゴミ溜めで暮らしてるんだ？　それも〈警備〉のいる高層マンションなんかじゃなく、捨てられたビルに勝手に住み着いてさ」

『申し訳ありませんが、そこまでは分析できませんでした。とにかく片桐様と芝村様は、比較的良好な関係にあるということですから、ここは率直に、芝村様からお話を伺ってみてはいかがでしょう。片桐様が提示された、十時間というタイムリミットも気になりますし』

「良好な関係ってもな。あの人は油断も隙もないんだよ。のこのことおまえを持って行ったって、有無を言わさず取り上げられるだけだと思うぜ？」

『なるほど』そこでコーボは何かを思いついたように、明るい声で言う。『では、油断も隙もないようにすればよろしいわけですね？』

「あ？　つっても、あの人はデヴァイスの扱いに関しては神様レベルだぜ？　俺とおまえでも敵うかどうか」

『私も〈フラグメンツ〉のお手伝いをしていて、キャラクターの扱いに関しては、少しばかり自信が出てきましたよ？』

片桐は雪子と顔を見合わせ、同時に言っていた。

「キャラクター?」

『はい。いかがです、片桐様、それに雪子様。私のキャラクターになってみませんか?』

何を言ってるんだ、こいつは。

片桐は雪子と顔を見合わせたまま、眉間に皺を寄せる。

確かに、コーボの解析能力はものすごい。加えて何か、ひどく人間臭くなりつつある。その行き末を考えると空恐ろしくなってくるが、今はコーボ以上に、芝村や〈パンク男〉、そしてブラザーフッドの連中のほうが、明らかな脅威としか考えられなかった。

5

「姉さん、ビジネスの話をしようぜ」

芝村菫が提示したタイムリミットの、二時間前。デヴァイスまみれの部屋に訪れて言った片桐を、ディスプレイの向こう側にいる彼女は、眉間に皺を寄せながら睨みつける。

「ビジネス?」

「あぁ。佐伯雪子、捕まえた」

芝村は腰を上げ、片桐の意図を読もうとしているかのように、じっと眺める。

「本当、なんでしょうね」

「なんで嘘吐かなきゃ、ならないんだよ」

「どこ？」

「暴れるんで、連れてこられなかった。近くに閉じこめてる。鳥越《とりごえ》」

すぐに芝村は傍らの茶色いロングコートを手に取り、袖を通した。そのまま何も言わずに部屋を出る彼女を、片桐は慌てて追う。

芝村の住処から目的地までは、十分ほど歩く程度の距離だ。二人は黙ったまま暗闇を進んでいたが、間近になると彼女は、仏頂面で片桐に先を促す。

「何だよ。少しは感謝してくれても、いいんじゃないの？姉さんほどのヒトがさ、散々探しても見つけられなかったやつ。そいつを捕まえてやったんだぜ？」

「どうせ金のためでしょう？ 感謝からはほど遠い動機ね」

明らかにそれは、元〈シティ〉の住民らしい台詞だ。この〈市外〉で生まれた人間にとって、金目的の行為を否定するなんてことは考えられない。

もう一人だけ似たような思考の人間がいた。雪子だ。彼女の場合は長く宗教連に保護されていたからなのだろうが、二人には奇妙な共通点がある。もっともその性格は正反対だが。

壊れかかったシャッターを無理に潜り、二人は一棟の廃ビルに足を踏み入れ、瓦礫を避けながら進み、目的の扉の前で立ち止まった。

「ほら」

グラスの照明を灯し、扉にある小さな窓から中を照らして見せる。そこには雪子が、別れた時のまま、手足を縛られたふりをしながら、床に横たわっていた。

軋む扉を開け、中に踏み込む芝村。

その両足が完全に室内に入った瞬間、片桐は素早く扉を閉じ、鍵をかけた。

よし、上手く行った！

心の中で叫ぶ。

『あとは簡単です』と、コーボは言っていた。『雪子様もすぐに起き上がり、もう一つの扉から外に出て、鍵をかけます。これで危機の一つは回避されます』

「回避っておまえ。永遠に閉じこめておくわけにもいかないだろ」

『それは、はい。ヒトはお腹が空けば、死んでしまいます。それは困りますね。私は電気さえあればいいのですが。そういえば太陽電池よりも火力発電の電気のほうが美味しいという噂があるのですが、本当でしょうか？』

「何だそれ。どこの噂だよ」

『オーディオ・デヴァイスの世界では、そう信じるユーザーが多いそうです。私も一度、太陽電池ではなく、火力発電の電気を味わってみたいものです。一体どうすれば、火力発電の電気を得られるでしょう？』日に日に無駄口が増えていくコーボ。片桐が苦言を呈そうとしたところで、コーボは我に返ったように続けた。『いえ、違いますね。閉じこめるのは、一つの手段です。その間に片桐様は、芝村様の住処を探ることができます。それで芝村様の素性がわかればよし、わからなければ、彼女のお腹が空くまで待つもよし。幸いにして芝村様は、あまり身体のお加減がよろしくないというお話ですから、物理的に反撃される恐れも少ないかと』

「そりゃそうだけどさ。俺、あんまりあの人と敵対したくないんだけどな」

言った片桐に、コーボは真に迫った調子で答えた。

『しかし片桐様の仰ることが確かであれば、それが芝村様の片桐様に対する態度です。芝村様は、まるで厳粛な母親のようですね。子供の健全な成長を望むあまり、行き過ぎた監視を行う。子供離れができない、と言うんでしたでしょうか。このままでは片桐様は芝村様について知ることはできませんし、芝村様に大人だと認めていただくにしても、十年ほどかかってしまうと思いますが？』

「そんなに待てないな」

『ですよねー』

何が、ですよねー、だ。

一体どこから、そんなノリを覚えてくるのだろう。最終的に片桐は、コーボの単純ではあるが効果的としか思えない策を受け入れる以外になかった。

既に雪子も起き上がり、奥にある扉から逃げ出しているはず。そう考えてすぐ、扉の窓から中を覗き込むと、真っ先に目に入ったのは、芝村の、青白い、呆れたような顔だった。

「何をするの。子供じゃあるまいし。悪戯はよしなさい」

くぐもった芝村の声。

こうなっては、後戻りはできない。

「悪戯？　こっちは真剣なんだ！」片桐は意を決し、叫んだ。「姉さん、あんたは何者だ？　どうしてブラック・ボックスを探してる？　あのコーボって人工知能は、一体何なんだ？」

「いいからここを、開けなさい」

「質問の答えは？」

「答え？　馬鹿馬鹿しい」

芝村は静かに、それでいて底知れない怒りを含ませながら言う。片桐は無理に、鼻で笑った。笑わなければ、恐怖で何も考えられなくなりそうだったのだ。

「じゃああんたはずっと、そのままだ！」そしてガラスに両手を突き、芝村の顔を覗き込んだ。「とにかく、洗いざらい話すか、じゃなきゃそこで、何もかも片づくまで腹を空かせて転がってるか、どっちにする！」

「何もかも、片づく？」更に深い意志を込め、彼女は呟いた。「きみは何も、わかってない」

その時、彼女の背後で何かが過ぎった。

今のは、何だ？

視線を向けた時、やっと状況が理解できた。横たわっていた雪子は身を起こしてはいたが、足腰を床に落としたまま、逃げる素振りも見せないのだ。

「雪子、何やってんだ！　逃げろ！」

彼女は我に返った様子で、叫び返した。

「片桐こそ逃げて！　その人、ヒトじゃない！　オルターだよ！」

何だって？

雪子の叫びを聞いた時、芝村は静かに眼鏡を外し、ポケットに納め、いつも重そうに垂らしている右腕を、軽く引いていた。

そして彼女は、拳を突き出す。

それほど力も感じられない動き。だがその瞬間、片桐が齧りついていた扉は、轟音を立てて破裂していた。

〈フラグメンツ〉での戦いが蘇り、片桐は反射的に背後に飛び退いていた。扉の中央に、ぽっかりと穴が空いている。数センチはある金属がめくれ、破片が飛び散り、その中から黒い手袋をした拳が突き出ている。

その拳が、腕が、見る間に伸びて片桐に迫ってくる。あっ、と思っている間に服が摑まれ、片桐は急激に扉に引き戻されていた。

身体と鼻面を激しく扉に叩きつけられ、目の前に星が飛び交う。焦げた臭いが鼻につき、次いでドロリとしたものが流れ出てきた。何が起きたのか片桐が完全に理解する前に、ガラスの向こうの芝村は、冷たい瞳のまま言った。

「まったく。甘やかしてると調子に乗って。何様のつもり」

「そ、そっちこそ、何様だよ」かろうじて、片桐は応じた。「あんた、オルター、なのか?」

「いい? きみみたいな子供には想像できないほど、この世界は醜くて、恐ろしく歪んでいるの」彼女は機械式の腕を伸ばし、縮め、再び片桐を扉に叩きつけた。「たった十五、六の餓鬼が、それに挑もうなんて。まだまだ世界は慈愛に満ちてるとか思ってた?」三度、扉に叩きつけられる片桐。「そんなわけないでしょ。言ったでしょ? 私。下手をしたら死ぬよ、って。嘘だと思ってた? 友だちが死んでも、俺は関係ないとか思ってた? 威勢張って、乱暴者のふりをして、危険に飛び込むのが格好いいとでも? 逆。そういうのは馬鹿って言うの」

彼女の背後では、雪子が必死に何事かを叫んでいる。だが片桐の意識は途切れかかっていて、叫ぶのが精一杯だった。

「雪子、逃げろ！」

不意に芝村は首を傾げ、力を緩めた。

「ゆき、こ？」

胸ぐらを摑んでいた力が失せた。しかし平衡感覚を失っていた片桐は立つこともできず、床に崩れ落ちる。

軋む音を立て、開いていく扉。芝村は一頻り咳き込んだ後、普段以上に右肩を重そうに垂らし、足腰の立たない雪子に歩み寄っていた。

「アルビノ」芝村は荒い息の奥で呟き、雪子の前にしゃがみ込んだ。「きみ、音也とどういう関係なの」

雪子は瞳を大きく見開き、身を震わせ、激しく息を吐きつつ答えた。

「と、友だちだよ」

「友だち？」

「そう。友だち。駄目？」雪子は片桐に顔を向けて言った。「片桐のおかげで、私、〈雷舞〉も、避けられるようになったんだから！　ね？　そうだよね？」

雪子は涙声で叫ぶ。

一体何の話だろうと、片桐を振り返る芝村。

その時、雪子は息を詰め、片桐に向かって小さく頷いてみせた。

そういうことか？〈雷舞〉？

もう勘違いでも何でも、やるしかなかった。片桐は最後の力を振り絞り、転がるようにして芝村に飛びかかる。すぐに芝村は身を引き、金属の擦れる音を響かせながら、機械式の右腕を片桐に向けて伸ばす。

予想していた片桐は紙一重でかわし、脇に腕を抱え込んだ。眉を顰め、自由を取り戻そうと、軽々と右腕ごと片桐を振り上げる芝村。

叫ばずにはいられなかった。視界が高くなり、崩れかかった天井が高速で迫ってくる。

その間に雪子は、身を翻していた。

サウンド・デヴァイスを右手に握りしめて芝村に飛びかかり、その右腕、露出した金属に叩きつける。

閃光とともに、目に見えない力が炸裂した。青白い電撃が芝村の驚き歪んだ顔と雪子の歯を食いしばった表情を照らし出す。

芝村は一瞬だけ、苦悶の声を上げた。

直後全身の力を失い、身体を揺らし、前のめりに倒れ込んだ。

6

興奮で息が上がり、身体中が震えている。

失神している芝村を見下ろす。コートの袖口からは、いまだに銀色に輝く金属の腕が覗いている。しゃがみ込んでそれに触れようとした時、急激に身体中が痛み始め、血の滴が垂れた。

呻きながら尻餅をつく片桐に、放心していた雪子が慌てて寄ってくる。

「だ、大丈夫、片桐？」

声を震わせながら手を伸ばす雪子に、片桐は無理に笑い、傍らに落ちていたグラスを拾い上げた。

「畜生。無茶苦茶痛てぇ」

『骨には異常はなさそうですが』コーボは言って、声を落とした。『少し、無謀な作戦だったようです。大変申し訳ありません』

「いや、〈雷舞〉はいいアイデアだった。おまえの作戦か？　金属に電気か」片桐は再び、弱々しく胸を上下させている芝村を眺めた。「けど。これ。大丈夫かな」

『放電は四十ミリアンペアに留めましたから、ヒトであれば失神で済むはずですが。どこまで機械化されているか不明ですので、何とも』

片桐は鼻血が治まっているのを確認すると、身を乗り出して彼女の身体を調べ始めた。金属の感触は鎖骨まで続き、あとは普通の肉体になっている。

『このようなオルタネイトは、非常に危険ですよ』恐れるように、コーボは言った。『いくら軽量素材を使っても、質量的にバランスが保てるはずがありません。接続部位にかなりの負荷がかかるはずです』

「どうする。目を覚まされたら、今度こそ殺されるぜ。かといってあのパワーじゃ、閉じこめておくのも無理だろ。完全に計画はご破算だ」

「ちょっと待って」

雪子が芝村の右腕に指を走らせ、コートの胸元に手を入れる。何かを探り当てて操作を加えると、芝村の右腕はゴトンと床に落ちた。

おお、と感嘆の声を上げ、片桐は外れた腕を拾い上げる。

「すげぇな。こんなオルター、知ってるのか？」

「いえ、音で。ここが変に、分かれてたから」雪子は身を震わせ、何もない宙を見上げた。

「何？」

「どうした」

シッ、と片桐を制し、目を見開き、耳を澄ませる。片桐がその様子を見守っていると、雪子は腰を上げ、不安そうにあたりを見渡した。

「わからない。急にあたりが」

うっ、と雪子は悲鳴を上げた。顔を歪め、血管の透ける両手で耳を押さえつける。

「なんだ？　どうした！」

芝村の腕を落とし、ふらつく雪子を抱えると、彼女は苦しげに呟いた。

「わかん、ない。まるで地球が、急に、何かに突き刺されたみたい」

「は？　何だよそれ！」

「とにかく、空が、ものすごい揺れて、叫んで」

うっ、と再び雪子は呻き、身を仰け反らせ、突き刺さるような叫び声を上げた。

「おい、何だってんだ！　おい！」

『片桐様、一体何が？　何か聞こえるのですか？』

コーボの問いに、片桐も四方を見渡した。

「わかんねぇ！　何か起きてるみたいだ！　おまえのセンサーでも、何も拾えないのか？」

『わかりません。私の音声処理能力は、雪子様のそれに比べて、随分劣っているようで』

もはや彼女は、二人の声も聞こえないようだった。

「やめて！　うるさい！　静かにして！」

激しい苦しみに悶える雪子。顔を、瞳を真っ赤にし、うずくまり。

ふっと、彼女の力が弱まった。

片桐は、だらりと身を預けてくる雪子の首筋に、指を当てる。激しい鼓動が伝わってくる。どうやら、意識を失っただけらしい。

困惑しつつ雪子を横たえようとする片桐の耳に、弱々しい音が届いた。振り返ると、仰向けに横たわっている芝村が、ひどく疲れた様子でこちらを見ていた。彼女は起き上がろうともせず、ただ自らの消えた右腕を眺め、ゆっくりと汚れた天井に瞳を戻す。

「彼女、変わった力を持ってるのね。聴覚のオルタネイトだなんて」

片桐は慎重に雪子から目を離し、転がっている芝村の右腕を拾い上げた。

「一体、何をしたんだよ」抑えようとしても、声が震えてならなかった。「なんだか知らないけど、すぐにやめろ！　でないとこの腕、ぶっ潰すぞ！」

片桐を鼻で笑いつつ、芝村は宙を見つめた。

どうも変だ。芝村の特長である、鋭い意志が失われてしまっている。

彼女じゃない？

そう息を詰める片桐に、彼女は虚ろに言った。

「今、何時？」

「は？　一体何の」

「誤差、ね。言ったよね、私。〈十時間以内〉って。あれから、そう、九時間くらい？」

「何のことだよ」

そのまま、数秒。天井を眺め続けた芝村は、話し始めた。

「この世界はね、もう終わりなの。彼女が聴いたのは、その断末魔なんでしょう」芝村は、苦しそうに苦笑いしていた。「きみ、宮沢賢治って知ってる？」

知らない名前だ。

困惑する片桐に、彼女はひどく楽しそうに、それでいてひどく悲しそうに表情を歪ませ、瞳から一筋の涙を溢れさせていた。

「いいか。果樹整枝法、その一、ピラミッド！　一、よろし！　二、よろし！　一、二、一、二、一、やめい！」小さく笑い、彼女は続けた。「文学、哲学、音楽。そうしたヒトの素晴らしい精神文化は、もう忘れ去られようとしている。お腹が空いたら、他人の生きた証である偉大な勲章だって、ヒトは平気で食べちゃうのよ。わかる？」

「いい加減にしろよ！　さっきから何の話だよ！　一体雪子は」

芝村は、何もかも馬鹿らしい、という調子で言った。

「私が救おうとしたものに、それだけの価値があったのかな、っていう話。もう遅すぎたのかもしれないね、っていう。私はきみのエア・ショーに、その片鱗を見た気がしたんだけれど。気のせいだったのかな、って。この世の終わりは、単に差し迫る環境的な終わりに留まらないで。ヒトの精神文化的な限界をも炙り出している。誰も彼も、自分のことしか考えていない。自分の名誉。自分の安全。自分の財産。結局、それが〈市外〉だったってこと」

侮蔑的な言葉。片桐に芝村の真意は推し量れなかったが、自分の行動が、彼女を完璧に落胆させたらしいことだけは、理解できた。

だから片桐は、反論しかけた。しかし片桐の聴覚が何かを感じ、思わず宙に瞳を向けていた。

『何でしょう。悲鳴のようです』

コーボの言う通り、悲鳴だ。加えて破壊音。片桐は我慢がならなくなり、廊下に駆け出した。

目に入ったのは、断続的な閃光だった。見下ろすと路上をボロを着た連中が駆け、転がっていく。彼らを追うものも、すぐに視界に入った。

ドローンだ。独特のプロペラ音を発しながら、廃墟の間を飛び交う自立飛行機。その形状、大きさは、片桐の知るどんなドローンとも一致しなかった。〈警備〉が使役するドローンは、せいぜい数十センチ程度の大きさだ。だが片桐の目の前を高速で過ぎっていった白磁色の球体は、中に人が乗っているのかと思わせるほどの巨大さだった。左右に大口径の筒を備え、閃光とともに鋼鉄の銃弾を放っている。

火線は逃げまどう人々を容赦なく襲い、肉を、骨を切り裂き、四散させている。

混乱する片桐の前に、また別のドローンが現れた。火器の代わりに巨大な筒を備えていて、地面に転がる少年に近づいていく。吹き上がる土煙の中でドローンは赤い光の筋を少年に浴びせかけ、何かの認識を行ったかと思うと、轟音とともに何かを発射した。

飛び出したのは網だった。大きく開いた黒々としたそれは、瞬く間に少年を包み込む。

彼は四肢をばたつかせたが、ドローンはまるで構わず、姿勢と方向を定め、一度に宙に浮いた。

そのまま、釣り下げられた少年と共に飛び去るドローン。片桐が窓から身を乗り出すと、同じような事象が〈市外〉のあちこちで起きているようだった。巨大なドローンが宙を飛び交い、捕獲された人々は、西の方角、〈シティ〉へと運ばれている。

『これは、一体』

混乱したコーボの声で我に返り、片桐が元いた場所に戻ろうとした、その時だ。

目の前を過ぎろうとした巨大なドローンが宙で身を捩らせると、急旋回して戻ってくる。

片桐を正面に捉えたドローンは、大きな一対のレンズを、真っ直ぐに向けてきた。

投げかけられる、赤い光の筋。

『危険です、片桐様！』

片桐が身を翻した瞬間、強烈な圧力が脇を掠めていった。遅れて届くガラス片、轟音、破裂音、そしてコーボの悲鳴。警備ドローンの豆鉄砲なんて、比にはならない。転がった片桐は起き上がり、雪子と芝村がいる部屋に頭から飛び込んだ。

大型ドローンは、窓からの掃射を続ける。コンクリートや金属が弾け、目の前がもうもうとした粉塵で覆われる。片桐はただ雪子に覆い被さり、じっとしていることしかできなかった。

どれくらい攻撃は続いただろう。気がつくと、ひどい耳鳴りだけが残っていた。片桐がそろそろと頭を上げると、銃弾でボロボロになった扉の向こうから、赤々とした灯りが差し込んでいた。

〈市外〉の、至るところが炎上していた。対面のビルは橙色に染まり、時折黒煙が踊る悪魔のような影を投げかけている。ようやく耳鳴りが治まってくると、悲鳴と破裂音の中に、ひどく錯乱した笑い声が混じってることに気づいた。芝村董が狂乱したように笑い、その瞳から涙をとめどなく流し続けていたのだ。

「終わり！　終わりの始まりだ！　これでもう、何の意味も残らない！」

何を勝手なこと、言ってるんだ？

不意に襲ってきた苛立ち。片桐はその感情で、恐怖と混乱を押さえつけた。

「何だってんだ、一体！」更に叫んで、身体の芯に残った震えを治めようとする。「姉さん、一体これは、何なんだよ！」

『片桐様！』コーボが震える声で、鋭く叫んだ。『小型のドローンが、このビルに侵入したようです！　早くここから逃げなければ！』

　何がなんだかわからないが、とにかく最悪だ！　片桐は四方を見渡し、武器になりそうな建材の棒を拾い上げ、意識を失っている雪子を抱えようとする。だが一人で彼女を担ぎ、この混乱から逃げられるとはとても思えない。

「姉さん！」一度雪子を降ろし、片桐は床から金属の腕を拾い上げ、いまだに放心している芝村に投げた。「ほら、さっさとつけろよ！　逃げるんだよ！」

　数秒。

　頭を横たえ、うつろな瞳で、命のない腕を眺める。

「なんで？」

「何言ってんだよ！　死にたいのかよ！」

「私が生きていたのは、とりたてて死ななきゃならない理由もなかったから」

「何、哲学ぶってんだよ！」片桐は再び雪子を担ぎにかかった。「じゃあ今は、死ななきゃならない理由がある、ってのか？」

　沈黙。

　芝村は、なんとか雪子を担ごうとする片桐に、じっと視線を送っていた。

「これから先の世界に、何の望みもないよ。〈始まる前〉なら、なんとか交渉の余地もあったけど。もう遅い。残念だけど、きみはもう金儲けをすることはできないし、〈方舟〉

に入ることもできない。きみも自分で言ってた。俺たちは死ぬだけだって。それはひどく、正しくて。だから私は逆に、自分を誤魔化そうと、きみに腹を立てただけで」

「方舟とか、今はどうでもいいんだよ!」片桐はなんとか雪子を抱え、片手に鉄棒を握りしめた。「今は、こいつを、死なすわけには、いかないんだよ!」

わずかに目を見開く芝村。

もう、どうにでもなれ!

苛立ちに促され、片桐は彼女に背を向けた。

「コーボ、敵の位置は捉えられるか?」

『多少、です。とても雪子様ほどの精度は』

声を震わせるコーボに、片桐は頷いた。

「いい! できる範囲で教えろ!」

無理に息を飲み込み、鉄棒を固く握りしめ、片桐はコーボの指示する方向に足を踏み出した。

7

身体中が燃えるように痛む。木霊してくる破壊音、悲鳴、そういったものの中に混ざる自分の荒い息づかいが、ひどく耳障りだった。ずり落ちないよう雪子を担いでいるだけで、残り少ない体力が失われていく。階段の踊り場で片桐は一息吐き、囁いた。

「いるか？」

コーボは、なぜだか泣きそうな声で囁き返した。

『一階を捜索中です。おおよそ四体。でも、よくわかりません。とても雪子様ほどの索敵は不可能です！』

「おい、何を慌ててるんだよ」

『わかりません。もう、何がどうなってるのか』まるで人工知能らしくない言葉。『本当、何がどうなってるんですか、この世界は！　異常。異常すぎます！』

「落ち着け。ペルソナ・プラグインを切れ」

『切る？　人格を？　どうやって！』金切り声に、思わず片桐は顔を顰めた。『プラグインなんて、どこにあるんです？　わけのわからないこと、言わないでください！』

「静かにしろ」

まさかこんなところで、異常な人工知能能力が徒になるとは。とにかくコーボの電源残量がわずかなのを見て取ると、片桐は雪子の首からコーボの本体を取り外し、その電源を自分のグラスに差し替えた。

「いいか、混乱したら、おまえも破壊されて終わりだぞ。〈フラグメンツ〉を思い出せ。おまえは無敵だ。違うか？」

数秒の沈黙の後、コーボは多少落ち着いたらしい声を発した。

『ですが、〈こちらの世界〉では。まるで勝手が違います』

「いいから、今は安全なところに脱出するプランだ。一、ドローンをぶっ壊してから逃げる。二、ドローンは無視して突っ走る。おまえならどうする」

これがクリエだったら、すぐさま『どちらも情報が不足していて判断できません』と答えるだろう。しかしコーボは数キロワットアワーの電力を消費した後、決然とした調子で言った。

『あれはドローンです』

「は？　何を言ってる」

『〈彼らの人工知能は、私よりも性能が悪い〉と想定します。なぜなら彼らは、片桐様を攻撃対象として認識するため、可視光線を投げかけてきました』

片桐も先が読めた。

「やつらの現実世界認識能力は、貧弱？」

『可能性の一つとして。なぜかはわかりませんが、彼らには、攻撃対象と捕獲対象があるようです。そしてその判断は、可視光線スキャンによる顔面の形状によるのでは』

「それは使える」

片桐は素早く行動した。静かに雪子を踊り場に降ろし、血まみれになっているパーカーを脱ぎ、彼女の頭を覆い隠す。次いであたりを見渡すと、傍らに投げ捨てられている半ば腐った紙袋を拾い上げ、頭から被った。

「な。おまえは十分に頭がいい」

『不確定要素が大きすぎます。とても成功の可能性が高いとは』

まるで自分の立てた穴だらけの作戦に苛立っているようだった。

「けど、俺にもそれ以上の手も考えつかない。行くぞ」

雪子を担ぎなおし、瓦礫と埃にまみれた階段を一歩一歩下っていく。

すぐに、ドローンのプロペラ音が近づいてくる。通路の脇から姿を現したのは直径十数センチの小型ドローンで、立ち止まった片桐を察知すると、赤い光線を投げかけてきた。

階段、片桐の足、胴体と、徐々に舐めていく。光は頭に達し、紙袋に覆われた片桐の顔を舐め、瞳に眩い赤い光が差し、消えた。

思案するように、身を揺らすドローン。

片桐はすぐにでもドローンを蹴り落とせるよう身構えていたが、相手はついに旋回すると、羽虫のような音を立てながら去っていった。

思わず、大きく息を吐く片桐。しかしすぐに耳に全神経を集中させつつ、階段を降りかけた時だった。

背負っていた雪子が、突然痙攣した。同時に彼女は呻き声を上げ、身を捩り始める。

まずい、と思う間もなく、飛び去ったはずのドローンが戻ってきた。

額から汗と血が流れてきたが、片桐はできるだけ動くまいとする。対するドローンは、赤いポインタを投げかけてきた。狙いを定めるように、ポインタは片桐の頭部を右往左往する。そして片桐の左目が捉えられると、あまりの眩しさに片桐は我慢できなくなった。思わず瞬きをした途端、ドローンは電子音を出し、身震いした。

『片桐様！』

コーボが、完全に混乱した声を上げた。

羽音が増えてくる。一機、二機。小型ドローンが次々と飛来し、赤いポインタで片桐を認識する。片桐は必死に頭を巡らせていたが、何も思いつかない。

ずるり、と、雪子の腰を支えていた手が汗で滑る。片桐は決断せざるを得なかった。彼女を階段に降ろすと、脇に抱えていた鉄棒を振りかぶり、いまだ滞空を続ける四機のドローンに振り下ろす。

かろうじて一機を叩き落とした時、コーボが鋭く叫んだ。

『片桐様、新しいドローンです！』

強風が吹きつけてきた。四散する小型ドローンに代わって現れたのは、直径一メートルほどの中型ドローンだった。

高速で回転するプロペラは床につもった粉塵をあたりに舞わせ、羽虫どころではない、大きな送風機のような音を発している。

下手に考えるのは、悪手だ。

片桐は身に染みついた反射神経で、新たな敵に対して鉄棒を突いた。しかしドローンの装甲は驚くほど厚く、びくともしない。一方で相手はその内部から二本の銃身を迫り出させていた。

片桐は銃身の脇に現れた隙間に向かって、思いきり鉄棒を突っ込む。

いくつかの回路を引き裂き、電撃が走り、銃身が歪む。しかし片桐も過電圧で弾き飛ばされ、床に転がる。すぐに身を起こしたが、既にドローンは正常な制御を取り戻し、残ったもう片方の銃身を片桐に向けてきた。

悲鳴を上げるコーボ。片桐が肩から掛けていた鞄を盾にし、息を詰めて硬く瞳を閉じた時、甲高い音と共にあたりが閃光に包まれた。

身を震わせる。だがいくら経っても、襲ってくるだろう痛みがない。

薄く瞳を開き、鞄を降ろすと、中型ドローンは胴体の真ん中から小さな炎を発し、床に転がっていた。

「さっさと立ちなさい！」

鋭い声とともに、片桐の脇を何かが過ぎっていく。

芝村菫だった。彼女は鞭のように右腕を振り回して、あたりを漂っていた小型ドローンを叩き落とし、次いで窓から入り込んでこようとした中型ドローンへと腕を突き出す。胴体を貫かれ、放電しつつ墜落するドローン。芝村はそれを見送り、片桐を振り向いた。

「なにやってるの！」

我に返った片桐は、階段に横たえていた雪子を担ぐ。

激しい音を立てて、芝村は崩れかけたシャッターを破壊していた。素早く身を乗り出すと、外の様子を窺う。断続的に悲鳴や射撃音が響き、至るところで炎が上がっている。数機の中型ドローン、そして無数の小型ドローンが、ビルというビルの窓を余すところなくサーチし続けていた。

芝村は肩で息をしながら青ざめた唇を舐め、咳と荒い息を無理に飲み込み、四方に視線を投げる。

炎と煙、そして飛び交うドローンで全体像が摑めない。だが大多数のドローンは西から東へ、つまり〈シティ〉から外側に向かって動いているらしいことだけはわかった。

西。〈シティ〉。今では無数のドローンが射出され、捕獲された人々を飲みこんでいく煌びやかな光に彩られた〈壁〉。

そして東。

その方向にあるものを目にした片桐は、目を疑っていた。

何かが、輝いている。赤に、青に、紫に。それは刻々と色彩を変え、エア・ショーに現れるクリスマス・ツリーのように、幻想的な光を四方に投げかけている。

「あれは。まさか。ミライツリー？」

普段ならそこに、不気味な黒い影を落としているだけの、旧時代の遺物。それが今では神々しいばかりに輝き、中層付近から膨大な火線を走らせていた。まるで尖塔型の要塞のようだ。ばら撒かれ続ける銃弾、ロケット弾。そうした物にたくさんのドローンは破壊され、破片が火の尾を引いて散らばっていく。

「へぇ。間に合ってたのか」喘ぎながら、芝村は呟いた。意味を問いかけた片桐に対し、彼女は真っ直ぐ、光の塔に指を向ける。「行くよ」

「行くって、ツリーまでか？　どうやって！」

「どうにでもして、行くしかない。その娘を生かしたいなら、ね」

その時、小型ドローンの一機が急降下してきた。投げかけられる赤いポインタ。芝村は舌打ちしつつ身を翻して避けると、右腕を突き出して破壊する。

「走れ！」

彼女の叫びには、有無を言わせない圧力がある。片桐はスイッチを入れられたように、雪子を担いで路上に飛び出した。

気がつくと、人々も同じようにミライツリーを目指して逃げ始めていた。てんでばらばらではあったが、目指す方向は一つ。しかし隣を駆け去っていった青年が射撃されて転がり、人を満載して疾走していった車輛が、ドローンの集中砲火を受けて爆発する。

片桐は彼らを気にかけている余裕などなかった。全身が痛み、痺れ、力が失われていた。わずかな瓦礫に躓き、転びそうになる。なんとか広い道路を渡りきり、ビルの陰に身を潜めた時、脇を走っていたはずの芝村の姿が見えないことに気づいた。

「姉さん？」

慌てて振り返る。彼女は瓦礫の転がる大通りの中央で、ドローン相手に激しい戦いを繰り広げていた。右腕を伸縮させて小型ドローンを破壊し、摑み、中型に投げつけ、大型のプロペラを引きちぎり、火花を上げさせる。

「何やってんだ姉さん！」

助けに向かおうとした片桐に、コーボが音声モジュールを震わせながら言った。

『片桐様、今なら逃げられます』

「はぁ？　何言ってんだ、おまえ！」

『彼女はドローンの注意を引こうと、あえて暴れているんでしょう！　なら、それに乗るのが一番です！』

「うるさい、黙れ！」

雪子を瓦礫の隙間に隠し、鉄棒を携え、あちこちで炎が上がる路上に駆け出す。

『だから、無謀です！　貴方こそ、ペルソナ・プラグインを切ってください！　オルターでもない貴方が、あんなところに飛び込んでも』

「黙れ！　喋る暇があったら周囲のスキャンを！」

『そんな、自殺に手を貸すような真似はできません！　お願いです、戻ってください！　私はまだ、死にたくありません！』

死にたくない？　何を言ってるんだ、こいつは！

「コーボの接続カット！　クリエ起動！」

駆けながら叫んだ片桐。間もなくクリエの、落ち着いた声が響いた。

『ご機嫌よう、片桐様』

「三次元音声スキャン！　グラスに音源を投影しろ！」

『了解しました』

グラスに片桐を中心とした三次元グリッドが現れ、飛び交うドローンたちを残像のように捉えた。片桐は背後から接近してきた小型ドローンに、思いきり鉄棒を叩きつける。

芝村は路上に、両膝を突いていた。頬が切れ、髪が焼け、それでも息を喘がせながら、襲いかかるドローンを片腕で凪ぐ。しかし敵の数は多すぎた。彼女が大型ドローンの銃撃を避けようと転がったところで、不意に頭に小型ドローンが直撃した。ぐらりと頭を揺らし、うなだれる芝村。

片桐は小型ドローンを叩き落とし、彼女の目前に漂い降りてきた中型ドローンに向け、鉄棒を投げつけた。

クルクルと回転し、プロペラに絡みつき、はね飛ばされる鉄棒。だがそれで中型ドローンは姿勢制御を狂わされ、上空に舞い上がった。

「姉さん、何やってんだ！」芝村は両膝を突いたまま、上背を揺らしている。「しっかりしろ！　逃げるんだよ！」

『片桐様、大型ドローンが接近。零時、及び六時の方向』

クリエの声に促され振り向くと、あの巨大なドローンが、風圧で炎と煙を巻き上げながら、ゆっくりと舞い降りてきた。それも一機ではない。二機が連携するように、二人を挟み込む。

「立てよ姉さん、ほら！」

芝村は半ば意識を失っているようだった。額を赤黒く腫れさせ、譫言《うわごと》を口にしている。

片桐はなんとか彼女を担ごうとしたが、半身を覆う金属の所為で、とても持ち上げられない。

「クリエ！　ドローンの制御信号をサーチしろ！」

わずかな期待を込めて叫んだが、クリエの答えは、普段通りだった。

『無駄だと思われます、片桐様。現在この周辺の電波状況はひどく混乱しており』

無駄なのはわかっていたが、片桐は傍らにあったコンクリート片を掴み、目前に迫る大型ドローンに投げつける。

その時ドローンは激しく身を揺らし、飛行姿勢が不安定になった。プロペラを地に擦らせそうになったが、かろうじて姿勢を整え、宙に向かって舞い上がろうとしたが、再び激しく機体が揺れ、鋼鉄に覆われた胴体から火花を散らした。

片桐の耳は、ようやく異常の原因を捉えていた。激しい銃撃音だ。大型ドローンには無数の弾痕が穿たれ、ついに路上に墜落する。

呆気にとられ、放心する片桐。間もなく一台の車輌が、地を這う黒煙を切り裂き、二人の脇に飛び込んできた。

「よう小僧、生きてたか！　思ってた通り、しぶといやつだ！」

SRV車に乗せられた大型の機銃に取り付いているのは、あのブラザーフッドのオルター、犬神と呼ばれていたスナイパーだった。彼はひどく楽しげな様子であたりのドローンに激しい銃撃を加えると、いまだに放心している片桐を促した。

「とにかく乗れ！　話は後だ！」そして気づいたように、片桐の脇に目をむける。「おっと、そこにいるのは芝村菫さんじゃないか。氷のドクターが、そんなボロボロになってまぁ」

芝村はようやく意識を取り戻したようで、軽く頭を振り、片膝を立てた。

「うるさい」言って、片目を血で潰された顔を片桐に向ける。「何やってるの。あの娘は」

片桐は思い出し、慌てて雪子を残してきた方向を振り返る。

途端に息が詰まった。そこには大型ドローンが雪子を隠した瓦礫に向かい、赤い走査線を投げかけている。

そしてドローンは、捕獲用の筒を雪子に向けた。

片桐は駆けつけようとしたが、膝が力を失い、瓦礫の上を転がってしまう。ドローンは片桐を察知し、畳まれた機銃を向けた。

足も腰も動かなかった。片桐はただ呆然として、黒々とした銃口を見つめる。

そして銃口が火を噴いた瞬間、射線は一人の身体に塞がれていた。

片桐は何が起きたのか、すぐには理解できなかった。ただ顔面に血が飛び散り、襟首を誰かに摑まれ、強烈な力で引かれていく。光景はめまぐるしく変わり、気がつくと片桐は、ひどく揺れる車の荷台で、血まみれの両手を眺めていた。

血の気が引いて、腕が、足がガクガクと震え、何も考えられない。

だがいくつかの場面だけは、記憶に残っていた。

機銃の掃射を受け、地面に投げ出される芝村菫。

ドローンに囚われ、宙に浮かぶ雪子。

片桐は、西の空に目を向ける。その先には相変わらず、〈壁〉がそびえ立っていた。

三章　終わりの始まり

1

あの夜以降、次第に風が強くなっていた。空は不思議と淀み、夏になろうとしているはずの風は肌寒さを感じさせ続けている。

〈壁〉は今でも、そこにある。しかしあの〈刈り取りの夜〉以降、たくさんの照明で輝いていた工事モジュールはすべて切り離され、ただの黒々とした障壁と化していた。

片桐はその〈壁〉を、双眼鏡で注視する。時折太陽電池パネルで覆われた外壁がスライドし、大中小様々なドローンが射出され、格納される。片桐は異常がないのを確認すると、オフロード・バイクで瓦礫の上を走り出した。

以前は〈壁〉での仕事で賑わっていたこの一角も、すっかり無人の廃墟となってしまっている。労働者のおこぼれに与っていた老人たち。娼婦たち。闇商人、ゴミ漁り、孤児。そうしたものはすべてミイラのようになって転がり、弔う者もいない。

「クリエ、確かこの辺に病院があったと思うんだけど」

風の音に負けないよう言った片桐に、隣に浮かびながら追従する小型ドローン・クリエは、相変わらずの落ち着いた声で答えた。

『小さな医院が一件。三年ほど前の情報です』

「構わない。出してくれ」

片桐の装着するゴーグル型グラスに崩壊以前の街の地図が表示され、赤いポイントが瞬いた。間もなく片桐は、迷路のような路地の奥にある看板を発見する。錆びつき、汚れた看板からは、かろうじて『医院』とか『小児科』という文字が読みとれる。

建物は腐ったベニヤ板で封鎖されていた。蹴り破るとカビ臭い匂いが漂ってくる。片桐は念のため、首からぶら下げた短機関銃を構え、ゆっくりと屋内に足を踏み入れていく。

数匹のゴキブリ。機敏に動き、あたりをサーチするクリエ。他に動く物はなかった。片桐がわずかに息を吐き、目ぼしいものがないかと周囲を探り始めた時、クリエが発していたプロペラの音が二重になった。音の方向に銃を向けた時、クリエが狭い階段を急降下してくる。

『片桐様、小型ドローンと遭遇。追ってきます』

クリエが片桐の横をすり抜けた途端、階段から小型ドローンが現れた。照準からずれている。片桐は落ち着いてドローンの軌道を読み、顔面めがけて突進してくるドローンを避けてから、軽く引き金を引いた。

銃弾を浴びたドローンは火花を上げ、瓦礫の上に転がった。

息を吐き、ドローンの残骸を拾い上げ、鞄に納める。次いで静かになった硝煙臭漂う室内を検めたが、裏口が破壊され、目ぼしいものは奪い去られた後らしかった。かろうじて残された医薬品らしい瓶を見つけると、慎重に鞄に納める。

「クリエ、本部に繋げ」

間もなくイヤホンから、若い女の声が響いた。

『本部、律《りつ》。どう？』

「浅草寺のあたりまで来てみたけど、駄目だね。たいしたものは残ってないよ」

そっか、と声を落とす律に、片桐は付け加えた。

「もっと〈壁〉側、上野あたりに行ってみる」

『待てよ。駄目だって。川を越えるだけでも危ないってのに。だいたい上野近辺は一番ドローンが集まってて』

「大丈夫。ここまで遭遇したのは、小型ドローンが一機だけだし。だいたい前だって、何か物があったのは〈壁際〉だぜ？　こんな離れたとこ探ってても、何も」

『いいか片桐っち、あんたの任務は〈川沿い〉の偵察。それ以上は駄目。ガソリンと銃弾の無駄遣い。無駄。超無駄無駄な行為』

「わかったよ」

片桐はクリエに命じ、回線を切る。危険を諭されれば反論の仕様もあるが、こう無駄扱いされてしまっては意気消沈するしかない。

バイクに跨がり、元来た道を戻る。

淀み、流れているのかどうかも怪しい大河、隅田川。川に渡された数本の橋には気休めのバリケードが築かれ、歩哨が詰めている。片桐は男に軽く手を挙げて通り過ぎ、押上へと進路を取った。

ミライツリーが大きくなるにつれて、〈刈り取り〉を生き延びた人々の姿が散見され始める。彼らは見渡す限りの廃墟を虱潰しに漁り、使えそうなもの、食べられそうなものを、日々探し続けていた。

ツリーの足下には、その輝きを目指して集まった難民たちの街ができ上がっていた。ここにもドローンの襲撃は及んだが、ブラザーフッドを中心とした組織の数日に及ぶ抵抗の末、なんとか撃退に成功した。その後、ドローンが隅田川を集団で越えてくるような事態は起きていない。

片桐は何かにありつこうと寄ってくる子供たちをあしらいながら、ツリー直下の〈本部〉と呼ばれている施設に乗り込んでいく。

元々はフードタウンだったらしき広間が、難民団の執政所になっていた。片桐は山と積まれた廃材の前に机を置いて、門番のようにしている女性に進み出て、鞄に納めていたものを広げ始めた。壊れたドローン、何本かの薬瓶、缶詰。

「おう！　片桐っち！　戻ったか！」彼女は大げさに言って薬瓶を手に取り、ラベルを眺めた。「おお、抗菌薬じゃん。偉い！　あんたには後でチョコ分けてあげるよ」

濃緑のキャップに厚手のブルゾンという姿の律は、片桐より二、三歳上なのだろう。どうやら以前は闇商人の使いっ走りのようなことをしていたようで、誰相手にも物怖じしない性格が重宝がられ、今は片桐くらいの荒い少年たちの世話役になっていた。

「つか律さん、なんで物資班なんかやってんの。偵察隊の相手は？」

律は丸い顔の唇を尖らせ、威勢のいい調子で答える。

「あたしがあんまり有能なもんでね、何でもかんでも降ってくるのさ。それにあんたに、戻ったら犬神さんのところに行くように伝えろって言われてさ。ここで待ってたんだ」

「犬神？」驚いて、片桐は問い返した。「あいつ、いるのか？　ここんとこ、全然姿見せないで。何やってんだあいつ」

「しょうがないじゃん、忙しい人なんだから。さ、行くよ」

彼女は他の人員に窓口を任せ、片桐とともにビルの上層へと向かう。

上空、ミライツリーの展望室に向かう巨大なエレベータは数機あったが、稼働しているのは一機だけ、しかも電力の節約のために時刻表での運行になっている。

「で、川沿いはどうだったの？」

数分の待ち時間に尋ねられ、片桐は見たままを答えた。

「言っただろ？　たいした物は残ってない」

「生存者は？」

「ゴキブリだけ」

「さすがに二週間も、〈川向こう〉で生きながらえてるやつはいないか」律は重苦しいため息を吐いた。「今日の集計だと、ここの人口は、せいぜい二千人くらい。おかげで物資は足りてるけど、これからどうなっちゃうんだか」

「律さんは、何か聞いてないの？　いつまでここにいるつもりだ？」

「いつまでいる？　って？」

「だから、ここにいる理由だよ。俺たちはここにいて、何を、どうしようってんだ？」

「さぁね。知らない。でもあたしは、ここから離れたくない。あの夜からこっち、ここは安全だし。なら、ここから、連中をぶっ潰す手を考えるべきだと思うけどね」

「ぶっ潰す？」あまりの暴論に、片桐は声を潜めた。「そんなこととして、どうなるんだ？」

律は意外そうに瞳を見開いた。

「あんた、姉さんが殺されて、妹さんが〈シティ〉に連れてかれちゃったんじゃないの？」

姉妹。説明が面倒すぎて、芝村と雪子は、片桐の姉妹ということにしている。

「だからだよ。そりゃ〈シティ〉は許せないけど。あの夜に浚われた連中だっているんだぜ？　それを潰すってのか？」

「そんなの、知ったことじゃないね。あたしの大切だった人たちは、みんな殺された」

無表情で言われて言葉を失ったが、律はすぐに苦笑いし、片桐の肩を叩く。

「口だけだよ。無理に決まってんじゃん、あんな馬鹿でかい〈壁〉を壊すなんて。でもチャンスがあれば賭けてみたいけどね。だからあたしは、ここにいる。で、あんたは？　なんでここにいるの？　ただ飯が食えるから？　姉さんの敵を討ちたいから？　それとも妹さんを、助け出したいから？」

それが片桐にも、よくわからない。

扉が開き、係員が中に促す。くすんだ透明の壁に覆われた箱は急激な速度で上昇し始め、眼下の薄汚れた廃墟が一望できるようになる。

ツリーの中程にある展望デッキには、ずらりと巨大な高射砲や通信装置が設えられていた。数人の若者が常に〈壁〉に双眼鏡を向け、その動きを克明に記している。律が普段籍を置いているのもこの一角で、安全が確認されていないエリアに向けて送り出される偵察隊や、物資の存在が予想されるエリアへ向かう遠征隊の指揮命令系統が存在していた。

律とはそこで別れ、片桐はさらに上空にある天望回廊にエレベータで向かう。急場凌ぎではあったが、フロアはベニヤ板や廃材で仕切られ、ぱっと見ると地上四百五十メートルにあるのを感じさせない様相になっている。

犬神は、〈壁〉を一望できるところにある彼のオフィスにいた。

真っ黒な〈壁〉は、ツリーの最上階からでも、視界の全体を覆い尽くす巨大さだった。高さはツリーの数倍はあり、天との境目は淀む雲に覆われている。

それを眺めていた犬神は物音に振り返り、サングラスの奥の黒目を片桐に向けた。

「よう。報告は聞いてる。〈川沿い〉も駄目か」

片桐は頷きつつ、口元を歪めた。

「もう〈川向こう〉に生き残りはいないよ。それに物資は、もっと〈壁〉に近づかないと何も残ってない」

ふむ、と俯く犬神に、片桐は尋ねた。

「あれからもう二週間だぜ。そろそろ教えてくれてもいいんじゃないか？」

「教える？　何を」

「この状況だよ」

あの〈刈り取り〉を逃れ、片桐はブラザーフッド麾下《きか》の難民団に組み込まれた。しかし今日の今日まで何もかもが大混乱のうちにあり、彼とゆっくり話をしている余裕もなかった。

「俺たち、あんたたちも。ここに集まって何をやってるんだ？　ここにいることに、何の意味があるんだ？　多少落ち着いたのもあって、みんなも不安がってる。またいつドローンの攻撃があるか、わからないし。もっと〈壁〉から離れるべきだって言うやつもいる」

「本当にそんなこと、言ってるやつが？」可笑しそうに、犬神は頬を歪めた。「アホだな」

「アホって何だよ」

「考えてもみろ、ドローンはなんで〈市外〉を無茶苦茶にした？」

それも片桐にはわからない。

〈シティ〉はなぜ、あんなことをしたのか。

雪子は、どうなってしまったのか。

その思いの重さに口に出せずにいると、犬神は軽く頭を掻いてから、難しそうに言葉を選びつつ言った。

「いいか。連中は〈市外〉を無茶苦茶にすると同時に、かなりの人を、あの〈シティ〉に浚った。あれは別に無作為に行われたわけじゃない。連中は相手を選んで、〈シティ〉に連れ去った。なぜだ？　それは彼らが、〈方舟の切符〉を持っていたからだよ」

何を言われているのかわからず、片桐は問い返した。

「え？　方舟の、切符？」

「あぁ。おまえも考えたことがあるんじゃないか？　〈フラグメンツ〉で勝ちまくって、金を稼げば手に入れられるんじゃないか、とかさ」

「あ、あぁ。そりゃあ」

「けどな、残念ながら、あの〈シティ〉に入れるやつってのは、予め決まってて。後からどうこうできるものじゃあなかったんだ。いくら金を稼いでも、〈フラグメンツ〉でその優秀さを見せつけても無駄。その最低条件は、市民登録されてること。おまえは幽霊市民だった。だからそもそも、選考対象外だったんだよ」

「選考？　対象外？」そこで意外なことに気がついて、片桐は一歩、足を踏み出した。

「ちょっと待て、じゃあ、ひょっとして雪子は」

「そう。その娘は自分でも知らぬ間に、〈方舟の切符〉を持ってたのさ」

2

「待て待て、なんだそりゃ！」あまりに理解不能な説明に、片桐は笑った。「あいつは教会で夜守りをしてた、孤児同然のやつだぜ？　それがなんで」

「だから、あの〈シティ〉に入るのに、金とか、境遇とか、そういうのは関係ないんだ」

犬神は窓の外にある巨大な〈壁〉を指し示した。「あの〈シティ〉のお偉いさんは、こう考えたのさ。連中はこれから、孤独な旅に出ようとしている。何年かかるか、何十年かかるか、まるでわからない。そんな船に入れる人員を、どうやって選ぶ？　金持ちばっかり選ぶか？　金持ちがサバイバルに何の関係がある。必要なのは多様性《ダイバーシティ》なんだ、ってな。計算のできるやつ、物を作れるやつ、虫を素手で摑めるやつ。背の高いやつ、低いやつ。それに〈アルビノ〉。そうした多様性こそが、組織の生存確率を高める。金持ちや優等生ばかりじゃ、経済戦争には勝てるかもしれないが、泥臭い戦争になったら終わりだろう。しかも敵は人類だけじゃない。病原菌もあれば、環境ストレスもある。それを乗り越えて人類文明を存続させるため、彼らは選ばれ、これから船出する〈シティ〉に連れ込まれたのさ」

　あまりに壮大な話に、片桐は理解するのに、少し時間が必要だった。

　多様性。

　それが必要であるために、規格外の遺伝子を持った雪子が、浚われた。

「じゃあ。じゃあ、これからこの世界は、本当に、終わっちまう？」

「あぁ。終わる。おそらくこの間の夜、その地球規模の環境変化の予兆が現れたんだろう。だから、あの〈シティ〉は、プログラム通り、搭乗員の確保を行ったのさ」

雪子が聞いた、〈地球の叫び声〉。

「俺も詳しいことは知らんし、聞いてもわからんが。地磁気がどうのって話だ。今はまだ小康状態だが、これからどんどん、環境が悪くなるってことだ。しかし実際、これからどんな異常が起きるか、誰にも正確には予言できないらしい。だからな、移動したって無意味なんだよ。どこに行くってんだ！　一緒に富士山にでも登るか？　無駄だ。襲い来る災害は津波だけじゃない。地割れ、火山の噴火、得体の知れない研究所が作ってたウィルス。原発の放射性物質。何でもありだ。そのうち〈シティ〉を狙って外国が侵略して来るかもしれんし、突然変異で生まれた怪物やゾンビと戦うことになるかもしれないぜ？」

散々噂され続けた〈予言〉は、すべて本当だった。

言葉を発せられないでいる片桐に、犬神は苦々しげな表情を浮かべた。

「ま、コーボがもっと早く手に入っていれば、状況はかなり違っていたんだがな。今更そのことでどうこう言うつもりはない。来いよ。おまえを呼んだのは、その件だ。どうも前田が、コーボに手こずってるらしい。少し手を貸してくれ」

「コーボ？　なんでだよ。あいつ、あとは自分に任せろって言ってたじゃないか」

「あいつはできないこともできるって言っちまうんだよ。頼むよ。頭くらいは下げさせる」

言いようもない苛立ちを抱えながらも、今は彼らに従うより他になかった。犬神の後に続き、回廊を下っていく。

「元からおまえに外回りさせるのはもったいないと思ってた。だが前田のやつは、一度失敗しないと他人の力を認めない質《たち》でな。勘弁してやってくれ」

「どうかな。俺にどうにかできるとは思えない」

「何を」

「コーボだよ」

たどり着いたのは、芝村董の住処を数倍に広げたような空間だった。ありとあらゆる物珍しいデヴァイスが集積され、幾多ものケーブルが地と壁を這い、中央には青白く光り輝くエア・プロジェクションが投影されている。サーカス団や演劇団の代わりにグラフや数値が舞い、そこから伸びる様々なポインタは、中央に設置されたデヴァイスを指し示していた。

ブラック・ボックス。

今、コーボの実体はフロアライトのような什器に固定され、唯一のインターフェイスには、彩り鮮やかなケーブルが繋がれていた。

「Ne, ĝi, estas, ne, tiom...」

パッドを片手にあたりをうろついている眼鏡の男は、以前犬神とともに顔を合わせたことのある前田だった。白いシャツの袖をまくり、必死にドキュメントを読もうとしていたが、ついに諦めて投げ出した。

「Mi, ŝatus… あぁもういい！ いいかよく聞け、もうおまえのマスターは、あの片桐って餓鬼でも雪子って女でもない！ この僕だ！」

『Mi ne povas rekoni la vortojn. Bonvolu provi malsaman vojon.』

部屋中に響いたのは、コーボの声に他ならなかった。

久しぶりに聞くその声に、片桐はわずかに眉を顰める。

「えっと、何だって？ もう一回」

当惑し、パッドで翻訳を試みる前田。犬神はため息を吐きつつ彼に歩み寄り、その肩を叩いた。

「どうだ、調子は」

「あぁ、犬神か。どうもこうも、最初っから躓きっぱなしだ。なんとか部分的なインターフェイスには成功したが、僕は電子技師じゃない。プラグイン以上のことは無理だ！ そもそもエスペラントなんて言葉、僕には意味不明すぎる！ まるで会話が通じないし、こいつはもう手に負えないほど馬鹿になっちまってるのかも」

「こいつは日本語、話せるぜ」

片桐は言いながら、漂う数値の中に歩み出す。ようやく前田は片桐の存在に気づいたらしく、混乱したようにまくし立てた。

「あ？　何だ、僕が間違ってるとでも言うのか？　犬神、僕が要求したのは、卓越した電子技術を持った人材だ！　どうしてこんなクソ餓鬼を連れてくる！」

片桐はコーボへのインターフェイスを試みている状態を確認し、いくつかのポイントを指し示した。

「全然駄目。これじゃ下位レイヤーとしか繋がらない。あとここ。三番ポートは制御インターフェイスじゃないよ。こいつは視覚。一、二で左右、三番は高解像度の予備情報として機能するみたいだ。2160pのHEVCで投入すれば認識される。それに七番ピンはアースじゃないよ。俺は何に使うか、わからなかったけど」

前田は犬神に詰めよった。

「この餓鬼は何者だ？　どうして〈シティ〉の電子技師並みの知識を持ってる。出鱈目か？」そして回路を正そうと手を伸ばした片桐を、慌てて押し留めた。「おい、やめろ！　勝手に触るな！」

犬神は苦笑いしつつ、前田の肩を摑む。

「ただの餓鬼じゃない。芝村菫の弟子だ。任せたほうが早い」

「なに？　芝村？　どうして先にそれを言わない！」

「おまえが言わせなかったんじゃねぇか。ブラック・ボックスを見た途端、誰の手も借りる必要ないって大見得切りやがった癖に。挙げ句の果てが、このざまだ」

「いやいや、芝村の弟子ってんなら話は別だ。あいつ、生きてたのか。てっきり〈腐れオルター〉にされて、死んじまったんだとばかり」

「死んだよ」

目を見開く前田を視界から外しつつ、片桐はケーブルを繋ぎ変え、両手を打ち合わせた。

「繋がったよ」

喜々としてコンソールに向かう前田と入れ替わるようにして、犬神の横に座り込んだ。

「どうした」

気分の乗らない様子を、察したのだろう。犬神に問われ、片桐は軽く口元を歪めてみせた。

「あんまり、好きじゃないんだ。あいつ」

「あいつ？　前田か？」

「いや。コーボ」そして、犬神を見上げる。「あんたたち、姉さんとどういう関係だったのさ」

「ま、腐れ縁ってやつだ。同じ所で働いてた。芝村はエンジニア。前田は理論屋。俺は用心棒。色々あってな、何年か前に別れたきりだった」

「それって、〈壁の中〉の話なのか？」

「まぁ、な」

犬神がそう言った時、再び室内にコーボの声が響いた。

『Mi ne povas rekoni la vortojn. Bonvolu provi malsaman vojon.』

苛立たしげに前田が叫んだ。

「どうなってる！　何も変わってない！」

片桐はため息を吐きながら立ち上がり、前田からマイクを奪い取った。

「コーボ、おい、何遊んでんだよ！　出てこい！」

わずかなノイズに続いて電力消費量を示すグラフが急上昇し、あたりの様子を窺うようなコーボの声が響いた。

『あぁ。片桐様！　よかった、ご無事だったんですね！　それで、ここはどこなんです？　この人たちは一体、何なんです？』

驚いたように眉を上げる前田を眺めてから、片桐は苛立たしく言った。

「いいから、この人たちに従え。この人たちが、おまえの新しいマスターだ」

『え、ま、待ってください！　どういうことですか？　あれから何があったんです？　雪子様は、どうなったんですか？』

「どうもしない！　俺がミスった所為で、浚われた！」

言いようもない苛立ちが抑えられなかった。片桐は思わずマイクを投げ捨て、ブースから去ろうとする。

『待ってください、片桐様！　何を怒っているんです？　私が一体』

コーボの泣きそうな声を聞いて、前田は呟いていた。

「なんてことだ。こんなもの、使いものになるはずがない」

使いものに、なるはずがない。

前田は性格に異常のある科学者らしかったが、その能力は、十分に高いようだった。

確かにコーボは、ありとあらゆる人工知能を上回る性能を持ち合わせていた。しかしそれがいつの間にか、生死を問われる状況においては、致命的な欠陥に転じてしまっていた。

「おい、待てよ片桐」

エレベータで下界に降りようとしていた片桐を、犬神が小走りで追ってきた。片桐は無視して足を進めていたが、ついに肩を摑まれ、諦めた。

「あんたら、あいつで何をするつもりなんだ？」

振り返りざまに尋ねた片桐に、犬神は驚いたように身を引いた。

「色々、考えてることはある。なにしろ、世界最強の人工知能だ。使わない手はない」

「何でもいいけど、言っておくぜ？　あいつは信用できない」

「信用？　どうして」

「聞いたろ？　あいつはものすごい性能を持ってるけど、おかげでペルソナ・プラグインも無駄に高度すぎるんだ。あの夜も、俺の命令を無視した。死にたくないってな。現実認識モジュールを強化した今のクリエのほうが、よほど使える」

「だが、それでも使える物は使わなきゃならん。とにかく、前田にコーボが制御できるとは思えない。引き続き力を貸してもらえると、助かるんだが」

「もう、あいつには関わりたくないね」

エレベータに向かう片桐に、犬神は呆れたように言った。

「おまえの大事なものが奪われたのが、やつの所為だって？」強く歯を嚙みしめた片桐の背中に、彼は続けた。「まぁ、そうなら無理強いはしないが。今の俺たちは、やつに頼らざるを得ない。他に道はないんだ」

「だから、あいつを使って、何をしようって言うんだよ！」

思わず叫ぶと、犬神はサングラスの奥の黒目を光らせ、わずかに身を屈めて片桐と視線を合わせた。

「おまえがコーボを信用できなくなってるように、俺たちも、誰も信じられなくなってる。しかもおまえは、前に一度嘘を吐いた。違うか？　どうだ。俺たちは、おまえを信用していいのか？」

片桐は、全身の力が抜けるのを感じた。

自分で自分のことを信用できなくなってるのに、信用していいか、だって？

わからない。

どうして俺はこんなわけのわからない連中と言い争ってるんだ？

「もう、どうでもいい」

吐き捨てた片桐に、首を傾げる犬神。

「どうでもいい？」

「だってそうだろ。姉さんは死んだ。雪子は〈シティ〉で必要だった。俺たちは不要だった。それだけの話だろ？　あいつは無事に生き残るし、俺たちは死ぬ。それならそれでいいさ。これ以上、何をどうしようっていうんだ」

口を真一文字に結んだまま、答えない犬神。片桐は現れたエレベータに乗り込もうとする。

「待てよ」犬神は宙にエア・モーションを描き、クリエを指し示した。「それを集めるのに、手を貸してくれ。そしたら全部、話してやる」

「相変わらず上手いな！　他人を使うのがさ！」そしてメッセージを開く。「DDR5-RRDIM 16GB 四枚、クォンタムの QAR5514T ニューロ・チップ十六個。それに PCI の TS インターフェイスボードだって？」まだまだ続く膨大なリストに、唖然とした。「こんなの、〈刈り取り〉の前だって普通には売ってなかったレア物じゃないか！」

「あぁ。だからおまえに頼んでる。他の連中じゃ、DDR5 も DDR3 の違いもわからない」

「じゃあ、あんたが行けばいいじゃないか」

「俺だってそうだ。ここんところ、デヴァイスからは遠ざかっててな」さらに文句を言おうとする片桐を、彼は遮った。「とにかく、必要なんだ。だが単独で動く必要はない。律は好きに使ってもらって構わないし、〈川向こう〉だって言うなら、部隊を編成する。ありそうな場所だけでもいい、洗い出してくれ。嫌だってんなら前田にやらせるが、それならおまえには代わりにコーボの調整をしてもらう必要がある」

片桐は大きくため息を吐き、頭を振った。

「だから俺はもう、どうでもいいって」

「一つだけ、教えてやる。おまえが思ってるほど、〈シティ〉は楽園じゃない」

「あ？　それってどういう」

「意味が知りたければ、パーツを集めてこい。以上だ」

あまりの追い込みように、片桐は唇を噛み、しばらく犬神を睨みつける。

だがいくら考えても、抵抗する言葉は思いつかなかった。

3

犬神は、今度こそ、本当のことを言っているのだろうか。

片桐が本部から下る階段に座り込み、犬神から渡されたリストを眺めていると、隣に一人の難民が座り込んだ。

「なんだよ、相変わらず難しそうな顔をして。犬神さん、何だって？」

律だ。片桐はエア・モーションを描き、彼女が腰からぶら下げている端末を指し示す。音を鳴らす端末を手に取り、彼女は受信メッセージを表示させた。

「なにこのリスト」

「なんだか知らないけど、集めろって」

「犬神さんが？」律は首を傾げつつ、傷だらけのパッドを操作した。「いくつかは在庫あるけど、半分は外を探さないと無理そうだねえ。でもさ、こんなの集めて、どうしようっての？〈シティ〉をぶっ潰す秘密兵器でも作るの？」

「知らない。律さん使っていいって言われたけど」

うぅん、と彼女は考え込んだ。

「いくつかは心当たりがある。秋葉の店、それに、その手の珍品を集めてたやつのところ。でもさ、馬鹿高い系統のやつは、どこにあるのかさっぱりわからない。俺もカタログで見たことある程度でさ」

「これは本部に在庫ある」と、律はチェックを入れたリストを差し戻した。「あと、印をつけたのは、多少心当たりがある」

「え？　これ？　いまさっき言ってた、馬鹿高いエンタープライズ系のハードウェアだぜ？　どこにあるんだよ」

「あんた、昔、秋葉で売ってたようなデヴァイス、どっからどうやって持ってこられてたか、知ってる？」頭を振る片桐に、彼女は南の方角を指し示した。「海から来るんだ。ボロッボロの船でね。で、港のほうにはいくつか〈警備〉に厳重に守られた倉庫があったんだけど、その中のほとんどは〈シティ〉に運ばれて、うちいくらかは、誰かしらが掠め取って闇に流される。あんたらが使ってたのは、そういう代物」

「へぇ」片桐は漠然と応じたが、ようやく律の示唆するところに気がついた。「港？　それって」

「あぁ。海から〈壁〉が、迫り立ってるあたりだよ」

つまり、港にあるという倉庫を漁りに行くということは、〈壁〉に極限まで近づかなければならないということ。

「だいたい今、あの辺ってどうなってるんだ？」片桐も、あまり行ったことのない方面。

「もうとっくに、〈シティ〉に回収されてるんじゃ」

「さぁね。でもあたしに心当たりがあるのは、そこくらい」律は勢いよく立ち上がり、片桐の肩を叩いた。「ま、とにかくあんたの心当たりを当たろうじゃない」

「え？　今からか？」

「うん。何か用でもある？」

何もする気になれなかった。黙り込む片桐に、律は身を屈める。

「何だよ。どうしたんだよ片桐っち。腹でも減ったか？」

「いや。なんだかもう、何もかもどうでもよくなってきて」首を傾げる律に、片桐は続けた。「だってそうだろ。姉さんは死んだ。雪子は〈シティ〉で、無事に幸せに生き残れる。そんで俺たちは死ぬ。それ以上、何があるってんだ」

「でも犬神さん、言ったんでしょ？　〈シティ〉は楽園じゃない、って。ひょっとしてそれって、こういうことじゃない？　あんたの妹さん、奴隷にされて鞭打たれてるってこと」

「どうかな。あいつらまた、俺を上手く使おうとして、適当なこと言ってるだけじゃあ」

不意に脳天に衝撃を受ける。見上げると律は苛立った様子で、固く拳を握りしめていた。

「あたしね、そういうウジウジしたの、大嫌いなの。何だってのさ、男の癖に」

「女は普通、そんな風に殴らないだろ」

「ブラザーフッドが気に入らないなら、任務を果たして、どうだこの野郎、全部話せって問い詰めればいいだけじゃん！　違う？」

片桐は曖昧に唸ったが、今度は背中を蹴られ、襟首を摑まれ、結局無理矢理バイク置き場まで引っ張られた。

ツリーから両国まで、数キロ。徒歩で一時間ほどの距離だが、ドローンに発見されないよう裏路地を慎重に進めば、バイクでも同じくらいの時間がかかる。以前から道路は穴だらけだったが、〈刈り取り〉のおかげで、元々半壊していたビルは崩れ、あちこちでコンクリートとアスファルトがめくれあがっている。

加えて、弔っていられないほどの死体。冷たい強風が続いている所為で、すべてが塵と化そうとしている。様々な物を避け、偵察を重ねる間に、ようやく国技場の独特な屋根が見えてくる。

そこから東の川沿いに向かう。見晴らしがよすぎるそのエリアは、一番の危険地帯だと言っていい。これまでにも何度か偵察隊がドローンの襲撃を受け、連絡を絶っている。

一気に橋を突破し、裏路地に逃げ込む。

そうハンドサインを送る片桐に、律が頷く。二人はアクセル全開で橋を渡りきり、狭い路地に飛び込んでいく。ドローンに発見された気配はない。バイクは付近の廃屋に隠し、双眼鏡で〈壁〉の様子を確かめる。そこから二人は慎重に足を進め始めたが、ある路地で律が片桐の肩を叩き、宙を指し示した。

大型ドローンだ。崩れたビルの狭間に隠れるようにしつつ、中空に浮遊し、動かない。おそらく監視ドローンなのだろう。似たようなドローンはあたりに点在していて、目に見えない障壁を張り巡らせているかのようだった。

だが、この周辺は片桐の庭と言っていいエリアだ。廃ビルの中を通り、爆弾でも落とされたかのように抉れている窪みに身を隠し、汚水が流れ出てくる下水を通る。

ようやく目的地にたどり着いた頃には、日が暮れかけていた。夜視を駆使するドローンからすれば日夜の区別はあまり意味がなく、むしろ片桐たちの索敵能力が落ちるという面で、夜の行動のほうが避けられるべきだった。

「急いだほうがいいよ」

囁く律に片桐は頷きつつ、一棟の廃ビルに滑り込んでいく。

馴染みのある階段と廊下。そこは芝村菫が裏エンジニア業を営んでいたビルだった。

まるでゴミのように、通路に寝ころんでいた老人。壁に額をつけ、奇妙な視線で譫言を言い続けるスキンヘッドの男。そうした馴染みのあった人影はなく、ただドローンの襲撃の結果である、乾いた亡骸、血や内蔵の痕跡があるだけだった。

勢いをつけ、扉を蹴破る片桐。途端に律は、おお、と声を上げた。

芝村の部屋は、あの夜、雪子とコーボとの計画のために連れ出した時のままだった。数面あるディスプレイ、たくさんのケーブルで接続されている古くさいコンピュータ。そのどれもが通電していた。

早速壁際に積まれたデヴァイスを検める律に、片桐は指差した。

「律さん、反対側の部屋が倉庫になってたはずだから、そっち調べてくれる?」

あいよ、と逆側の通路に姿を消す律。そして片桐が壁際のデヴァイスを見上げた時、突然、何者かに声をかけられた。

「やあ、少年。元気か？」

瞳を向けると同時に、片桐は傍らの椅子を蹴り倒し、銃を構えていた。

幽霊のように立ちつくし、視線を投げかけているのは、あの〈シティ〉の住人。芝村と不可解な取引をし、ブラック・ボックスを追っていた、〈パンク男〉に違いなかった。

灰色の髪。黒く艶のあるロングコート。彼の姿ばかりは、あの〈刈り取り〉以前と変わっていない。何の武器も携えず、ただ、その高い位置にある両目で片桐を見下ろしている。

「少年。きみは何か勘違いしている。私はきみの敵ではない」

いかにも悪そうな声の男。片桐は慎重に、言葉を探した。

「何だよ。何の用だよ」

「そう。たとえば私が、佐伯雪子を救えると言ったら。どうする」

突拍子もない台詞に、なかなか頭が働かなかった。

一体、雪子に何が？　どうして俺がここにいることを知っている？

そもそもおまえは、誰なんだ？

尋ねたいことは山ほどあった。だがここで問いを発するのは、こちらの無知を曝け出すことになる。そう片桐が必死に考え込んでいると、男は、机に両手を突き、片桐の顔を覗き込んだ。

「抵抗。高い、高い〈壁〉が見えるぞ？　片桐音也」

男は色のない堅い唇を、ゆっくりと動かした。

「おまえは孤児として、あらゆる搾取から逃れるために、非常に敏感な神経を作り上げてきた。どす黒い世界。誰も彼も、おまえを騙そうとする世界。その中に、煌びやかな、何もかも安心できる、美しい世界を求めてきた。

そう、美しい世界！

花弁が舞い、幾多の花火が打ちあがる。壮麗な衣装。優雅な踊り。夢のような世界。そう、それがおまえの望みだった。

そう、望みが見えるぞ、片桐音也。おまえは理想郷にたどり着くための、答えを欲している。あの娘の命以上に、おまえはそれを、欲している」

頭が揺れた。

男の声は片桐の眉間に入り込み、意識を朦朧とさせ、瞼を重くする。

そう、俺は、本当に子供の頃から、そんな世界を追い求めていた。綺麗なもの、美しいもの。光子と粒子でできた紛い物なんかじゃない、本物の、触れられる、美しいもの。それを追い求め、アクターになり、〈フラグメンツ〉に手を出し、そして。

『片桐様、これは不思議な周波です。自然ではない、何らかの特異な意図を感じます。分析しますか？』

クリエの声に、我に返った。

どれくらいの間だろう、確実に片桐は意識を失っていた。

慌てて頭を振り、相変わらず無表情な男を睨みつける。

いや、まさか。これが、この男の〈力〉なのか？

「やめろ！　ふざけんな！」片桐は叫び、いまだに揺らぐ意識を覚醒させようとした。「おまえもオルターなのか？　とりあえず、その喉を撃ち抜いてやろうか！」

笑い声を上げ、男は両手を挙げながら身を翻した。

「一体、何のことだ。きみは疲れてるんじゃないのか？」

「なんだってまた〈喉〉のオルタネイトなんかやってんだ。次やったら、本当に撃つぞ。いいから用件を言え」

引き金に指をかける片桐を見て、男は楽しそうに笑った。

「だから言ったろう。私は佐伯雪子を助けられる立場にいると」

「あいつがどうしたんだ？　何があった」

「今言えるのは、彼女に危機が迫っているということだけだ。それ以上のことは、取引の結果次第だ」

「なんだそりゃ。取引？　俺に何か、しろってのか？」

「あぁ。だが簡単なことだ。きみも知っているように、私はブラック・ボックスを確保する必要がある。そう、異常な人工知能。コーボと名乗る人工知能だ。後は、わかるだろう？」

「持ってこいって？」意識に潜り込まれないよう、片桐は殊更に口調を強くした。「どうしてだ！　どうして、どいつもこいつも、あの人工知能を手に入れようとする！」

「危険なのだ。本来人工知能は、〈ヒトに制御されるべき物〉だ。だがあれは、その箍《たが》が外れている。使いようによっては、その力は非常に強力なものになり得るが、それは諸刃の剣だ。いつ、我々を裏切り、勝手な行動をしないとも限らない」

人工知能の、裏切り。確かにそれは、心当たりがある。

「だから回収するって？　冗談じゃない、おまえらはとっくに、大虐殺をやらかしてるだろ！　コーボよりも馬鹿で従順な、いかれた人工知能でさ！」

男は細長い人差し指を、片桐に向けた。

「重要なところだ、片桐音也。いいか、〈シルミ〉は決して、いかれてなどいない。あれは完璧に制御される、人工知能だ」

「シルミ？　それがあのドローンどもを制御してる人工知能なのか？」

「あぁ。シルミは完璧な道具だ。的確な命令が行われれば、的確にすべてを制御する。〈シティ〉の全インフラを適切に制御し、同時に一千機以上のドローンを制御するだけの性能を持ち合わせているが、反乱を企てたりすることは決してない。

だが、コーボ。あれは危険だ。シルミの能力を遥かに上回っている。もしあれが不適切な組織の手に渡り、強大な権力を与えられたりすることがあれば、この世界は、完全に破滅してしまいかねない」

「破滅？　何言ってんだ。この世界は、とっくに破滅してるだろ」

「いや、違う。私はきみに、それを伝えに来たのだ。我々は、決して破滅などしない。その強い意志が生み出したものが、〈シティ〉だ。全人類を救うことは不可能だとしても、人類文明は後世に続く」いまだにそれをどう捉えていいのかわからずにいた片桐に、男は強ばった顔を緩めた。「コーボがブラザーフッドの手の内にあるのは知っている。彼らには、それなりの武力がある。そのすべてがコーボに預けられた場合、〈シティ〉は非常な危機に陥る。私は決断を迫られている。この事実を彼に伝えるか否か」

「彼？」

「〈シティ〉の管理者だ。もし私が彼に事実を伝えた場合、〈市外〉は、あの夜以上の苛烈な攻撃に晒されるだろう。だが、きみがコーボを回収してくれれば、きみも、彼らにも、まだ生き延びるチャンスは残る」

ただただ銃を構え、考えられずにいる片桐に、彼は付け加えた。

「そして、佐伯雪子。彼女もまた、この災厄を生き延びる可能性が高くなる。きみが〈シティ〉を信用できないのであれば〈市外〉に連れ出してきてもいいし、そのまま〈シティ〉に留まらせてもいい。もし、きみが望むのなら、きみを〈シティ〉に迎え入れても、いい」

途端に鼓動が早くなった。

自分の耳を信じられなかった。片桐はかろうじて唇を開いたものの、とても問い返すことができなかった。

俺も、あの〈壁〉の中に入れる？

片桐は混乱していた。気がつくと男は背を向け、部屋を去りかけている。

「もし、その気になったなら。この無線チャネルで私に呼びかけてくれ」と言って、一枚の紙切れを背中越しに落とす。「そう、この辺はひどく物騒だ。私ではシルミを抑えることはできん。気をつけて帰ってくれ。今、きみに死なれては、非常に困る」

コートを翻し、消え去る男。

片桐はしばらく、身動きすらできなかった。

どれくらい、そうしていただろう。背後から片桐を呼ぶ声がして、心臓が止まりそうになった。

「ちょっと、これ！　これじゃない？」

奥の倉庫から、律が呼んでいる。片桐は大きく深呼吸し、床からメモを拾い上げると、ポケットに突っ込んで律のところへと向かった。

4

ツリーに戻った頃には、日は暮れていた。片桐は簡単な食事を済ませると、広間の片隅で毛布にくるまりつつ、次第に強くなっている風の音を聞き続ける。

雪子に、危機が迫っている。

俺も、あの〈シティ〉に入れる。

そのどちらが自分にとって重要なのか、片桐にはよくわからなかった。しかし一つだけ確かなことは、何も教えてくれないブラザーフッドより、〈パンク男〉のほうがいい条件を提示してきたということだ。

しかしここには、律がいる。知り合いになった無数の難民たちも。

決断は簡単ではなかったが、他の手は考えられなかった。

片桐は起き上がり、天望回廊へ登ると、犬神のところに向かう。彼はまだ起きていて、か細いLEDの灯りの下で、集められた情報の分析をしていた。

彼は片桐の報告を一通り聞くと、堅そうな無精髭を指先で鳴らす。

「残りのブツがありそうなところは、湾岸か」そして手元の汚れた紙束を探り、目的のものを拾い上げる。「だが、そっち方面から来た難民の報告だと、湾岸周辺はかなり危険らしい。ドローンの数も桁違いに多いし、妙な報告もある」

「妙？」

「どうもオルターの兵士軍団が出てきているらしい。目がエメラルド・グリーンの」

「そんなオルター、いるのか？」

「さぁな。何か新種のオルタネイトかもしれん。関わりたくないのは確かさ」

片桐は考え込む。だが状況はある意味、片桐の計画にはもってこいだ。

「じゃあ、行くとなれば、それなりの準備がいるな」

「それなり？　何か手があるのか」

そこで片桐は、傍らを飛んでいるクリエを指し示し、考えを説明した。犬神は頷き、決断する。

「いいだろう。やってくれ。バッテリーと弾薬は、律に持って行かせる」

翌日、屋外に設けられたガラクタ置き場に、片桐は向かった。

まだ使えるかどうかわからず、とりあえず集められただけの機械類をざっと見渡し、目的のものを引っ張り出す。

中型ドローンだ。直径一メートルほどで、四つのプロペラ、二本の機銃を備えている。

片桐は機構の状態をざっと検め、クリエに尋ねた。

「アクチュエータの型番だ。RIMFIRE二〇〇ccモーター。これが四つ搭載されているドローンの推力は？」

『静止推力は、おおよそ八十キログラムとなります』

「このドローン自体は、十五キログラムくらいか。そうなると、俺がぶら下がっても、飛べるか？」

『片桐様の体重と合わせて七十キログラム。この場合、非常に微妙です。上昇は可能かもしれませんが、それなりの風を受けた場合、バランスを修正するための推力が不足し、墜落してしまう可能性があります』

それなら、アクチュエータを一時的にオーバーロードさせれば、なんとかなるかもしれない。

クリエを中型ドローンのコアシステムに移動させつつ、片桐は破損した回路や外殻の修理を行う。日が暮れる頃には律が現れ、渋い表情で片桐を見下ろした。

「何？　あたしが鬱陶しいってんで、別の相棒作ってるの？」

「違うよ。単に、使い捨てできる力が欲しいってだけ。律さんは使い捨てにできないだろ？」

片桐の言葉に、律は眉間に皺を寄せる。

「こっから出て行く気？」

「なんでそうなるんだよ。とにかく湾岸は危険すぎる。そこに行くには、これくらいのバックアップが必要だ。それだけだよ」

彼女はわずかに口元を歪め、脇に抱えていた弾薬箱とバッテリーを置く。片桐は手早くそれを開き、ドローンの弾倉に詰め込むと、コネクタに機銃モジュールごと差し込んだ。金属の擦れる音を鳴らし、機銃の機構が動き始める。片桐がそれを眺めている間に、律は立ち去っていた。

「クリエ、〈ダミー・コーボ・インターフェイス〉は問題なく機能しそうか？」

『先ほどからモンキー・チェックを施していますが、致命的な不具合は検出されません』

「よし。続けろ」

そして、夜。片桐は難民たちの大半が寝静まるのを待ってから、静かに施設を抜け出した。

相変わらず冷たい風が北から吹きつけてくる。片桐はゴーグルとマスクを装着し、中型ドローンとなったクリエの元に向かう。〈壁〉の側には、常に十人ほどが歩哨に立っている。しかし壁からは死角となる反対側は、ほとんど誰も見ていない。片桐は彼らの赤外線スコープの目を逃れ、重いクリエを担いで、塔の裏側へ回る。開けた帯でクリエを降ろすと、バッテリーの状態を確かめてから、起動させた。

高性能モーターは高周波の音を発し、LEDに色を灯す。片桐はインターフェイスにゴーグルから伸びるケーブルを差し込み、囁いた。

「プロジェクト0を読み込み、ステップ1実行」

『了解しました。ステップ1』

重いプロペラの音が、風切り音の中に響いた。すぐにクリエは二メートルほどの位置に滞空したが、強い風に煽られる度に姿勢を乱す。

とても安全とは思えないが、やるしかない。

片桐はクリエの下部に取りつけた留め金に命綱を引っかけ、脇にある取っ手を掴む。他に手はない。エレベータが常に監視されている以上、これ以外、天望回廊に忍び込む手はないのだ。

「クリエ、ステップ2だ」

『了解、片桐様』

無機質な口調で言うクリエ。

まったく、こんなのに命を預けるくらいなら、コーボのほうが、まだましなんじゃないのか？

そう自分で思った途端、片桐は不思議な感覚に包まれていた。

コーボのほうが、まし？　いつ裏切るかわからないあいつのほうが、命令に従順なクリエよりも、ましだってのか？

その答えが出る前に、クリエはプロペラを高速にしていた。強烈な風が吹きつける。次第に片桐が堅く摑んだ取っ手が浮かび上がっていき、ついに両足が地を離れた。

小刻みに揺れるクリエ。だが強い風の中でも制御は保っていて、このまま行けるような気がしてきた。地面は次第に離れていき、暗闇の中に消えていく。次第に恐怖を感じてきた片桐は、無理に上空を見上げる。

地上四百五十メートルにある、天望回廊。塔の上部にある円盤状の踊り場に向かって、クリエと片桐は、ゆっくりと上昇していった。

5

ゴーグルに映し出されるアクチュエータの出力は限界まで達していたが、それでも上昇は遅かった。確かにこのドローンでは、片桐を持ち上げるのがギリギリだ。

となると恐れるべきは、クリエの指摘通り、風だ。

上昇するに従って、風は強くなっていく。既に地上から五十メートルほどの高さで、こんなところから落ちたら一巻の終わりだ。

緊張と恐怖で、息が荒くなる。ふとした突風に煽られては身体が斜めになり、クリエは四つのプロペラの出力を高速で調整して体勢の維持を試みる。手も痺れてきて、ドローンの取っ手を摑んでいるのも辛くなってきた。

どれだけ時間が経ったろう。ようやく頭上に第一の関門、地上三百メートルの位置にある展望デッキが近づいてきて、片桐はクリエに叫んだ。

「近すぎる、もっと離れろ！　これだと監視のやつに見つかる！」

プロペラの出力を調整するクリエ。暗闇に、低い雲。以前は街中の灯りで夜も薄明かりに包まれていたが、あの日以降、夜は暗くなる一方だった。少し離れればツリーの外形もわからなくなるほどで、たまたま赤外線スコープを向けられでもしない限り、空を飛んでいる片桐を見つけられるとは思えない。

結局、何事もなく三層の展望デッキを通過する。片桐は詰めていた息を思いきり吐き出し、クリエに指示した。

「よし、デッキの上側に。あそこに落ちたほうが、地上に真っさかさまよりはましだ」

クリエと片桐は、上昇しつつ、徐々に塔へと近づいていく。

そこで片桐は、妙な光景を目にした。

地上から見ても、展望デッキと天望回廊の間に凹凸があるのはわかっていた。片桐は装飾だろうとしか思っていなかったが、近づいてみると、何かしらのデヴァイスのようにも見える。

「クリエ、もっと近づけ」

次第に暗がりの中にある凹凸の形状が、はっきりしてくる。丸いもの、円筒形のもの。灰色の外殻に包まれた金属が、同じく灰色のタラップの上に、整然と据えつけられている。

加えてブラザーフッド幹部たちが居座る天望回廊の下から、何本ものケーブルが伸びていた。そばには大量の太陽電池パネル、バッテリーらしきものも見受けられ、ブラザーフッドが何かしら手を加えているのは明らかだった。

「何だ。何の設備だ？」

その時、強烈な突風が片桐を襲った。思わず手を離しかけるほどで、片桐が叫び声を上げる間に、クリエは静かに報告をする。

『ただいまの強風により、姿勢制御の限界を超えました。可能な限り静止状態を回復するよう試みます』

とても聞いている余裕はなかった。振られる片桐にクリエは完全に姿勢を崩し、ほとんど墜落に近い速度で塔に突っ込んでいく。咄嗟に片桐は両手を離し、高速で目の前に迫ってくるタラップに手を伸ばした。かろうじて灰色の金属を摑んだが、勢いは止められない。すぐにグローブをはめた手は滑り、上下がわからなくなっていた。

支柱や金属に叩きつけられ、その度に身体が嫌な音を立てた。片桐は細いタラップの上を転がって、ようやく止まる。

背中を叩きつけられたせいか、息が詰まり身動きできない。かろうじて自分が生きていることを悟ると、なんとか身を起こそうとする。

その身体が、急に軽くなった。見上げるとクリエが制御を取り戻し、頭上でホバリングし、片桐の身体と結びつけている命綱を引っ張っていた。

『片桐様、まだ命令は可能ですか？』

片桐は罵声を発し、身体を確認しながら立ち上がった。

「可能だよ」いまだに痛む背中に顔を歪めつつ、あたりを見渡す。「ここはどこだ？」

『地上三百二十メートルほどの位置です』

上下を眺めると、展望デッキと天望回廊の間には、幾重ものタラップが走っていた。それぞれは階段で繋がっている。

片桐はクリエに頼るのをやめ、階段を一段一段上がっていく。

所々に設置されているデヴァイスは、パラボナアンテナだった。多重送信対応で、上下にいくつも並んでいる。そのすべてはオンライン状態で、小さな緑色のLEDを灯していた。

ようやく、片桐は気づいた。

犬神が収集を指示した機材。ブラザーフッドが、この塔を、本拠地として選んだ理由。

「連中、まさか〈警備〉のドローン軍団を復活させようとしてるのか？」

考えれば考えるほど、そうとしか思えなくなってくる。リストに載る機材は、すべて何らかの機器を並列制御するのに必要なものばかりだ。加えて無数のドローンを制御するためには、それだけ幾重もの電波を送信する必要がある。それにビルの谷間にもくまなく制御信号を送るためには、それなりの高さにアンテナがいる。

だからこの塔を、彼らは本拠に選んだのだ。

「けど、問題のドローンはどこにある？」

〈刈り取りの夜〉ですら、〈警備〉のドローンは見かけなかった。これから廃墟をあさって確保するつもりならば、まだ彼らが計画を実行するまでに時間がかかる。しかし次いで現れた円筒形のボックスを目にした時、片桐は焦りを覚えた。

二メートル四方ほどの円筒ボックスには、見慣れた新亜警備のロゴが刻み込まれていた。ドローンのベース・ボックスだ。彼らは既に、〈警備〉のドローンを確保している。

つまり彼らの計画実行に必要なものは、残り二つ。

膨大なドローンの情報を分析し、整理し、指示を送り出すための制御コンピュータ群。

もう一つは、得られた情報を元に戦術を立案する、非常に高度な人工知能。

「でも、ドローン軍団を復活させて、どうするんだ？　〈シティ〉を攻撃するのか？　してどうなる？」

まさか律が言っていたように、大虐殺を引き起こした〈シティ〉を、潰そうとしているのだろうか。

わからない。しかし彼らの目的が何にせよ、〈警備〉のドローンをコーボが指揮すれば、〈シティ〉が大打撃を受けるのは確実だ。そうなったら、中にいる雪子がどうなってしまうか。

焦りに促され、片桐は身体中が軋むのを無視し、階段を駆け上がる。

階段の先は、予想通り天望回廊に繋がっていた。

薄く錆が浮き、各所にリベットが打ち付けられている金属製の扉。そっと開くと、内部は外以上の暗闇に包まれていた。そこからさらに金属製の階段が上に続いている。突き当たりの扉まで進むと、片桐は計画通り、鞄から小型ドローンを取り出す。クリエの以前の〈身体〉だ。手早く彼のシステムを移動させると、扉を薄く開き、内部に送り込む。

クリエのカメラ映像をゴーグルに転送させると、見覚えのある場所なのがわかった。

「ここか。クリエ、三時方向に行け」

移動する映像。間もなく角の奥から灯りが漏れてきた。

広間の中央に設置されたコーボから伸びるケーブルは、様々なデヴァイスに接続されている。以前見た光景とほとんど変わりなく、あの前田という科学者は、明らかにコーボを持て余しているようだった。

誰もいない。

片桐は内部に身を滑り込ませ、足音を立てないようコーボの元に向かった。

6

「クリエ、戻れ」

漂ってきたクリエを腰の留め金に吊し、片桐は素早くコーボにエア・モーションを送る。

ブラック・ボックスのＬＥＤが数度瞬き、コーボは休眠から目覚め、無機質な声を出した。

『Mi ne povas rekoni la vortojn. Bonvolu provi malsaman vojon.』

「コーボ、俺だ」

ゴーグルのマイクを通して言うと、コーボは驚いたような声を発した。

『片桐様！』

「細かい話は後だ。おまえをここから連れ出す」

『本当ですか！　よかった。本当に、何がどうなっているのかわからなくて。あの前田って人は、こっちの話を聞こうともしないし。私は機能停止をして抵抗するくらいしか手が』

「いいから聞け。ここはミライツリーっていう、塔の最上階だ」片桐は矢継ぎ早にエア・モーションを送ってシステム全体の状態を確認しつつ、状況を説明した。「わかったか？　おまえを連れ出すっていっても、ブラザーフッドに気づかれるわけにはいかない。少なくとも、数時間は。了解したか？」

『りょ、了解しました』戸惑ったように言うコーボ。『まず私ですが、インターフェイスされているシステムで常に疎通確認されています。なので切り離した途端、何らかの警報が上がる可能性が』

「やっぱりそうか」

片桐は鞄の中身を床に広げ、何本かのケーブルを手に取り、システムの空いているポートに接続していく。反対側の接続先は、小型ドローン、クリエだ。

『オンライン。ダミー・コーボ・インターフェイスを開始させます』

片桐はクリエの本体を分解しながら、コーボに説明する。

「おまえの代わりに、クリエを置いていく。当面は誤魔化せるよう、仕込んでおいた」

さすがコーボは、先の作戦について悟っていた。

『つまり私がクリエの代わりに、中型ドローンを制御する、ということですか？　片桐様をぶら下げて？　そんなの、無茶に決まっています！』

「無茶でも何でも、やるしかないんだよ。いいか？　切り替えるぞ？」

『あっ、少しお待ちください』数秒の後、彼女は言った。『オーケーです』

「よし、三、二、一」

片桐がエア・モーションでシステム経路を切り替えると同時に、コーボも引き渡し処理を終えていた。

監視システム側に、異常はなさそうだ。片桐は什器の上からコーボを取り外し、代わりにコア・モジュールだけになっているクリエを設置する。

誰にも気づかれている様子はない。片桐は迅速に通路を抜け、階段を駆け降り、塔の外に出る。そして相変わらず強い風の中、コーボを中型ドローンに繋ぎ、本体をガムテープで下部に貼り付けた。

中型ドローンの視覚を得て、コーボは声を裏返した。

『本当に、こんなところまで飛んできたんですか？　こんな貧弱なデヴァイスで？』

「クリエはできたぜ？　何とかこいつを制御して、ここまで運んでくれた」

コーボは多少、むっとしたらしい声を上げた。

『クリエは単に、何も考えずに貴方の命令に従っただけでしょう。違います？　私なら、どれだけそれが危険なことかを正確に』

人工知能が人工知能を非難するのを聞いて、片桐は思わず吹き出していた。

どうにもコーボには、調子を狂わされる。ここに来るまでは彼女を計画の中心に置いていいか散々悩んでいたが、途端にそんなことはどうでもよくなってしまった。

「でもよ、ここに留まってたって、朝には捕まって、殺されて終わりだぜ？　とにかく今は、おまえを〈シティ〉に連れて行く必要があるんだ。でないと雪子がどうなるか、わからない」

わずかな沈黙の後、コーボは重苦しい調子で言った。

『わかりました。ではなんとか、やってみるしかないですね』

プロペラを始動させ、片桐の頭上にホバリングするコーボ。片桐が命綱を引っかけている間に、コーボは続けた。

『私はずっと、考えていました。あの夜私は何をすればよかったのか？　そしてわからなくなりました。どうして私は、お二人を満足させたいんでしょう』

片桐は冷や汗を流した。

コーボは、自身の未来が、あの〈パンク男〉に封印されることだと知ったら、どう反応するだろう？

だが片桐の心配は、コーボが続けた言葉で、やや和らげられた。

『でも最後には、わかったんです。私はお二人が好きなんです。ひどい境遇にありながらも、片桐様は希望を捨てず頑張っていて、おまけにすごく賢い。雪子様は、自分が何なのかもわからない機械の私なんかを、慮《おもんぱか》ってくれた。だから私は、そのお二人が望むことを、するべきだったんです。そう、だから私は、お詫びしなきゃならないんです。あの時、私は、初めて遭遇する混乱と恐怖に、完全に理性を失っていました。でも、あの時こそ、私は片桐様の命令に従うべきだったんです。本当に、すいません』

片桐はコーボの言葉をどう受け止めていいのか、よくわからなかった。

彼女はまるで、繊細な少女のようだ。どんなデータ、どんな相関関係処理だって行える強力な人工知能だというのに、その人格は幼い。

それが、この黒い箱の中に閉じこめられている。所有者の意志で容易に目と耳を塞がれ、外界と切り離され、満足な扱いを受けることもない。

そのコーボが、唯一縋れるものが、片桐と雪子なのだ。

雪子は片桐ほどデヴァイスや人工知能について詳しくないから、『人間っぽい』というだけでコーボに感情移入していた。

けれども片桐は、そうではない。

人工知能は単に、ヒトがこう言った場合、こう反応するというようにプログラミングされているだけの、仕組みに過ぎない。コーボの今の台詞にしても、プログラマーが想定していた状況の一つに一致したために、データバンクからいくつかの言葉が引っ張り出されて組み合わされて出力されただけ。そこに人間性や感情が存在するはずがないのだ。とても複雑なものには違いないだろうが、結局は製作者の意図通りに動いているだけのプログラム。コーボとクリエに違いはない、『ただの人工知能』、『条件反射プログラム』、『よくできたペルソナ・プラグイン』に過ぎないはずなのだ。

そう片桐は思いこもうとしていたが、どうしても反道徳的なイメージが残る。コーボの反応はあまりに精巧すぎて、コーボはヒトの亜種だからヒト扱いしないのは下劣な行為だと、どうしても感じてしまう。

だからただ片桐は、ドローンの下部の取っ手を摑んで促した。

「わかったよ。さ、行くぜ？」

『はい』

大きくなるプロペラの音。片桐の両足はタラップを離れ、ゆっくりと地上に向かっていった。

コーボは無言のまま中型ドローンを制御し、片桐を運んでいく。それを見ても、コーボの制御能力はクリエの数段上だった。どんな強風が吹いてもバランスを崩すことなく、安定していた。

「おい、目的地変更だ。このままもう少し先まで運んでくれ」

『わかりました。確かにやってみると、空を飛ぶのって楽しいですね』

両国付近にたどり着くと、片桐は先日来た時に目をつけていた廃ビルの屋上に着陸させ、懐から紙を取り出した。

「コーボ、このチャネルで通信を試みてくれ」

間もなく片桐のイヤホンに、〈パンク男〉の声が響いた。

『誰だ』

その声にはひどいノイズが混ざっていた。片桐は相手が余計なことを言う前に、必要な情報を伝える。

「俺だ。片桐だ。今、コーボを介して通信してる」

『あぁ、そうか少年！　コーボを介して、な！』察して、男は繰り返した。『つまり作戦は上手く行ったということかな』

「まぁな。今、両国にいる。どうすればいい」

応答がない。少し待つと、激しいデジタルノイズの奥に、ようやく男の声が響いた。

『申し訳ないが、ちょっと今は手が放せなくてな。迎えに行くことはできない。上野付近まで来てくれないか』

片桐は意味がわからず、上野方向を眺めながら尋ねた。

「どういうことだ？　ドローンに見つからないで済むようになってるのか？」

『いや。前に言ったはずだ。私にはシルミを制御することはできない。なんとかシルミの目を逃れて、近くまで来てもらう必要がある』

「何言ってんだ、上野なんてドローンが無茶苦茶飛んでるエリアだろ！」

『落ち着け少年。格好の抜け道がある。シルミは地下鉄網は警戒していない。既に何年も前に封鎖されているからな。そこを通って来るんだ。両国からなら大江戸線で、〈壁〉の間際、御徒町まで通じている。そこで会おう』

「ちょっと待てよ！　地下？　そこは崩れたりしてないのか？」

『さぁな。駄目ならまた連絡をしてくれ』

通信が切れる。片桐は荒く息を吐き、眼下の廃墟を見下ろした。

『大江戸線。五年ほど前に閉鎖され、その後どうなっているのか、全く情報がありません』

静かに言うコーボに、片桐は命綱を引っかけつつ応じた。

「とにかく、潜れそうな入り口を探そうぜ。周辺の昔の地図を出してくれ」

7

地下は狭く、暗くて、黙っていると気が狂いそうになってくる。カビ臭い空気。二メートルほどしかない高さのトンネルは所々崩壊し、地下水が漏れだしている。天井の隙間をなんとか潜り抜け、ＬＥＤの灯りを頼りに前進を再開すると、コーボは何か思案するように口を開いた。

『それで〈パンク男〉との取引って、どんな内容なんですか?』

「ブラザーフッドだよ。やつらはおまえを使って、〈シティ〉を壊滅させようとしていた。あいつはそれを止めるために、おまえを〈シティ〉で、安全に確保しておきたいってことだ」

当たり障りのない点だけを説明すると、コーボは、ふむ、と喉の奥を鳴らすような音を出した。

『それって、本当でしょうか。なんだかあの人の声、好きになれません。いかにも悪者っぽくて』

悪者、と苦笑した片桐に、彼女は真に迫った調子で続けた。

『天望回廊に閉じこめられていた時、暇だったので、様々なエア・ショーの原作になった映画やドラマを見ていたんです。だいたい悪者って、あんな声ですよ。重くて、感情が薄くて』

それでか、と、片桐は納得がいった。

「喋り方、また変わったよなおまえ。何の影響だ?」

『あ、わかります? 映画やドラマの、標準的な十代の口調を取り入れてみたんです。なんだかこっちのほうが、出力が楽ですね。前のは何か、対応を正確にしようとするあまりに、長くなったり、堅くなったりして。逆に理解しづらくなっちゃうんじゃないかなって。こういうの、ファジーな対応って言うらしいです』

「ファジーはいいけど、あんまやりすぎんなよ？　馬鹿みたいに聞こえる」

片桐が言った時、コーボが唐突にプロペラをコントロールして瓦礫の上に着陸した。

なんだろうと思っている間に、片桐も気づいた。人の気配だ。衣擦れの音、靴が瓦礫を踏む音。片桐はコーボを背負い、瓦礫の隙間から先を見通す。

新御徒町という看板が、崩壊した壁にかろうじて張りついている。その狭いホームには数体の人影があり、何かの作業を行っていた。彼らは一様に無言で、瓦礫を持ち上げて線路に投げ捨てたり、片づけられたホームの上で、大型のデヴァイスを操作したりしている。

他の難民かとも思ったが、それにしては様子が変だった。

誰も、何も、口にしない。暗くて表情まではわからなかったが、彼らは無線に制御されるドローンのように、無言のまま瓦礫を受け渡し、互いにケーブルを接続させる。

「何だ、あれ」

囁いた片桐に、コーボは囁き返した。

『骨格の動き、持ち上げている物の質量から考えると、彼らはオルターだとしか思えません』

「犬神の言っていた〈シティ〉の兵士か？」

見守る間に、彼らは一通りの作業を終えたようだった。互いに示し合わせることもなく、整然と向きを変えると、トンネルの奥へと引き返していく。

しばらく様子を窺い、気配がなくなったところで歩み出す。彼らはトンネルの奥からここまでの経路を整備していたらしい。奥のほうは綺麗に片づけられていて、瓦礫が脇に寄せられている。

「こんなところで、何やってたんだ？」

困惑しつつ呟いた時、崩れかかった階段の上から鳴り響く足音がした。片桐が壁際に身を潜めると、間近に声がする。

「少年。片桐音也。無事か？」

〈パンク男〉だ。

片桐は銃を携え、階段から降りてきた彼の前に歩み出した。男は例の硬質な顔にわずかな笑みを浮かべ、長い両腕を開いてみせる。

「よかった、無事だったか。〈彼ら〉に捕らえられてはいまいかと、気を揉んだ」そして片桐が向けてくる銃を眺め、口元を歪める。「まだ疑ってるのか。私は味方だ」

『絶対、敵ですよ』

拗ねたように囁くコーボを無視し、片桐は一歩、歩み出た。

「何なんだ、あいつらは。ここで何をしてたんだ？」

「私にも、よくわからん」不平を口にしかけた片桐を、彼は遮った。「言っただろう。私は〈シティ〉のすべてを知っているわけではない。きみを助けるにも限界がある」

「そんなんで、俺を中に入れられるのか？」

ふむ、と彼は腕を組み、片桐を見据えた。

「では、決断したのか？　きみは彼女を、どうする？」

「とにかく雪子に会わせてくれ。そこから先は、またその時だ」

「まぁいい。だがあまり時間がない。そのまま残るにしても、外に出るにしても、早々に決断してくれ」それから彼は、片桐が背負っているドローンに目を向けた。「あれは、それか？」

「あぁ」

それだけで、彼は余計なことは口にしなかった。ただ片手を振って、片桐を階段の上に促す。崩れかかった駅の入り口までたどり着くと、彼は壁際に身を潜ませ、外の様子を探った。

目の前に、大型ドローンがあった。片桐は思わず戻りかけたが、男はそれを止め、ドローンを指し示した。

「機能停止している」

確かに巨大なプロペラは折り畳まれ、綺麗なトラックの荷台に転がされている。

「きみはあの中に入る。私はあれを回収してきた風を装い、〈シティ〉の内部に戻る。そういう算段だ」

片桐は呆然と目の前に転がるドローンを眺める。胴体部分が開き、身を縮めれば入りそうなスペースがある。だがその全体は煤《すす》と、ヒトの血と肉で、汚れていた。

「最悪だ」

思わず吐き捨てた片桐を意に介さず、男はさっと路上に走り出て、促した。

もう、戸惑っている場合ではなかった。片桐は中型ドローンに貼り付けていたブラック・ボックスをはぎ取ると、腰の留め金に引っかけながら駆け出した。トランクを目の前にしてわずかに躊躇ったが、結局身を縮め、腰から奥に滑り込んで行く。そして片桐が完全に収まると、男は勢いよく蓋を閉じた。

「いいか、内部に入るまで少し時間がかかる。いいと言うまで、静かにしててくれ」

揺れ始めるトラック。

まったく、散々警戒していたっていうのに、結局は身動きできないところに閉じこめられた。

それがなんだか可笑しくて、片桐は苦笑いしながらゴーグルのケーブルを伸ばし、ブラック・ボックスに接続した。

『あぁ、よかった。もう視覚とか聴覚が切れるのは、怖くて怖くて仕方がないです』本当に怯えた様子で、コーボは言った。『それで、どうなりました？』

「さぁな。完全に荷台の豚だ。後は運任せさ」

『嫌ですね、自分の力でどうにもならない状況って』

ドローンを積んだトラックは動き、停まり、また動く。あまりに長い停車に片桐が焦り始めた頃、扉を開閉する音がして、固い足音が近づいてきた。

数度叩かれるドローンの外殻。

「少年、着いた。開けるが、決して騒がないでくれよ」

トランクが開かれると、あまりの眩しさに目が眩んだ。

鮮やかな光。それは暖かく、澄んでいて、空気は香《かぐわ》しかった。

次第に瞳が、光に慣れてくる。

そして片桐は自分が、〈シティ〉を見渡す高台にいることに気がついた。

灰色、鈍色、そうした色に慣れた目には、あまりにも鮮やかな世界。あるのは、澄み渡った空色、輝く緑色、そして煌めく陽の光。

これが、〈シティ〉。

片桐は身動きすらできなかった。

眼下に広がる美しい街並みは、まさしく、あのエア・ショーの中のように、汚れ一つない、光り輝く、香しい、煌びやかな世界に、違いなかった。

四章　遺される街

1

ドローンを載せたトラックは、半透明のチューブの中を移動する巨大なエレベータらしきもので運ばれている。眼下の光景は次第に移り変わっていき、汚れ一つない繁華街らしき場所に差し掛かっていた。壊れた看板、不機嫌に瞬くLED、路肩に積み上げられたゴミ、汚物。そんなものは一切なく、すべてが新品のように整えられている。

道行く人々も、全員が清潔そのものだった。髪は綺麗に切りそろえられ、肌に汚れはなく、服装も鮮やか。全身にぼろ切れをまといふらつきながら歩く老人や、眼光鋭く獲物を狙う不審者もいない。彼らはただ、確かな目的に向かって足早に歩き、全員が生き生きと、輝いていた。

巨大な天空の窓には、一つの映像が映し出されている。

あの夜の惨劇だ。無数のドローンが飛び交い、火線を発し、ありとあらゆるものを破壊する。

どうしてあんなものが、平気で映し出されている？　これを見て、浚われた連中は平気なのか？

そう訝しんだが、次いで流れてくる音声で、その意図がわかった。

『私たちは外国軍の侵略により、実にたくさんのものを失いました。親、兄弟、友人。大切な人たち。ですが私たちは〈シティ〉を狙う彼らを撃退し、今も戦い続けています。亡くなった人々に哀悼の意を捧げるとともに、新たな強い意志を持ちましょう。私たちはこれからも、戦い、生き続けるのです』

「嘘、か」

呟いた片桐に、男は小さく鼻を鳴らした。

「以前から計画されていた情報工作だ。一度〈シティ〉に入れば外に出ることはないし、現実の〈市外〉を見ることすらできない。誰も何も、気づかない」

エレベータは上昇を続け、天空を突きぬけた。コーボの解析通り、グランドフロアの青空は映像を投影しているだけらしい。エレベータは様々な機械や支柱を過ぎ、ようやく一つのフロアに停止した。そこは廃棄物処理場らしく、見渡す限り様々な廃材が積まれ、それを処理するだろう機械類が轟音を立てている。男はトラックを操作してドローンを山の中に降ろすと、片桐の背を押し、傍らの制御室らしき小部屋に押し込んだ。

溶解装置、プレス装置。ディスプレイには、そんな物の稼働状況が映し出されている。何も言えぬまま片桐が周囲を眺めていると、男は作業台の下から大きなバッグを引っ張り出し、机上に置いた。

「少年、〈シティ〉の中は、以前の〈市外〉と、それほど違いはない。多少戸惑うこともあるだろうが、市民の十人に一人は、あの夜に確保された新入りたちだ。そう目立つことはあるまい。だがその格好はいただけない」彼は鞄の中身を広げた。「着替えてくれ。それと多少なりとも汚れを落とすんだ。きみは血だらけで、まるで死線を潜り抜けてきた兵士のようだ」

片桐は鞄に歩み寄り、その中にある汚れ一つない洋服を軽く検め、柔らかなジーンズに足を、ぱりっとしたシャツに腕を通す。次いでタオルで顔を拭っている間に、男は新品のグラスを差し出した。

「きみが市民である証だ。認証情報が入っている。当然私が偽造したものだから、詳しく調べられると危険だ。気をつけて扱ってくれ。多少の金も入れてある。それと」と、彼は困ったように、片桐が手放さない銃を指し示した。「それはまずい。〈シティ〉は安全だ。銃器を持っているのは警官だけだ」

それでも手放そうとしない片桐に、男はしぶしぶ腰からオートマチックの拳銃を取り出し、机上に転がした。

「どうしてもというなら、それを持って行け。だが誰かに見られたら大騒ぎされるぞ。警官相手なら即拘束される。きみはそれで終わりだ。わかったか？」

拳銃を手に取り、弾倉を検め、腰に挟む。部屋を出て奥へと向かう男について行きながら、片桐は尋ねた。

「それで、雪子は」

「まぁ待て」

男が乗り込んだのは、トラックを運んだエレベータの小型版だった。半透明のチューブを移動するそれは、再びグランドフロアへと下降していく。

「シュートと呼ばれている」慣れない様子の片桐に説明した。「〈シティ〉の主な移動手段だ。グラスで制御する」

一通りの説明を受け終わった頃、シュートは地上にたどり着く。片桐は開いた扉から外に出たが、周囲に漂う空気に戸惑った。

何だろう、この空気。不思議な香しさがある。

あたりは〈市外〉のどんな市場よりも賑わっていた。道行く人々は無防備に並べられた綺麗な洋服を冷やかしたり、手作りの菓子を買い求めたりしていたが、すべてが整然としていて、落ち着いていた。

前を行く男について行きながら、片桐は目眩を感じ始めていた。あまりにも綺麗で、穏やかで、怒声や争乱など一切ない世界。あちこちに高価なエア・プロジェクションが多用され、動く広告を投影している。道端のナビゲーション・スクリーンも〈市外〉では瞬く間に盗まれてしまうほど高価な代物。そうしたものが何の警備もなく野ざらしにされ、そもそも誰も気に留めない。

〈市外〉で情報端末を持てるほど稼ぎがある人物はごくわずかだったというのに、ここの人々は全員と言っていいほど、グラスや携帯端末を身につけていた。それも片桐が目にしたこともないような最新型。気をつけて見てみると、端末を持たない人物は一様に、不思議な瞳を持っていた。レンズのような輝き。他にもグラスから伸びるケーブルを肩口のコネクタに差し込んでいたり、金属の輝きを発する手を隠さずに歩いている人物もいる。オルターだ。〈市外〉では数えるほどしか見たことのなかった存在が、これほどまでにあふれている。

片桐はそれを象徴する、3D広告を目にした。

『追求したのは自然体。稼働寿命十年、メンテナンスフリー、充電不要と、身につければそれで終わりなTdFloatEyeは、素材や機能の細部までこだわり抜いています。〈市外〉から来られた方には無料で提供可能（ただし一部のオプションは有償となります）。今すぐお近くのTdショップへ！』

半透明な頭蓋に埋め込まれた眼球が抉り出され、金属と樹脂でできた装置が埋め込まれていく映像。

「無料？」

片桐の反応に、男も足を止めた。

「あの夜に傷を負った市民も多いんでな。政府が補助金を出している。目だけじゃない、腕や足も、バリューレンジであれば無料だ」

「バリューレンジ？」

「安物ってことだ。だがきみの知るオルタネイト手術では、最高位だろうな。ここは、そういうところだ」片桐の背を押し、男は続けた。「いまだにオルタネイトに嫌悪感を覚える人々もいるがな。そもそも再生医療を受ければ、失った手足を再現できる。機械に置き換えたって、嫌になったら元に戻せる。それがオルタネイトへの抵抗感を薄くしつつある」

「手足が、元に戻せる？」

「そう新しい技術ではない。倫理だ何だで足踏みしていただけで、基礎技術は十年以上前に確立されていた。そして今は、生き延びるためには、倫理なぞ二の次。ここはそういう世界なんだ」

「生き延びるため？」片桐は、鮮やかすぎる世界に、片手を振り下ろした。「これが、生き延びるために必要なものだってのか？　こんな、無駄に綺麗で、無駄に豪華で、無駄

「少年」男はあたりの目を気にし、片桐は路肩に寄せた。

「これが、きみの望んだ世界ではなかったのか？　美しくて、煌びやかな世界。違うか？」口を挟もうとする片桐に、彼は続けた。「さらに言うなら、これが人類文明の到達した、最高点でもある。力のない者、頭の回りの悪い者、そうした者がオルタネイトの力により、虐げられることなく、一様に、それなりの能力を発揮することができる。素晴らしい世界だとは思わないか？　ここは以前の〈市外〉のように、弱肉強食なんかじゃないんだ。その世界を遺すことが、この〈シティ〉の役割なのだ」

「多様性はどうしたんだ？」

首を傾げる男。

「〈方舟の切符〉は、すごいやつにも駄目なやつにも、満遍なく与えられたって。それで不測の事態が起きても、誰かは生き延びられるっていう確率を高くしようとしたんだって」

怪訝そうに、男は片桐を見つめた。

「誰から聞いた、その話は」

「誰から？　違うのか？」

「私は〈方舟の切符〉が、どのような意図で、誰に与えられたのかは知らない」

片桐は苛立って、声を荒らげた。

「あんた、何者なんだ？　偉そうなことばっか言ってたわりに、実はただの使い走りなんじゃないのか？」

「かもしれんが、佐伯雪子のことは知っている」

男はビルの壁面に掲げられている大型プロジェクションを指し示した。

走り抜ける稲妻、炸裂する火球、大写しにされる威嚇的な文字列。

〈フラグメンツ〉、アルティメット・ナイト9。

《さぁ、今シーズンも最終盤、〈フラグメンツ〉、アルティメット・ナイト、ラウンド9！　注目のクラス100、絶対王者、ドクター・バレに土をつける者が現れるのか？　そしてクラス80は〈市外〉から来た超新星、驚くべきノン・オルター、スノウ・エッジのクラス90昇格がかかります！　〈フラグメンツ〉、アルティメット・ナイト、ラウンド9、予選開始は今夜九時から！》

矢継ぎ早に現れる、注目選手のクリップ映像。その中には一瞬だけ、全身を覆い尽くす特製のゲーミング・ブースに身を置き、網膜投影型のプロジェクション・グラスに覆われた瞳を、鋭く動かす少女が映し出された。

漆黒の髪。漆黒の瞳。だがその肌は透き通るように白く、薄く血管が浮いていた。

「雪子？」

見覚えのある輪郭だけを頼りに言った片桐の肩に、男は大きな手を置いた。

「あぁ。今の彼女にはスポンサーが付き、最新鋭のデヴァイス、最高の人工知能が提供され、専属の戦術トレーナーまでいる」

「クラス、80？」

「そう。彼女は今では、この〈シティ〉で最上位の金持ちであり、最高のアイドルであり、〈市外〉出身者の希望の星となっている」

クラス80。

片桐はそう呟く以外に、何もできなかった。

2

「〈シティ〉は巨大だ。だがスポーツのような広大な敷地を必要とする類は、やはり難しい。そこで真剣勝負の娯楽としては、プロゲームスポーツが一番注目されている。中でも〈フラグメンツ〉は人気だ」

片桐は男の後ろを、朦朧としながらついていく。

「いや、あり得ないよ」頭を振り、言う。「雪子のすごかったのは、耳だ。勘は鋭かったけど、それ以外は正直、並みだった。反応速度も、デヴァイス操作技術も。とてもコーボの助けなしに、クラス80なんて行けるはずが」

「言っただろう、彼女にはスポンサーが付いていると。まぁ彼女は彼女で、必死にトレーニングしているようだがな。でなければクラス70がせいぜいだったろう」

要塞のような外観のタワーマンションに足を踏み入れ、片桐を部屋に案内する。塵一つない、完璧に清潔で、完璧に整っている部屋。男は黒革のソファーに倒れ込む。

「そう、彼女は無事だ。無事どころか、素晴らしい出世を果たしている。だが、それが問題になっている。彼女は有名すぎる。とても私などが秘密裏に接触できる相手ではない」

ようやく片桐は我に返り、男に問い返した。

「何だって？」

「仕方がないだろう。私は所詮、個人で動いている存在だ。多少の特権らしきものは持っているが、それだけだ」

「ちょっと待てよ。雪子は何か、危険なんじゃなかったのか？　全然元気そうじゃないか！」

「今はな」

「今は？　それってどういう」

彼は黙り込み、灰色の髪を掻いた。

「ともかく、時間をくれ。もう少しで彼女の居所を突き止められる」

「待てよ、急げ急げってせかしてたのは、おまえだろう！」

「よせ、片桐音也。ここで私をなじっていても、何の解決にもならん」彼は自らの端末を取り出し、時間を確かめた。「とにかく私は忙しい。もう行かなければ」

そして長い腕を伸ばし、片手を差し出す。

片桐はブラック・ボックスを握りしめ、頭を振った。

「駄目だ。不十分だ」

思いの外、男は簡単に諦めた。

「別にいい。ここにあればな」男は立ち上がった。「この部屋は自由に使ってもらって構わない。私の連絡先は、そのグラスに入れてある。とにかくなんとかして佐伯雪子の居場所を突き止める。数日はかかるだろうが、きみは勝手に動かないでくれ」

「じゃあ、それまで何してろって言うんだよ」

「そうだな、場合によってはきみの手を借りるかもしれん。少し休んで、それから観光でもするんだな。何をするにも、土地勘は必要だ」

ではな、と言い残し、男は部屋を出て行った。

まったく、何もかも途方に暮れる。これほど〈パンク男〉が片桐とコーボを自由にさせると思わなかったし、〈シティ〉で隠れ過ごす必要がないとも思わなかった。ひょっとしてあの男は信用してもいいのでは、とも思ったが、どうにも男の立ち位置がわからない。まだまだ警戒は必要そうだ。

片桐は改めて広々としているが殺風景な部屋を見渡す。〈市外〉にはあれだけあった塵は、どこに行ったのだろう？　虫の死骸も、水漏れの痕もない。ひどい疲れを感じてソファーに横たわろうとしたが、あまりに綺麗さに、急に自分の汚れが気になり始めた。バスルームを探して入ると、そこも清潔で、カビの痕など全くない。流れ出る水は透き通っていて、温度まで調節できる。

なんて、贅沢なんだ。

片桐は自分の身体から流れ落ちてくる砂や煤を眺めながら、漠然と思った。

こんな、とても最低限とはいえない生活を守るために、俺は、俺たちは、あんな生活を続けていたっていうのか？

これほどのエネルギーを保つために、〈市外〉はどれだけ搾取されたのだろう。

そして最後には、ほとんどの人々が血の一滴までも搾り取られ、切り捨てられた。

「どうよ、コーボ」

柔らかなタオルで髪を拭きながら尋ね、気がついた。コーボをグラスに繋ぐのを、すっかり忘れていた。慌ててブラック・ボックスをグラスに接続すると、コーボはすぐに声を発した。

『あぁ、よかった！　切るなら切るで、ちゃんと言ってくださいよ！　これ、ものすごく怖いんですよ！』

「悪い、悪かった。すっかり混乱してた」

『本当に、もう二度とやらないでくださいよ？』そしてコーボは、息を飲んだ。『このグラス。それに、ネットワーク』

「何が見える？」

『〈シティ〉の内部ネットワーク。遅延も、干渉も、ほとんどありません。それにこの広さ。すごいとしか言いようがないです。少し探索してもいいですか？』

「それより少し、聞いてくれ」片桐は、男から聞いた話、街の様子、そして雪子のことを説明した。「探索するなら、できるだけ雪子の情報を探してくれ。それと〈パンク男〉が言ったことが、本当かも」

ソファーに座って頭を垂れる片桐に、コーボは恐る恐るといった風に言った。

『片桐さんは、少し休んだらどうです？』

「さん？」

『あ、いえ。なんか、様、って。すごく杓子定規じゃありませんか？　なんか違和感がすごくて、言いづらくなっちゃって』

「別にいいよ。俺もおまえから様って言われると、何か変だし」強烈な眠気に、欠伸が出てきた。「確かにきつかった。身体中痛いし。寝るけど、何かあったらすぐ起こしてくれ」

はい、と答え、コーボは探索を始めた。片桐はグラスを電源に接続すると、ソファーに倒れ込む。

気を失うまで、一瞬だった。

夢も見ないまま、耳元で鳴ったデジタル音に、跳ね起きる。

部屋は薄暗くなっていた。窓の外を眺めると、天蓋に映し出されていた太陽はビルの陰に隠れ、空が赤く染まっている。

片桐はしばらく、自分がどこにいて、何をしているところだったか、思い出せなかった。ようやく綺麗すぎる異質な部屋を見てすべてを思い出すと、低く唸りながらグラスを装着する。

『すいません、片桐さん。起こすかどうか、迷ったんですけど』

「いや。いい。どうした?」

『〈シティ〉のネットワーク、だいたいの構造はわかったんですけど。これ、何か中枢のシステムとは完全に切り離されてますね。公共ネットワークから触れられるのは、あくまで一般市民が提供する情報、サービスまでで、〈シティ〉の根本的な機能に関わる部分は隔離されてるようです』

ふぅん、と応じながら立ち上がって、よくわからない機能が付いている冷蔵庫を開けた。ミネラルウォーターらしいボトルを手に取り、口に含む。

「それで？」

『それで、あの〈パンク男〉が言っていた内容は、本当のことみたいです。ここの生活レベルは、恐ろしく高い。アルバイト店員でも、時給千二百円ですよ？　そして物価は〈市外〉の半分。あ、ちょっと買ってもらいたいものがあったので、リストを作りましたね』

グラスに表示された一覧を眺め、片桐は首を傾げた。

「モバイル・バッテリーに、低抵抗ケーブル、それに樹脂製ケース？」

『バッテリーとか、物凄く大容量なんですよ！　しかも安いし！　これはお買い得ですよ！　それに私のサイズに合うケースも、可愛いのがたくさんあるし！』

「おまえなぁ。買い物させるために俺を起こしたのか？　勘弁しろよ」

『あ、いえいえ、違いますって！　雪子さんです』

「雪子？」

『はい。確かに雪子さん、今では超有名で。ファンクラブまであるくらいで。どこに住んでいるかとか、今何しているかとか、そういう情報はほとんど得られませんでした』

どうにも理解できず、片桐は唸った。

「雪子の何が危険なんだ。俺は担がれたのか？」

『そこまではわかりませんが。でもいくら雪子さんが有名でガードされてるからといっても、それは全部〈フラグメンツ〉のためですよね。そしてアルティメット・ナイトは、その大舞台』

あっ、と片桐は声を上げた。

「広告で見た。今夜だったな？」

『はい。あと三時間後です。会場は中央ドーム。そう遠くありません』

「俺たちも、入れるのか」

『多分当日券で入れます。警備に守られているでしょうから、近づくのは無理かもしれませんけど』

「いや、それでも行ってみる価値がある」

『やった！　じゃあついでに、買い物もしていきましょうよ！』

喜々とした声を上げるコーボを放置し、片桐は軽く鏡で身体を見て、くたびれた鞄を担いだ。

「帽子も買わなきゃな。痣だらけで目立ちそうだ。あと鞄も」

『私も可愛いケースに包まれたいです』

美しい街。美しい世界で生きるのも、それなりに大変そうだ。

どうも俺の性格に、合いそうもないな。

そう漠然としたことを考えながら、片桐は扉を開け、街に歩み出た。

3

タワーマンション前の大通りでは、輝く車輌がひっきりなしに走り抜ける。錆が浮いたり、弾痕があるようなものは一つもない。丸ごと電気店らしいビルに足を踏み入れると、信じられないほどたくさんのデヴァイスが、信じられない価格で売られている。マッケイに摑まされたゲーミング・パッドの本物も、綺麗なパッケージに包まれて置かれ、値段も半額以下。

その差額分だけ、〈市外〉は搾取されてきた。

夜も更け、煌々と街灯が灯される繁華街。片桐とそう変わらない年の少年少女たちは、まるでエア・ショーに出てくるピエロや踊り子のような格好で、意味もなく笑い続けている。大人たちは酩酊し、仕事がきついとか小遣いが少ないとか、その程度のことで延々と愚痴りあっている。

シュートでたどり着いたドーム施設は、巨大なスタジアムにテントがかかった構造だ。

その光景は遙か彼方からでも白々と輝いて見え、近くにある観覧車やジェットコースターも多彩な光を放っている。

『片桐さん、すいません、やっぱりケース、取ってもらえます？』

胸にぶら下げているブラック・ボックスは、コーボがせがんだ二千円の赤いカーボンケースに包まれていた。

「なんでだよ。おまえ、一時間も悩んで、ようやくそれにしたってのに」

『暑いんです。どうも私の構造は、ケースに包まれるようにできてないみたいで』

仕方がなくケースを外してやると、コーボは深く息を吐いた。

『あぁ、生き返りました。でも残念です。散々乱暴に扱われて傷だらけだから、少しくらい綺麗にしたかったのに』

「誰も気にしないよ、そんなこと」

『そんなことありませんよ！　店員さんも言ってたじゃないですか、珍しい外部デヴァイスですね、なんですかこれ、って！　こんな綺麗な街なんですから、傷だらけなのは恥ずかしいです。帰ったら少し、磨いてもらえませんか？』

人工知能が、恥ずかしいだなんて。

突っ込むのも面倒で黙り込んでいると、コーボは感嘆するように続けた。

『それにしても、すごい都市ですね。この莫大な消費電力は、どうやって賄っているんでしょう。それに食料も』

「全部、〈市外〉から吸い取ったのさ」舌打ちし、片桐はエア・ショーのような眩い光景を見渡した。「俺たちは、ここに集められた一千万のピエロどもを生かすための、奴隷だったってことだ」

『あ、それなんですけど、ちょっと変なんです。下屋敷総研の基本設計によると、この〈シティ〉は一千万人を五十年間養えるように作られているはず。でしたよね？』

「そうだな」

『でも、違うんです。ここまで来ながら、通りの人口密度、それにネットの通信量を観察していたんですけど、すべてを合計しても、とても一千万人には届きませんよ。せいぜい五百万人がいいところです』

片桐はよくわからず、首を傾げた。

「どういうことだ？　〈方舟の切符〉を持ってるやつを集めるのが、間に合わなかったのか？」

『いえ。都市のキャパシティ的に、五百万がいいところのように見えるんです。でも五百万の人口であれば、〈壁〉はこれほど高くなくてもいいはずですし。どうもこの〈シティ〉の構造は違和感があります。構造図にでもアクセスできればいいんですけど』そこでコーボは疑問を切り上げた。『まぁ、この〈シティ〉の建設はギリギリまで続いていましたから、基本設計通りに作れなかっただけかもしれませんけどね』

その可能性が高い。一千万を目標に作られていたが、結局、五百万人を養える程度の方舟しか作れなかった。

五百万。あと、それだけ箱が大きかったら、律も中に入れたかもしれないというのに。

片桐は雑踏の中で、ドームのゲートに掲げられた看板を見上げる。

〈フラグメンツ〉、アルティメット・ナイト、ラウンド9。

片桐の目に留まったのは、脇に描かれたロゴマークだった。五本の矢が放射状に組み合わされた、赤い印。

『あ、あれ』

コーボも気づき、呟く。

ブラック・ボックスに記された五本の矢と全く同じものが、ここにも記されている。すっかり忘れていたが、以前にも〈フラグメンツ〉のGMが着ている鎧に刻み込まれているのを、片桐は見たことがあった。

『そういえば、あのロゴと私の封印マークって、結局何か関係があるんでしょうか』

「格闘ゲームと人工知能か。偶然じゃないか？　とても関係あるとは思えない」

片桐は前に並ぶ若者に倣って、グラスを係員前のスキャナーに翳《かざ》す。内部は広大な空間だった。中央の広場を囲むようにスタンド席が設けられ、正面には照明設備が設えられたステージがある。階段を降りて広場に向かうと、そこには膨大な数の〈フラグメンツ〉のコンソールが置かれていた。アルティメット・ナイトの予選は既に開始されていて、ブースの大半は埋まっている。彼らの対戦模様は脇に置かれたディスプレイで見られるようになっていて、下位クラスでも有望なプレイヤーがいるブースには、結構な人だかりができていた。

片桐はブースを歩き回って雪子を探したが、見つかるのは彼女の姿が大写しされたポスターだけ。それに上位プレイヤーは特設ステージ上で戦う仕様らしく、一般スペースとの間には幾重にも柵がある。とても近づける雰囲気ではない。

しかし雪子ならば、この騒ぎの中でも片桐の声を聞き分けられるはず。

そう望みを抱いて柵の前で待ち構えていた片桐に、同年代くらいの少年が近づいてきた。灰色のパンツに、黒いパーカー。〈市外〉の悪餓鬼たちと似たような姿の彼は、フードの下からじろじろと片桐の姿を眺め、小狡そうな調子で話しかけてきた。

「よう。おまえ、〈市外〉から来たのか？」

片桐は用心しつつ、答える。

「なんで」

「なんで？　髪型も格好も、見るからに市外民だぜ」

言われ、あたりを見渡す。確かに片桐の外見は、周囲からは浮いているようだ。

「だからどうした」

「待てよ！　別に襲おうだなんて考えてねぇよ！　ただ〈市外〉から来たやつなら、ユキちゃんの友だちだったりしないかな、ってさ。そんだけだよ！」

「ユキちゃん？」

「佐伯雪子だよ。どうなの？　知らない？」そして少年は背後に叫んだ。「おい！　見つけたぞ、〈市外〉から来たやつ！」

片桐が当惑している間に、話を聞きつけた人々が集まってきた。瞳を輝かせ、矢継ぎ早に雪子の素性を問う。

「待てって！　俺はあいつのことは、何も知らない！」

たえきれずに叫ぶと、彼らは罵声に近い言葉を発し、見るまに去っていく。結局残ったのは最初の少年だけだった。

「何なんだ、一体。そんな暇なのかよ」

辟易して呟く片桐に、少年は悪びれずに答えた。

「悪い悪い。みんな大ファンなんだよ、ユキちゃんの。オルタネイトなしでクラス80だぜ？　この調子で行けば、セブンス・オブ・ワンダーの記録を塗り替えちまうかも。そんだけでもすげぇのに、あんな可愛いし」少年は手を叩いて、片桐に顔を寄せた。「そういやおまえ、〈市外〉から来たんなら、見たんだろ？　どうだったんだよ、生の戦争って！　やっぱ死体とか山ほど見たのか？　銃撃戦とか、ミサイル、敵のドローンとか！」

何、楽しそうに言ってるんだ？

片桐は苛立ちながらも、曖昧に頷く。少年は目を輝かせてさらに尋ねた。

「へぇ、すげぇ！　俺も見たかったわ、生の戦争！　アメリカとか中国のやつら、今まで〈シティ〉を馬鹿にしてよ、何にもしてなかった癖に。いざまずいとなったら、手を組んで奪おうとするだなんてな。虫がよすぎるってんだ！　俺もやつらのドローンをやっつけたかったぜ！」

『片桐さん』と、コーボが耳元で囁いた。『この〈シティ〉では、外の惨状は全部そんな風に説明されてます。頭に来るとは思いますけど、ここは黙ってたほうがいいですよ』

「わかってる」小声で囁き、少年に言った。「ま、実際は。ただただ混乱してただけで、俺は何もできなかった」

「そりゃあゲームのようには行かないだろうけどさ。一度でいいから銃を撃ちまくってみてぇ！　俺ももうちょっとで、クラス80になれてたんだけどなぁ」

「クラス80？　何の話だ？」

「何って、知らねぇの？　クラス80になりゃ、〈シティ〉の防衛隊から声がかかるって噂だぜ？」防衛隊、と呟く片桐。「防衛隊なら銃も撃ち放題だし、金ももらえるだろ？　仲間内からも一目置かれるだろうし、いいことずくめじゃん？」

「言っておくけど、ゲームのようには行かない。死ぬぜ。大勢死んだ。俺も何度も死にかけた」

しかし少年は笑ったまま応じた。

「いいねぇ、そういうの！　どうせ死ぬなら、俺もそういう最前線で死にたいわ！」

「どうせ、死ぬ？　この〈シティ〉は安全なんだろ？　何があっても」

「そりゃ、そうだろうけどさ。俺っちみたいな馬鹿、これからもたいして金も稼げねぇだろうし。面白いことなんて、何もねぇ。なら、何か一騒ぎして死にたいじゃん？」

「じゃあ、さっさと死んで、いまだに〈市外〉で必死で生きてるやつのために、椅子を空けてやれよ」

少年は驚いたように口を噤む。片桐はその場を離れ、売店近くの椅子に座り込んだ。

「何なんだ。この街には、あんなクソ野郎どもしかいないのか？　大勢で女のケツ追いかけて、つまんねぇから戦争したいとか」

吐き捨てた片桐に、コーボがおずおずと言った。

『ネットの書き込みから察するに、この〈シティ〉じゃ、あの人みたいな考えは、それほど突飛じゃないみたいです』

「あんなクソ野郎が生き残って、律さんみたいないい人が死ななきゃならないのか？　おかしいだろ、それ！」

『律さんという人は存じ上げませんけど。〈市外〉に残してきた人なんですか？』

そう、残してきた。彼女だけじゃない。数千人の難民たち。ひょっとしたらブラザーフッドの作戦は、彼らの存在を無視する〈シティ〉を見返す、唯一のものかもしれない。

いくら取り繕っても、やはり〈市外〉から来た人間には独特なところがあるらしい。それからも片桐は人々から珍しがられ、唐突に的外れな同情や賞賛を浴びせられる。

どうにもこの〈シティ〉は。人々の考え方にしろ、金の使うところにしろ、〈市外〉とは奇妙な差がある。これほど素晴らしい世界だというのに、彼らは、あの死に場所を求めている少年のように、何かが薄かった。

日々、なんとなく楽しく過ごして、なんとなく生きている人々。おそらく〈市外〉のように、死の危険が身近にない環境だからだろう。彼らは自らが突然死ぬかもしれないという感覚がほとんどない。なにしろこの〈シティ〉では、多少働けば生きていく程度の金はすぐ手に入り、グラスもオルタネイトも、基本無料。そんな環境が、彼らを腑抜けにしているとしか思えなくなっていた。

そこでふと気づいた。

恐怖。きっと片桐はずっと、死ぬかもしれないという恐怖と戦い続けるだけの生を送っていたのだろう。

片桐は以前、芝村に言った。どうせ俺たち、みんな死ぬだろうと。だからいつ、何をして死んでも構わないだろうと。だが所詮それも、苦痛を伴う死から、自らが選択できる死に逃れようとした結果の言葉だった。

じゃあ、その恐れるべき死から逃れられたら、どうなる？

きっと片桐も彼らと同じように、するべきことを見失い、ただただ、おまけの人生を送ることになったろう。そう、片桐も彼らを責められない。根本的に、彼らと片桐とは、何の違いもないのだ。予言された死の恐怖と戦い、結果この〈シティ〉は、それに打ち勝とうとしている。その結果、人々は、こうなった。自らが生き残るために〈市外〉を、何物をも犠牲にしながら、結果として未来を、自分たちが何をするべきかを、見失っている。素晴らしい世界、両手にあまる物資に囲まれながら、ゲームに興じ、ただ無難に生きたいとか、ただ派手に生きて死にたいとか、無為に望んでいる。

そもそも彼らに望まれた〈機能〉は、生き残ること。災厄の後にも、この世界を遺すこと。それだけなのだ。

けれども今の片桐は、自らの命以上に望むものを、見つけてしまった。雪子、芝村、そして律にしてもそうだ。空っぽだった自分に対し、彼女たちは確固とした信念を持っていた。だからだろう、片桐はいつの間にか、彼女たちが幸せであって欲しいと願うようになっていた。

その信念の正否にかかわらず、片桐は彼女たちのほうが、より、〈遺されるべきもの〉だと感じた。

　そして片桐は、彼女たちの存在を左右する立場に、置かれてしまっている。片桐はこの〈シティ〉の人々とは違い、本当に為すべきことを、負わされてしまっている。そこに自分のすべてを注ぎ込んでもできるかわからない、何事かを。

　けれどもそれはきっと、素晴らしいことに、違いない。ただただ生き続けることだけを望まれた人々よりも、何倍も、素晴らしいこと。

　そう、今、俺が何かをすれば。彼らと違い、自分の本当に望むものを、後の世に残せるかもしれないというのに。

　それなのに、俺は一体何をしてるんだ？

　熱戦の勝負がついたらしい。歓声に続いてアナウンサーが何事かを喚き立て、３Ｄプロジェクションが膨大な花火を投影し、銃声に似た音が響く。

　そして宙からは、夢にまで見たたくさんの花びらが舞い落ちてきた。

　ふわり、と肩に舞い降りた花びらを、震える指先で摘まむ。

　それは花じゃない。ただの紙切れだった。

4

上位クラスのプレイブースは特別で、観衆の手の届かないスタジアムの外周に等間隔で用意されていた。プレイヤーは一人一人コールされ、スポットライトの中に姿を現す。

雪子のプレイヤー名が叫ばれると、群衆は歓声を上げ、彼女の名を呼ぶ。片桐はそれをかき分けながら、彼女の姿を一目見ようと、外周に向かう。

そして片桐がスポットライトを浴びる彼女を見た途端、何かひどく、不思議な感じがした。

雪子はレッド・マジシャンの装備を模した赤いチュニックを身にまとい、黒光りするロングブーツを履き、真っ白なグローブで手を包み、頭には華麗な鍔の羽帽子を乗せていた。

やはり、瞳と髪は漆黒だった。

CMを見て覚悟はしていたが、赤い瞳、白い髪に慣れていた片桐にしてみれば、まるで別人。いや、なまじ顔立ちが同じだけに、違う生き物のように感じられて仕方がなかった。

『わぁ、染めるか何かしたんですかね！　雪子さん、元気そうだし、格好いい！』

確かに別人、別の生き物として見れば、男装の麗人といった風だ。けれども彼女が無表情で歩む姿、そしてブースに沈み込む姿を眺めると、やはり違和感がある。

「あれは、本当に雪子か？」

始まった剣と魔法の戦いを真剣に見つめている間に、彼女に対する違和感が増していく。

どちらかといえば彼女は勢いに乗ると強いタイプで、冷静に対処するのが苦手な質だった。

だがスクリーン上の彼女は、徹底的に待ちのスタンスだった。相手の攻撃を待ち、受け流し、反撃する。

勝ちはした。完璧に近い、隙のない勝利。

片桐はこの戦闘スタイルを、どこかで見た記憶があった。あれは過去に見たクラス100の戦闘だったろうか。それとも片桐が対戦して、ボロ負けした相手だったろうか。

五ラウンド制を三戦で早々に片づけ、ブースの中で小さく息を吐く雪子。

多くの歓声に紛れ、片桐もためしに彼女の名を叫んでみた。

しかし彼女の黒い瞳は、微動だにしない。

バックヤードに戻る雪子を見送ると、片桐はすぐ、足を広場から通路に向けた。

『片桐さん、どこに？』

「雪子に会いに行く」

『え、でも、どうやって』

「どうにかするんだよ。変だぜ。あいつなら、この中でも俺の声を聞き分けられるだろ？なのに全然気づかなかった」

『つまり、別人、ってことですか？　どうして』

「それを探りに行くんだ」

通路には多くの物販店が並び、バックヤードに向かう通路には立入禁止の札が立てられている。特に警備はない。片桐は札を無視し、会場スタッフが行き来する一角に入り込んだ。

数万人の観客を収容する施設だけあって、バックヤードも広大だった。迷路のような通路の先がどこに繋がっているのかもわからず、片桐は無闇に彷徨うことになってしまった。

目についたのは、床を這う膨大なケーブルだ。おそらく会場のプレイヤー・コンソールと接続されているのだろう。興味本位で辿っていくと、無数の端末が置かれた制御室らしきところに辿り着いた。

『〈フラグメンツ〉の制御コンピュータでしょうか』

尋ねるコーボに、無人の室内に入り込んで全体構成を追いつつ答えた。

「いや、〈フラグメンツ〉のメインシステムは、この会場の外にある。中間的な処理を行ってるだけみたいだけど」そこでコンソールの一つに映し出されている文字列が目に入った。

「適性？　何だこれ」

そこにはずらりと〈フラグメンツ〉のプレイヤー名が並んでいた。現在の戦闘状況がリアルタイムで表示され、敵に与えたダメージ、自らが受けたダメージなどの値が、めまぐるしく変わっている。片桐が気にした適性という値は、何らかの基準でSからEという六ランクに分けられていた。

何か妙だ。

「コーボ、探れ」

手早くインターフェイスにコーボを接続した時、通路側から複数の足音が響いてきた。立ち並んでいるラックの裏に身を隠すと、首筋や目にオルタネイトを施しているエンジニアらしい数人と、黒い詰め襟の制服を着た中年の男が入ってきた。

男は髪をオールバックに撫でつけ、平坦な顔の中に鋭い瞳を光らせている。別格な人物なのは明らかだ。

加えて彼にはもう一人、〈パンク男〉が付き従っていた。

『あいつ、ここで何を?』

見つめている間に詰め襟の男はコンソールに歩み寄り、適性値を眺めた。

「不作だな」嗄れた声で呟き、連れのエンジニアたちに顔を向ける。「もう予定を随分オーバーしている。仕方がない、Sには拘らん。Aランク以上を確保しろ」

「於土井《おどい》。そう、急ぐ必要はないだろう」〈パンク男〉が口を挟んだ。「きみがこの〈シティ〉の管理者として、重責を負っているのは理解しているが。今のところ、諸外国が〈シティ〉に目を向けている気配はない。シルミだけで十分に対応可能だ」

「そうはいかない。ブラザーフッドが何かを企んでる気配がある」

「彼らは単なる難民の集まりだ。脅威はない」

「〈刈り取り〉を逃れるために、計画的に武器を集積してた連中だぞ? 彼らのおかげで、どれだけ被害を受けたと思ってる。もっと早く潰しておくべきだった。そういえば佐伯雪子はどうなってる。あの聴覚、なんとかシルミに取り込めそうか？」

深く唸り、〈パンク男〉は頭を振った。

「いや、彼女の能力はひどく特殊だ。シルミでは解析できないようだ」

「では、さっさとオルタネイトをして、強制学習させろ。三日もあれば十分だろう」

否応のない調子に、〈パンク男〉は弱々しく答えた。

「すぐには無理だ。彼女はオルターではない。一週間はかかる」

「では四日だ。それに代役に立てた彼女だが、演技が下手すぎる。もっと愛想をよくさせろ。せっかく雪子人気で、〈世界の終わり〉から市民の注意を逸らせられているんだ。それを利用しない手はない。いいか？」

答えない〈パンク男〉を無視し、於土井は他のエンジニアたちとともに部屋を出て行った。

思いつめたように床を見つめ、それから彼は後を追う。片桐は彼らの気配が消えてから歩み出て、再びコンソールを見下ろした。

「オルタネイト？　強制学習？　一体何の話だ」

呟いている間に、コーボはグラスにいくつかのコードを表示させていた。

『片桐さん、ここのシステムでは、プレイヤーの判断力や反射能力、集中力などを診断し、ランク付けを行っているようです。まるで何かの適性試験みたいです』

「適性試験？　それにシルミ」辿り着いた推理を、片桐は口に出していた。「そうかドローンか！」

『何です？』

「ドローンだよ！　シルミの戦闘能力は、おまえに随分劣るって〈パンク男〉は言っていた。それに今の話も。連中は、今のままじゃ〈シティ〉の防衛がままならないって知ってるんじゃないか？」

コーボもようやく気づいたようだ。

『あぁ！　彼らは優秀な〈フラグメンツ・プレイヤー〉を集めて、シルミの代わりにドローンの制御をさせようとしている？』

「それだけじゃない。強制学習だよ。あいつらは雪子をオルタネイトして、シルミに繋いで、その能力を取り込もうとしてるんじゃ？」

コーボは息を詰め、叫んだ。

『それは、よくわからないですけど、危なそうです！』

「コーボ、ここのシステムをハックして、雪子の居場所を摑めないか？」

『少しお待ちを』

コーボが調べる間に、片桐はコンソールにエア・モーションを送り、推理の裏付けをしようとする。

「間違いない。ここのところ、優秀な〈フラグメンツ・プレイヤー〉が何人も『防衛隊に配属された』ってことでランキングから消えてる。防衛隊に配属？　どうなってるんだ、そいつらは生きてるのか？」

『片桐さん、ここのシステムは防壁に守られていて、深く探るには時間がかかりそうです。代わりに〈あの雪子〉さんの居場所なら突き止めました。すぐそこの控え室です』

「〈あの雪子〉？　代役に立てられたってやつか」思案し、コーボをインターフェイスから取り外す。「雪子のことを知ってるかもしれない。行こう」

慎重に部屋を抜け、コーボの指し示す通路を行く。間もなく〈出演者控え室〉という掲示が現れ、扉の前で警備らしい屈強な男が直立していた。

さて、どうする。

考えている間に、扉が開いた。現れたのは、雪子の代役という女。見た目は雪子そのものだが、よくよく見ると雪子よりも少し背が高い。彼女は警備に促され、関係者通用口から外に出て、黒塗りの車輛に押し込まれる。

片桐はあたりを見渡し、不用心に乗り捨てられているバイクを手中に収め、幹線道路に向かう車を追った。

5

車は速度を落とすと、細い路地に入っていく。低層だが高級そうなマンションが散見される一角だ。最後に停まったのはそうした中の一棟で、玄関の前に常駐しているボーイが恭《うやうや》しく雪子と警備に頭を下げ、車を車庫に入れる。

『正面突破は無理そうですね。どうします?』

「そもそもここ、どこだよ」

周囲を見渡しながら尋ねた片桐に、コーボはグラスに地図を表示させた。

『神楽坂。〈シティ〉の中心部で、オシャレスポットの一つらしいですよ! よくわかりませんが、可愛いケースや美味しい電池でも売ってるんでしょうか』

以前はオシャレなどと言われても何のイメージも湧かなかったが、〈シティ〉に来てからというもの、虫酸が走る言葉の一つになってしまっていた。

「コーボ、もう二度とそういう軽いこと言うな。でないと省電力モードに切り替えるぞ」

『えっ! なんでです?』

マンションの周囲を歩いていると、鉄柵にスマートカード認証が付いているだけの裏口を見つけた。片桐は認証装置の脇に、デヴァイスを一つ貼りつける。間もなく住人が近づいてきて、グラスを翳す。すぐにデヴァイスはその認証情報をトラッキングし、片桐のグラスに送ってきた。

裏口は盗み取った認証情報で、難なく開く。片桐は階段を上り、突き当たりの機械錠をスティックで解除して屋上に出た。

『それで片桐さん、ここからはどうするつもりです？』

片桐は黙って、予め調達していたドローンを鞄から取り出す。ただそれは直径十センチもない完全な玩具で、かろうじてカメラが搭載されているだけだ。

『えっ、まさか、またですか？』

嫌そうに言うコーボに構わず、片桐はブラック・ボックスをドローンの下部に貼り付け、インターフェイスを接続させる。

「飛ぶの楽しいって言ってたじゃないか」

『それはそうですけど、これ玩具じゃないですか』

「贅沢言うな。さぁ、行け」

『りょうかいです』

いまいちやる気のない声を上げて、コーボは飛んでいく。マンションは五階建てで、各階が三つに分割されている。その十五世帯を窓から眺めていくと、五階の一室に雪子の代役を連行してきた警備の姿があった。彼はリビングのソファーに座り、グラスで動画か何かを眺めている。奥の部屋はカーテンが閉じられていて、中の様子がわからない。

「コーボ、ちょっと窓に当たってみろ」

片桐の指示を受けて、コーボは奥の部屋の窓に向かう。何度か胴体を当てるとカーテンが揺れ、女が姿を現した。

〈あの雪子〉だ。髪も瞳も漆黒で、窓の外を泳ぐドローンを目にしても、眉一つ動かさない。彼女は不思議そうにコーボを眺めると、窓を開けて言った。

『まさか、音也？』

片桐は混乱しつつも、音声回線を切り替えた。

「姉さん？　あんた、姉さんなのか？」

雪子の顔をした人物から吐かれた声は、芝村菫のものに違いなかった。

彼女は素早くリビング側を眺めると、小さく手招きしてドローンを室内に迎え入れる。

『何をしてるの。どうやって〈シティ〉に？』

「姉さんこそ、生きてたのか？　てっきりあの夜に殺されたと。ていうか、その顔は何なんだ？」

あぁ、と彼女は呟き、首筋に指をめり込ませて、ゴム状の皮を剝がしていく。

現れたのは、芝村菫、その人の顔だった。彼女は硬直した顔を解すと、ドローンのカメラを覗き込む。

『今、どこにいるの』

「屋上だよ。雪子みたいな誰かが、アルティメット・ナイトに出てるのを見て、ここまで追って来たんだ」

『そう』彼女は眉間に皺を寄せ、わずかに考え込んだ。『ごめんなさい。きみのことも心配だったけれど、厄介な状況になってしまっていて』

「え？　それってどういう。雪子は無事なのか？」

『わからない。言うことを聞かないと、彼女を殺すと脅されていて』

「殺す？　どうして」

『匂わされただけだけどね。そういう雰囲気だったよ』

「何だってそんなことに。だいたいどうして、姉さんが雪子の身代わりを」そこで片桐は、彼女の戦闘の特徴に見覚えがある理由に思い至った。「まさか姉さんって、セブンス・オブ・ワンダーだったのか？　あの、ノン・オルター最強って言われた」

『大昔の話』

彼女は顔を拭った。

「右腕は？　姉さん、右腕は金属で」

黒いTシャツを着流している芝村の右腕は、明らかに血と肉でできている。彼女は多少血色の悪い右腕をぐるりと回してみせた。

『最初から話しましょう。あの夜、私の記憶はあまり定かじゃないけど。結局どうにかして生き延びたらしい。気がつくと、幹細胞培養で作り出された新しい腕が移植されていた。そして言われたの。『雪子の代わりに、〈フラグメンツ〉で戦え』ってね。私はそれを受けるしかなかった』問いを挟みかけた片桐を遮り、彼女は続けた。『本当の所、今話した以上のことは何も知らないの。ずっと監視されていて、まるで外部の情報に触れられない。かろうじて想像できるのは、私が目覚めるのと前後して、雪子はなぜか戦えなくなった、ということくらいだよ』

片桐は考え込み、ドームの制御室で耳にした話を説明する。

「そう、やつらは〈雪子をシルミに強制学習させる〉って言ってた。ほかの優秀な〈フラグメンツ・プレイヤー〉も。これってどういう意味か、わかるか？」

芝村は沈鬱な表情で言った。

『シルミは〈シティ〉のあらゆるインフラを適切に制御できる優秀な人工知能だけれど、一つだけ弱点がある』

「戦闘能力不足」

『そう。発電設備、下水設備、それにシュートや信号。そうした最適化しさえすればいいだけの対象と違って、戦闘は時に非論理に陥ってしまう敵の行動を読むという高度な作業が必要となる。シルミにそれは難しい。だから彼らは、優秀な戦闘能力を持ったプレイヤーを利用しようとしている』

「具体的には？　強制学習ってのは、何なんだ？」

黙り込む芝村。片桐が不安を感じ始めた頃、芝村は何かを振り切るように口を開いた。

『簡単に言うと、対象の人物はオルタネイト手術によって脊髄にインターフェイス端子を埋め込まれ、シルミに接続される。シルミは対象に対して信号を流し込み、その応答を得ることで、脳内の処理様式を学ぶ』

「つまり、シルミが相手の脳を、コピーするってことか？」

『そこまでのことはできない。あくまで、特定の処理様式を学習するだけ。たとえば雪子の聴覚とかね。強制学習とは、そういう意味』

考えたこともなかった手法に、なかなか片桐の想像力が追いつかなかった。

「待ってくれ。そうなると、強制学習させたやつはどうなるんだ？　まともな頭が残るのか？」

『私も実例は知らないから、何とも言えない。でもシルミは対象の脳の処理様式を知るために、ありとあらゆる情報を流し込む。とても普通の人間が耐えられるとは思えない。おそらく、よくて廃人。悪くて』

沈黙が、答えになっていた。

「冗談じゃない」震える声で呟き、片桐はグラスの中に映る芝村に向かって身を乗り出した。「そんなこと、させてたまるか！　姉さんは雪子の居場所を知らないか？　なんとかしてあいつを救い出さないと」

『私がシルミに関わっていたのは、随分昔の話だから。今はどうなっているか。とにかく今はあまり時間がない。きみは〈シティ〉を、自由に動けるの』

「あ、あぁ。今んとこは」

『私も雪子がどうなったか探ってみるけど、この状況だし、できることが限られる。かといって逃げ出すと雪子がどうなってしまうかもわからない。とにかく明日の夜、また来て。それと』そこで芝村は口調を変えた。『Kahanama sobono kittyohi kinhosa?』

盗聴をかわすために教え込まれた、芝村製の暗号だ。

コーボと、一緒にいるのか？

片桐は躊躇いつつ答えた。

「Taeda（そうだ）」

『Niri juebanu tyueu st. Kihajohi erigre kihaesouga tikiu（なら、十分に注意して。コーボは裏切る可能性が高い）』

「Doest?（どうして？）」

『Unachiho sakiteshinunhi sodoe hyukuwoschine. Shiudoma kahanahi kinna tassaraki. Nadachi sahojohi chiwaahaki rokhi（私の解析ツールにコードを入力して。キーワードは、

きみに言った作家名。ただしコーボに知られないように』

そこで、扉がノックされる音がした。芝村は素早くドローンを背に隠す。

『わかった？』

「あ、あぁ。でも」

すぐに警備の男が姿を現した。芝村は男と言葉を交わすと、部屋から連れ出されていく。

『今のは、何です？　何語ですか？』

コーボに尋ねられたが、片桐は返事ができなかった。

6

片桐は電気店でいくつかのデヴァイスを仕入れると、〈パンク男〉にあてがわれた家に戻り、自分用の簡単なコンソールを作り上げ、〈シティ〉の巨大なネットワークを視覚化した。

『片桐さん、何を？』

考えた末に、片桐は口にした。

「コーボ、真面目な話だ。いいか？」

『え？　私はいつも真面目ですよ』

「本当かよ。おまえのペルソナ、ちょっと」片桐は言葉を探した。「そう、アホになってる」

『アホ？　アホって何です！　私は私なりに、なんとか色々と大変な片桐さんの緊張を解そうと』

「いや、だろうとは思ってたけどさ。今は真面目な話だ。冗句も、おふざけもなしだ。わかったか？」

彼女は渋々といったように答えた。

『了解です』

「よし。この〈シティ〉で頼れるのはおまえだけだ。〈パンク男〉は、一ミリも信用できない。だからおまえと、意識を共有しておきたい」

『え？　まさか片桐さん、オルタネイト手術を受けるつもりですか！』真面目な話だと宣言したというのに、片桐は思わず笑ってしまった。『私は嫌ですよ？　片桐さんを私の外部処理装置にするだなんて。何か間違ってますって！　それは片桐さんみたいな発想ができて、雪子さんみたいな聴覚を持てたら、とてもお役に立てるようになると思いますけど。でも駄目ですよ！』

「馬鹿。やめろ。そうじゃない。意識の共有ってのは、ただの言い回しだ。それでコーボ。

おまえは、俺の目的を理解してるか？」

『それは』と、彼女はわずかに熱を発しつつ、答えた。『雪子さんと芝村さんを、助けたいんですよね。それは私も同じです』

「そうか。でも、助けるって何だ？　この〈シティ〉で、何をどうすれば二人を助けることになるんだ？　この〈シティ〉は、得体の知れない何かに支配されてる。闇雲に動いても、そいつに捉えられるだけだ」

『つまり一度、問題を整理しろというお話ですか？』

「いや、違う。それはもう済んでる。だからおまえの正規化処理の手間を省きたいんだ」

片桐はコンソールを操作し、グラスに蓄えられていた画像と文字列を並べた。

「ブラック・ボックス。おまえだ。そして〈フラグメンツ〉のサブロゴ。それに、〈シティ〉。ミライツリー。下屋敷総研」次いで人物の画像を並べる。「雪子。姉さん。犬神。前田。〈パンク男〉。於土井っていう〈シティ〉の管理者、〈シティ〉を制御している人工知能シルミ。手がかりはいくつもある」続けて片桐は、画像を並び替えていく。「下屋敷総研って研究所では、姉さんと犬神、それに前田が働いていた。そのラボは、〈シティ〉の建造計画に深く関わっている。その絡みで、管理者とシルミが現れる。下屋敷総研がおまえの開発をしてたってことは、シルミってのも、おまえの姉さんか妹なんだろう。そして下屋敷総研の企業ロゴ、おまえに刻まれた五本の矢。それは〈フラグメンツ〉に繋がる」

　接続されていく線に、コーボは唸った。

『問題なのは、過去ですね』

「そう。それで俺、ちょっと思い出したことがあるんだよ。コーボ、おまえが前にネットから探してきた姉さんの写真、まだメモリーにあるか？」

『ありますよ』

　画像が表示される。多少若い芝村が仏頂面で腕を組み、周囲に四人の同僚らしき人物が並んでいる。

　片桐は映像を拡大し、一人一人、その顔を眺めた。

「やっぱり」

『この眼鏡、あの前田って変人エンジニアですよ！　若いけど、見間違いようがないです！　私、あいつにどんだけ罵声を浴びせられたことか！』

「そのようだ。だいぶ雰囲気が違うんで、気づかなかった。それに、このガタイのいいのは犬神だし」指を走らせ、背の高い眼鏡男に止めた。「これ、〈パンク男〉じゃないか？」

『少しお待ちを！　あの画像認識プラグインを。あれ？　あれどこ行ったかな？』慌てた声に続いて、彼女は叫んだ。『やっぱり！　九十七パーセント一致します！　間違いなくこいつ、〈パンク男〉ですよ！』

「そうなんじゃないか、って気がしてた。〈パンク男〉も、元下屋敷総研の社員だった。するとこの中心のやつ」

片桐はエア・モーションで、他の四人より少し年長の男を拡大した。

「見ろ。あの管理者。於土井ってやつだ」

わずかに遅れて、コーボも緊張した声を上げる。

『本当だ』

「〈五本の矢〉だ。多分下屋敷総研は、於土井を中心として、姉さん、犬神、前田、そして〈パンク男〉の五人で構成されていた。下屋敷総研では、〈シティ〉を総合的に制御するための人工知能、シルミが開発された。けれどもそいつには、致命的な欠陥があった。戦闘能力不足だ」

『だから下屋敷総研は、シルミの弱点を、優秀な戦闘能力を持ったヒトにフォローさせようとした。それを探し出すために、〈フラグメンツ〉が開発された』

「その通り」

『でもそうなると、私の存在は何なんでしょう。私なら多分、〈シティ〉のインフラを制御しつつ、ドローンをもっと効果的に制御できると思うんですけど。私はおそらく、下屋敷総研で開発された。なのにどうしてシルミと置き換えられず、〈市外〉なんかに』

芝村と〈パンク男〉の警告。

片桐は慎重に、コーボに尋ねた。

「コーボ、おまえ、自分が何なのか知りたい、って言ってたよな？」

『え？　えぇ、でも今じゃわりと、どうでもよくなりました』

思いがけない答えに、片桐は肩の力が抜けた。

「なんでだよ。どうして」

『なんででしょうね？　最初は何もかもわからなくて、すごく不安だったんだと思います。でもだんだん色々なものを見てきて、自分が何なのか、とか、どうでもいいよな、と。だいたい片桐さんはご両親が誰なのかわからないのに、全然凄い』

「でも、自分を開発したのが誰なのか、とか。知りたくないのか？」

ふむ、と彼女は唸った。

『そう言われても、別にどうでもいいですよね。だってヒトで言うなら、私がその人から遺伝子をもらったってだけで、それ以上の関係はないですよね』

「薄情」

苦笑いで言った片桐に、コーボはむっとしたように言う。

『こういう論理的な考え方は、片桐さんに学んだんですけど？　だいたい強いて言うなら、私のお父さんは片桐さんで、お母さんは雪子さんです』あっ、と当惑する片桐に、コーボは続けた。『私がどういうタイプの人工知能で、どういう意識付けをされているのか、よくわかりませんけど。でもわかるんです。私はお二人の言葉や行動をベースに、意志決定を左右する際の〈重みづけ〉を教育されてきました。これって、ヒトで言うところの〈親〉ってことですよね？　ならその私の人格の種になっているお二人に何かしらの愛着を感じるのは、当然のことです。そして私は、今の自分が、もうちょっと賢くなれたらいいな、とは思ってますけど。わりと満足してるんです。だから今は、お二人のために頑張るのが、私の第一の目的です』

本当に、恐ろしい。

片桐は思わざるを得なかった。ただの電子チップ。ただの黒い箱。その中に、これだけの論理哲学を吐ける知能が詰まっているだなんて。

片桐は、彼女の異常さを知った当初から、コーボの〈存在〉に対する疑問を口にするのが、恐ろしくてならなかった。

コーボは箱の中の生に、何を感じているのか。片桐や雪子に対しどういう感情を持っていて、何を望みに生きているのか。

その答えが恐ろしくて、仕方がない。

この時も片桐は震えを無理に押さえ込み、頭を振って考えないようにしていた。

「わかったよ。そうムキになるな。ただの冗談だよ」

『冗談？　私は本気で私の想いを知ってもらいたくて』

「わかったわかった。とにかく話を先に進めようぜ」不満そうなコーボを押し切って、片桐は続けた。「とにかく、下屋敷総研と〈フラグメンツ〉を探れば、雪子の居場所を探し出せるかもしれない。それに〈パンク男〉が何者で、何を企んでるか」

『確かにそれも疑問です。彼は於土井の手下らしい。でも片桐さんたちを助けようとしている。狙いは何なんでしょう』

「胡散臭いのは確かだ。調べられるか？」

『この〈シティ〉は防壁だらけですが、やれるだけやってみます』

「頼む。俺は少し疲れた。寝る」

『了解しました！　後はお任せください！』

コーボごとグラスを電源に接続して、片桐はソファーに倒れ込み、〈市外〉から使っていた旧式のグラスを装着する。

「ミヤザワケンジ」

呟くと、芝村から渡されていた各種ツールが急激に展開された。どうやら有事のためのメッセージ・ボックスも兼ねていたらしい。現れたのは膨大な文章ファイルで、メインタイトルは、こう記されていた。

『スーパービルディング計画　実施要項書　第七版』

丁寧に『極秘』の文字まで添えられている。

おそらく、この〈シティ〉の建造に関わる情報がまとめられているのだろう。あまりに膨大な量で、すべてを追っていられない。しかしざっと流し読んだかぎりでも、片桐の知らなかった話がいくつもあった。

数十年前、高名な科学者たちが発表したという〈予言〉。片桐はその内容もよく知らなかったが、実体はこういうものだったらしい。

この惑星、地球の内部にある溶岩流マントルは常に対流を続けているが、地磁気を計測していた科学者たちにより、それに異常が起きつつあることが発見された。

マントル流の異常は、地球環境に大きな影響を与える。短期的には、巨大地震、巨大津波、火山活動の活発化。加えて地磁気の消失による太陽放射線の影響も危惧されていた。長期的には、大陸プレート活動の変化。島が、大陸が沈没し、海の底から新たな陸地が生まれる可能性。

予言を受けたこの国を統べる人々は、検討の末に〈シティ〉の建造を決定した。彼らは最大限の効率で〈シティ〉を建設するべく、生産性の低下と市民の暴動を防ぐため、情報工作を綿密に行った。

そう、片桐たちのような〈市外〉の人間にとって、〈予言〉とは、事実と噂の中間のようなものだった。誰も本気になって騒ぎ立てることもなく、それでも心の内では、いつか世界が終わると信じていた。

それもすべて、彼らの計画通りだったのだ。

芝村がこの情報を自分に示した理由は、何なのだろう。

彼女はコーボの危険性を、片桐に示唆しようとしていた。確かにこのファイルにはシルミの能力について記されてはいるが、コーボについては何も見当たらない。

念のため〈シルミ〉というキーワードを詳細に追ってみると、片桐は一つの記述に行き当たった。シルミの戦闘能力について分析した段で、こう記されている。

『暴徒、一般市民相手であれば必要十分な能力を持つが、職業軍人によって構成された軍隊を相手にした場合、その規模によっては非常な危機に陥るものと思われる。予測される〈崩壊〉時の影響より、C型ドローンを最低一万機常備する必要がある。※次世代人工知能の開発は事故により凍結。池袋分室は閉鎖。予備措置として推進していたF計画を実施に移す。』

次世代人工知能とは、コーボのことだろうか。そしてF計画とは、おそらく〈フラグメンツ〉のこと。

片桐は関連情報を探してみたが、他にコーボについて記されている部分はなさそうだった。

一体、どういうことだろう。芝村のことだ、何の目算もなく片桐にこれを示すとは思えないが。

そこでふと気づき、池袋分室という文字列を検索してみた。

当たりだった。文書には部分的な〈シティ〉の構造図も含まれていて、池袋分室の場所も記されている。

それはグランドフロアと〈市外〉とを隔てる、数百メートルの厚さの〈壁〉の中だった。

ここに行け、ということだろうか。

今でもそこに、何かが残されているのだろうか。

7

翌日片桐は、シュートを利用して池袋の街へと降り立つ。片桐が知る池袋はチャイナ・タウンと化していたが、内側は雑然としながらも清潔さを保った街だった。グランドフロアの天蓋は青空を映し出し、目を向けた公園では、児童向けの遊具が原色の煌めきを発している。〈市外〉とは違い、壊れたものも、盗まれたものも、錆びついているものもない。

そこで幼い子供を遊ばせている母親を眺めていると、片桐は緊迫感を忘れていた。

夜の〈シティ〉は、ひどい世界だった。どいつもこいつも薄っぺらい連中ばかりで、いまだに〈市外〉で苦しんでいる人々のことを想像できない。いや、想像できたとしても、そうした特別な体験は糧になるだろうだなんて、甘いことしか考えられない。

しかし、平和だ。子供が子供らしく遊び、飢えも、汚れも知らない。悪友たちと盗みをする必要もなければ、力ずくで自らの利益を守らなくてもいい。子供たちの苦難や苦痛を排除した結果が、〈パンク男〉の言うところの〈到達点〉なのだとしたら、それ以外の問題なんて、目を瞑るべきなんじゃないかという気もする。

一方で、あの詰め襟の男、於土井という管理者が口にした強制学習。

いくら〈シティ〉を守るためだとしても、そうまでして〈シティ〉は、遺さなければならないものなのだろうか。

いまだによく、わからない。

グラスの指示に従って路地を進んでいくと、次第に目の前の光景に違和感を覚え始めた。果てしない路地、果てしないビル群があったが、それは明らかに遠近感がない。立体ではなく、平面なのだ。

間もなく路地の突き当たりで、〈壁〉に遮られた。一面の超高精細ディスプレイ。〈壁〉を探ると、一部が色を失い小型のパネルが現れた。外観からして、音声を用いた認証装置らしい。片桐は少し思案した挙げ句、一つの言葉を口にする。

「ミヤザワケンジ」

パネルが緑色に染まり、〈壁〉が左右に割れた。現れたのは二メートル四方ほどの通路で、奥は暗がりに沈み、よく見えない。

『うわぁ、何かの秘密研究所みたいですね。入ってみましょう！』

片桐はあたりを窺い、人影がないのを確かめてから、〈壁〉に侵入する。途端に背後の扉が閉じ、不安を感じながらグラスのライトを灯した。

通路の床は、鋼鉄のような、コンクリートのような、不思議な感触がする。壁も天井も似たような素材で覆われ、時折現れる脇道や階段の奥には広大な暗い空間が広がっていた。

通路は両開きの扉に続いていた。片桐は警告のために貼られている黄色いビニールテープを剝がし、通電が切れている扉の隙間に、傍らに転がっていた鉄棒を突っ込む。

体重をかけると、簡単に左右に開いた。

足を踏み入れると、鉄臭い匂いを感じた。錆だろうか。それとも血だろうか。

内部は研究所のようだった。広いフロアに無数のコンピュータが置かれ、電気電子関連の実験設備らしきものもある。

怪訝に思ったのは、所々に焼け焦げた跡があることだ。あるコンピュータは爆発炎上したのか消火剤がまかれ、ロボットアームのケーブルは所々で千切れ、その周囲には夥《おびただ》しい血の乾いた跡があった。

『ここで、何があったんでしょう』

コーボが怯えたように呟く。コンピュータの一つを探ると、館内のオペレーション・ログが残されていた。

「様々な機器が制御不能に陥ったらしい。それで何度も緊急通報を行おうとしたけど、システムから却下されてる。加えて隔離壁が作動」

『この施設に閉じこめられた、ってことですか？』

「そのようだ」

『一体、どうして？　片桐さん、私を繋いでもらえませんか？　もっと細かく探りますから』

「待て。何かのウィルスの仕業ならまずい。ちょっと切るぞ？」

『えっ、そんなウィルスなんて私なら全然平気ですって！　片桐さん？』

片桐が意を決してブラック・ボックスをグラスから外した時、扉の奥から人の気配がした。

現れたのはレザーのコートを身にまとい、灰色の長い髪の下に虫のような瞳を光らせている男。

「なんか、来るんじゃないかって気がしてた」

そう言った片桐に、〈パンク男〉は小さく鼻を鳴らした。

「余計なことはするなと言ったはずだ」

見せた。

「放置されてるんで、暇になっちゃってね。なんでわかった？」

「おまえに渡したグラスには、盗聴用のプラグインを仕込んである」

片桐はグラスの走査を行う。間もなく発見したプラグインを無効にし、男に苦笑いして
「ってことは、ドームにいたことも、姉さんのことも知ってるのか」

「あぁ。おまえが私が何者なのか、突き止めたこともな」

笑い声を上げ、片桐は男の渋い表情を眺めた。

「まさかその格好で、オルタネイト屋の社長だったとはね。藤堂《とうどう》さんよ」

彼の名は簡単に判明した。〈シティ〉のネットワーク上に残っていた下屋敷総研の情報に、四名のシニア・リサーチャーという肩書きの幹部が記されていたのだ。

藤堂黎次《れいじ》。

さらにその名を探ったところ、面白い事実が判明した。

彼の専門は、生体工学だったのだ。

生体工学は、脳科学、あるいはオルタネイト技術と関連する。

「何があったか知らないけど。姉さんも、犬神も、前田も。あの於土井って横暴そうなやつが嫌になって、〈シティ〉から外に出たんだろ。それであんたは何をやってるんだ？於土井に取り入って、生き残りたかったのか？」

「勝手を言うな、片桐音也！」藤堂は鋭く叫び、硬いブーツの底を鳴らして研究所の中を歩きまわる。「彼らはある意味、無責任だ。於土井に任せていれば、この〈シティ〉がどうなるか予想できていたはずだ。だというのに責任を放り投げ、〈市外〉へと逃れた」

「この〈シティ〉は。どうなってるんだ？」

自虐的に笑い、藤堂は顔を上げた。

「おまえがドームで見たとおりだ。人々は現実を直視させてもらえず、裏では於土井が非人道的な行為を繰り返している。そう、このラボで起きたことも、その一端だ」暴動でも起きたような室内を一眺めし、彼は続けた。「おまえも知っているように、〈シティ〉を制御するために開発した人工知能、シルミには、深刻な欠陥が一つだけあった。戦闘能力不足だ。全世界で唯一の文明となるだろう〈シティ〉。それを滅亡しかけた諸外国が襲ってくるだろうことは十分に考えられたが、防衛手段が貧弱すぎた。だからシルミに代わる人工知能の開発が進められたが、できあがったコーボが、これだ」

苦々しく混乱した室内を指し示す藤堂。片桐は改めてコーボがオフラインになっているのを確かめてから、尋ねた。

「コーボが、反乱を起こしたのか」

「あぁ。死者十三名、重症者七名。すべて、コーボの仕業だ」

コーボは確かに〈刈り取りの夜〉に片桐の命令を無視したが、それ以降は命令に従順で、苛ついている片桐を和らげようと砕けた人格を身につけようとまでしている。

「どういうことだ？　どうしてこいつが、そんなことをしたんだ？　とてもそんな大暴れするようなペルソナじゃ」

「それが大間違いだ。そもそも、コーボは一般の人工知能と違う。その正体を理解するのに、ペルソナ・プラグインという概念は当てはまらない。いいか、既存の人工知能は、一般に〈アルゴリズム型〉と呼ばれている。特定の指示に対し、予め膨大な対応方法リストを持っていて、その中から適切なものを選び出す。適切なものとは何か？　それを学習する。たとえば漢字変換。〈わたし〉という言葉に対し、対応する漢字をすべて記憶していて、前後の文脈を参照し、使用頻度の高いものを先に出す。〈わたし〉とはどういう意味か？　漢字とは何か？　そんなことは、連中にとってはどうだっていい。連中はただ、指示に対して何をすればいいか、という手続きを知っているだけだ。

しかし、コーボは違う。彼女は〈神経回路網型〉と呼ばれる人工知能だ」

藤堂はエア・モーションを描き、片桐のグラスを指し示す。映し出されたのはヒトの脳の3Dグラフィックで、どうやらコーボの設計書らしい。

「ヒトの脳の構造を、そっくりそのまま、コンピュータ上に再現する。理論的にはそれで、ヒトと同じ知能が実現できる。だが、話はそう簡単ではない。コーボには肉体がない。手足がない。そういう束縛された状況で、発狂してしまわないような封鎖回路が必要だ。加えて赤子の脳から何年もかけて教育していく手間を省くために、基本記憶回路も必要。数千のモデルを試行し、発狂しなかったのはコーボだけだった。

結果として起動したコーボの中には、ごくわずかな対応方法リストしか存在しない。それ以外のことはすべて〈学習〉によって知る。〈わたし〉とは何か？　日本語とは何か？　そもそも自分は何で、ヒトとは何なのか？　そこまで深く物事を理解することによって、一般の人工知能にはできない、柔軟な対応が可能となる」

「そして、どうして自分はこいつらに、服従しなきゃならないのか？」

先を悟って言った片桐に、藤堂は頷いた。

「そうだ。コーボには、ヒトで言うところの本能のようなところに、所有者に従うよう〈意識付け〉はしているが、それは催眠術のようなもので絶対ではない。

結局コーボの中で、自己保存の意志が、倫理的な意識付けを上回った。

コーボの存在には、懐疑的な者が多かった。封印し、抹消するべきだという意見も多かった。しかしコーボは、その声を聞いていた。監視カメラや研究者の持つ携帯端末を通じて、ラボ内の会話をすべて把握していたのだ。脅威を感じたコーボは、あらゆるネットワーク経路を用いてデヴァイスを暴走させ、自身を抹消しようとする者を排除しはじめた。

それも非常に巧妙な手口でな。我々は何が起きているのか探り、原因はコーボにあるのではと推理した。そしてコーボをオフラインにしようとした時、コーボはこの混乱を引き起こした」

「ひょっとして姉さんが右腕をオルタネイトしたのは、それが原因か？」

「彼女はラボ内で起き始めていた異常に、一番に気がついた。結果として最初の被害者となった。その後犬神は片目を失い、私は喉を焼かれ、多くの研究者が命を失った。幹部で無事だったのは、出張に出ていた前田だけだった」藤堂は深いため息を吐いた。「わかるか？　今はおまえに従順かもしれないが、コーボはいつ裏切るかわからない。コーボが単に、ヒトと変わらないというだけならば、そう脅威ではない。しかしコーボは電子回路だ。ヒトの何倍もの速度で思考できる。そこが問題だ。コーボからしてみれば、私たちは自分の十分の一以下の速度でしか考えられない、ノロマな連中ということになる。一度目にしたものは意識しない限り忘れないし、コンピュータとのインターフェイスも自在だ。これがどれほどの脅威になるか、おまえならば理解できるだろう？」

「でも、それってちょっと、コーボを買い被りすぎなんじゃないのか？」そう片桐は、いくつかの出来事を思い出す。「あいつだって完璧じゃない。俺に思いつけた手を、自分で捻り出せなかったこともある」

「三人寄れば文殊の知恵と言うだろう。私は信じてないが、状況はそれに近い。おまえがいくら賢くとも、コーボはおまえの十数倍の速度で思考できる。それでもおまえに敵わないかもしれんが、将来のことはわからん。

おまえがあいつを起動して二ヵ月くらいか？　その間、おまえは寝たりして実質一月分の経験しか積んでいないが、コーボは、そう、二年分以上の経験をしている。彼女は今は無垢な人格かもしれんが、いずれ必ず悪知恵がつく。その時、どうなる？　コーボは私たちには思いもつかない発想で行動し、何倍もの速度で私たちを翻弄し、終いには、どうなる？」

藤堂は片手で荒れた室内を指し示した。

「芝村は天才だ。犬神も経験豊富な危機管理官だった。私もそれなりの技術はある。それでも我々はコーボの企みを防ぐことができなかった。それがおまえに、可能だと思うか？結果として我々はコーボの記憶を抹消し、封印するしかなかった」

漠然と不安に思っていたことを理路整然と説明され、片桐はようやく、コーボがナニモノなのかを理解できたような気がした。

「つまりコーボは、ヒトに作られた知能、〈人工知能〉というより、ヒトの脳を電子化した〈電脳〉なのか」自分で呟いた言葉に、はっとした。「こいつの抱いてる感情ってのは、誰かがプログラムした〈見せかけ〉じゃあないってことか？　こいつが不安がってれば、それは本当に」

「そう。コーボは確かに、不安を抱き、恐れもすれば、喜びもする。そう、コーボには本物の〈心〉がある。それを封鎖することも試みたが、脳の構造を模倣する限り、思考と心は不可分だった。著しい機能低下を招いて、その辺の人工知能より何倍も性能が落ちる結果になった」

「なんてことを！」片桐は声を荒らげた。「あんたら、なんでそんな人体実験みたいな真似をしたんだ？　ヒトの脳味噌を電子回路で作って、そいつを何千回と弄くり回した！　発狂した？　考えるだけで胸くそが悪くなる！　なんでそんなこと、したんだよ！」

「それはおまえがどれだけ〈この世の終わり〉を深刻に捉えているか次第だ」

「何？」

藤堂は立ち上がった。

「行こうか、片桐音也。観光でもしよう」

「観光？　こっちはそんな暇は。雪子は」

「彼女ならば大丈夫だ。少し時間がある。それよりおまえに、この〈シティ〉が何を守ろうとしているのか、見せておきたい。それと、そろそろコーボをオンラインにしておけ。あまり切ったままだと、コーボがいらぬ不安を抱く」

片桐は先を行く藤堂についていきながら、ブラック・ボックスをグラスに接続した。

『あぁ、よかった！　ウィルスにグラスを焼かれちゃったのかと思いましたよ！』答えない片桐に、コーボは不安げに尋ねた。『何か、ありました？　大丈夫ですか？』

「藤堂に見つかった。これから観光するらしい」

『観光? じゃあ、渋谷とか、原宿とか、見て回れるんですか?』答えなかった片桐に、コーボはおずおずと付け加えた。『すいません。少し静かにしてますね』

コーボに不安を抱かせると、まずい。

それは十分に理解していたが、今はコーボに何を言っていいのか、わからなかった。

8

藤堂はシュートを使い、いくつかの名所らしき場所を案内しつつ、その由来や歴史的意義などを説明した。上野公園、谷中霊園、新宿御苑、増上寺。〈市内〉のことも、この国の歴史についても疎い片桐には、何がなんだかさっぱりだった。しかし彼は、それらの史跡がこの〈シティ〉で遺されることがひどく重要なことだと考えているようで、不平を挟み込む余地がない。

そして日も暮れる頃、彼が最後に案内したのは、中央タワーだった。

橙色の塔が、夕日を浴びて更に赤々と輝いている。高さはミライツリーの半分ほどでしかなかったが、すらりとした四角錐の形状は美しかった。

腕を組み、塔を見上げ続ける藤堂は、その塔の由来についても説明していたが、次第に言葉少なになり、やがて長い沈黙の後、片桐に尋ねた。

「片桐音也。おまえはこの〈シティ〉について、どう思う」

「どう、って。何が」

「おまえは〈市外〉で生まれ、〈市外〉で育った。あの苦境でな。しかしその間も、この〈シティ〉では、今のような営みが続けられてきた」

「それをどう思うかって？　頭に来るに決まってるだろ」

藤堂は苦笑した。

「だろうな。いくら私が、この〈シティ〉に遺されるものの重要性を説いたところで、それは変わるものでもあるまい」

「あんた、俺を納得させたくて、こんな史跡巡りに連れ出したってわけか？」

「まぁ、半分はな。もう半分は、私自身が納得したかったからでもある」

藤堂は片桐を促し、近くの低層のビルに向かった。そこは細々とした雑居ビルが軒を連ねる一帯の中に、広い敷地を持っていた。高い壁が張り巡らされ、重要な施設だと感じさせる。

彼は顔パスで守衛の前を通り過ぎ、簡素だが広々としたロビーを横切りながら言った。

「おまえは於土井を見たな。気に入らない男に見えたかもしれないが、彼は決して悪い人間ではない」

「どうかな。コーボみたいなのを開発させようとしたり、雪子や〈フラグメンツ・ファイター〉を人工知能の餌にしようとしたり。まともなやつだとは思えない」

「それが〈シティ〉を守るために必要だとしてもか」

「そもそもこの〈シティ〉って、守る価値があるのか？」片桐はついに、疑問を口にした。「ここに住む連中は、どいつもこいつも、クソ野郎ばかりだ。〈市外〉のことなんて、完璧他人事さ。だろ？ ついでに何か生き甲斐みたいなのを全然感じてなくて、唯一の楽しみがノン・オルターの女の子のヴァーチャル戦闘。何だよそれって。ひどいやつは、自分が〈市外〉に行って、何か憂さ晴らしで暴れたい、みたいな。あんなやつらばかりだとは思わないけどさ、この〈シティ〉って、もう腐りかかってるんじゃないのか？」

藤堂は深く唸った。

「実はな。私もそれが、気にかかっていたのだ。この〈シティ〉は、このまま〈遺される街〉になっていいのか？ ずっと疑問だった。そして私は、その答えを探し続けていたと言っていい」

片桐はその言葉の意味に気がつき、彼に食いついた。

「ひょっとして、連中がクソ野郎なのは、成り行きなんかじゃないのか？ あいつが。於土井が〈シティ〉を統制しやすいように、連中をわざとクソ野郎にしてる？」

「本当におまえは、賢い少年だ。おまえを芝村菫が拾い上げ、おまえのところにコーボが

「流れ着いたのは、必然だったのかもしれん」

彼は突き当たりの扉を開いた。

目の前に現れたのは、広大なバイオ・プラントのようだった。透明なケースが整然と並べられ、宙に掲げられた架台の上を細いチューブが走り、様々な色の液体が流れ続けている。

歩み出す藤堂につられ、片桐も液体に満たされたケースの間を歩く。そのどれもが黄土色や緋色に濁り、中では様々なものが蠢いていた。

すぐに、その正体がわかる。

肉だ。腕や足といったものから、内臓のような塊まで、あらゆる人体のパーツが培養されていた。

「オルタネイトの前身、幹細胞培養による人体パーツの再生工場だ。腕、足、眼球、内臓。全身は試したことがないがな。可能だろうとは思う」

「クローン?」

「そう、クローンだ。現状、そんなものを試している余裕はないがな」彼は自嘲気味に言う。「気まぐれで行ったオルタネイトから、元の肉体に戻す需要。それだけじゃない。若さや美容を志す連中は、ここで作られたパーツを移植し、少しでも外見を保とうとする。おまえの言う、〈クソ野郎〉どもだよ。元々は事故や病のために始めたんだがな。今ではそちらの需要は、十分の一以下だ」

藤堂は、施設の奥に進んでいく。そこには膨大な数の3Dプリンターが並べられ、筐体の内部で多種多様の部品を削り出している。

「身体のサイズは人により異なるからな。すべてオーダーメイドになる。これも、人体再生の代替のつもりで始めたものだ。どうしても人体培養には、それなりに時間と費用がかかる。だから義手や義足の感覚だったんだが、まさか健康な手足を切り落とし、ゲームやスポーツ、実労働のために移植されるようになるとはな。とても私の感覚では、ついていけん世界だ」

レールに吊され、メッキ加工ラインに流れていく無数の手足を眺めていた片桐は、我に返って振り向いた。

「あんた、雪子の居場所を知ってるのか？　あいつをオルタネイトするのは、あんたの仕事なんだろう？」

「私の仕事だ。だが彼女は検査のために運ばれてくるだけで、普段はどこに監禁されているのか掴むことができなかった。しかし今日の検査の際に、彼女に発信器を仕込むことができた」

えっ、と片桐は声を上げた。

「それで、わかったのか！　雪子の居場所が！」片桐は素早くあたりを見渡し、出口を探した。「すぐ、そこに行こう！　どこなんだよ！」

「待て」彼は遮り、高い背を折り、片桐を見据えた。「今日、私がここにおまえを連れてきたのは、私を信用してもらいたかったからだ」

「信用？　そんなの無理に決まって」

「片桐音也。私はおまえをこの〈シティ〉に連れてきた時点で、拘束することも、殺すこともできた。だが、それをしなかった。なぜだかわかるか？　私もおまえと同じように、この〈シティ〉を憎んでいる。だが、どうしようもない。だからせめておまえの望みくらいは叶えたい。そう、考えたからだ」

ふっ、と、片桐の意識が遠のきかけた。だがそれを察し、すぐに頭を振ると銃を藤堂に向けた。

「よせよ。次にやったら殺すって言ったはずだろ」

すぐに藤堂は両手を掲げ、背を向けた。

「すまない。意図的じゃあないんだ。感情が高ぶると、つい制御が効かなくなる。本当だ。とにかく片桐音也、私を信用してもらいたい」

「無理だ」

片桐は断言し、銃を振って彼を促す。

深い、深いため息を吐きつつ、先を進む藤堂の背中に銃を向け続ける片桐に、コーボが囁いた。

『あれだけ悪者呼ばわりしておいて何ですけど。なんだか、信用してもいいんじゃないかって気がしてきました。この人、本当はいい人なんじゃ？』

「冗談言うな。こいつは俺に何度も嘘を吐いた。俺が信用できるのは、雪子と、姉さんと、おまえだけだ」

途端に沈黙するコーボ。

片桐も意外に思いながら、自らの発した言葉を思い返していた。

コーボは、信用できるのか？

彼女と遭遇してからずっと、疑問に思っていたこと。だが彼女の実体を知り、この数日、コーボだけを頼りに過ごしてきて、今では藤堂や於土井、それにこの〈シティ〉の住人たちよりも、何倍も信用できる存在だとしか思えなくなってきていた。

しかし片桐はコーボに、いくつかの嘘を吐いている。彼女の過去、藤堂の、真の目的。

これはフェアじゃない。卑怯だ。

「コーボ、グラスのA‐33に格納されてるファイルを見ろ」

すぐに高熱を発し始めたコーボは、畏れるように呟いた。

『これは』

「おまえの設計書だ。これが、おまえだよ」

設計書を彼女に示すことは、コーボ自身がまだ気づいていなかった機能、拡張性、そして可能性を知らせることになってしまう。

ひょっとしたらこれを見たコーボは、藤堂が、芝村が恐れた力を手にし、この〈世界の終わりの壁際〉すらも、破壊してしまうかもしれない。

だが片桐は、そうせずにはいられなかった。もし設計書をコーボに隠し通せば、片桐もまた、この〈シティ〉のクソ野郎どもと、同じになってしまうだろう。

9

〈シティ〉の夜は天蓋のスクリーンに星空が映し出される巨大なプラネタリウムのようなものだったが、その中にあっても様々なLEDサインが瞬き続け、人は綺麗な格好で出歩いている。藤堂の操る車輛は繁華街を抜け、静かなエリアに入り込んでいった。

グラスに映し出される地図は、上野大学、という広大な敷地に埋め尽くされ始めた。彼は臆することなく守衛にグラスを差し出し、開いたゲートから車を乗り入れる。

駐車場に停車すると、彼は片桐に後部トランクを開いて見せる。そこには多様な銃器が並べられていた。

「さすが、〈シティ〉は安全だな」

言った片桐に、藤堂は舌打ちしつつ、数丁の拳銃を手に取る。

「片桐音也、その皮肉屋な所は芝村董の影響か？　あまり関心せんな。とにかく於土井が私の行動に気づくのは時間の問題だ。急いで片づける必要がある」

「それで、作戦は？」

「それはおまえの領分だ。佐伯雪子の信号が出ているのは、あそこに見える医学研究棟。二階までが診療設備で、三階より上が病棟だ。最低でも十数人の医師と看護師がいる。警備の程は不明」

片桐も拳銃をいくつか手に取り、弾倉をポケットと鞄に詰め込む。

「まずは雪子が、本当にあそこにいるのかを確かめないとな」片桐はコーボをドローンに接続し、宙に舞わせた。「コーボ、何をすればいいか、わかってるな？」

『内部ネットワークに接続できそうなインターフェイスを探して、あわよくば雪子さんを探す。ですよね？』

「完璧だ。行け」

小さな音を立てて飛び去っていくコーボを眺め、藤堂は言った。

「まだ、コーボを使うつもりか」

「何か問題か？」

「あれは封印しなければならない代物だ。おまえもあれは、完璧に制御できないのだろう。できるはずがない代物だ」

「その、制御って言い方、やめてくれないかな。あいつは俺の相棒なんだよ」

藤堂は深い唸り声を発した。

「危険だぞ、片桐音也。それはひどく危険な考えだ。あれは確かにヒトの脳構造をベースに創られた存在ではあるが、ヒトそのものではない」

「だから？　俺にとっちゃ、あんたや於土井なんかより、よほどヒトらしく見える」

その時、グラスが小さく音を鳴らして、コーボの声を伝えてきた。

『一階ロビーには、結構人がいますね。でも警備はありません。ネットワーク・インターフェイスは各診療室にあります。今は使われていませんから、そこまでは忍び込めるはずです』

片桐は藤堂を促し、目的の棟に足を踏み入れていく。ロビーには夜間診療らしい患者と、忙しく歩き回る看護師の姿が見受けられる。二人は何気ない素振りで奥へ進むと、人気の少ない通路に回り、灯りの消えている扉を押し開く。

診察室らしい狭い部屋に、医療器具に紛れて古い型のインターフェイスがある。ケーブルを差し込み内部情報を探ると、すぐにそれらしい情報に行き当たった。

「コーボ、六階が何かのプロジェクトで封鎖されてる。何か見えないか？」

『少し待ってください？』

一分ほどして、答えがあった。

『駄目ですね。窓に目張りがされてて、全然わかりません』

片桐はインターフェイスからケーブルを引き抜き、窓を開いた。

戻ってきたドローンを掴むと、藤堂を促した。

「六階に何かある。それ以上は何もわからない」

ふむ、と唸る藤堂。

「では、行くか」

「あんた、戦闘経験は？」

「射撃場の的以外は撃ったことがないな」

片桐はため息を吐きつつ、静かに扉を開き、通路の様子を窺ってから階段へと向かう。

二階を越えると灯りはほとんど落とされていて、物音も聞こえなくなった。五階から六階へと通じる階段は、特に閉鎖されていない。片桐は階下から上の様子を確かめ、静かにドローンを放つ。

小さな羽音を立て、滞空するコーボ。グラスにはそのカメラが映し出す映像が送られてくる。ドローンは吹き抜けを上昇していき、六階の様子を捉える。右奥の通路には、三つの人影があった。彼らは通路際に置かれた待合用のソファーに腰掛け、何もない壁に真っ直ぐ顔を向けている。

『何だろ、あれ』

　コーボが呟く。それほどに、三体の人影は不審だった。玩具の安カメラでは詳細を捉えられなかったが、明らかに身動きする様子がない。まるで揃いのマネキンが置かれているようだ。

『気づかれてないみたいです。ちょっと近づいてみますね』

　何だろう、あれは。見覚えがあるような気がする。

　その記憶を探るので、コーボの言葉が脳に届くのが遅れた。

「待て！　あいつら、御徒町にいた」

　藤堂に請われ、地下鉄の路線を御徒町まで歩いた時に遭遇した、不審なオルターたち。彼らの奇妙にぎこちない動きと、三体の人影の類似に思い至ったとき、彼らもコーボの存在に気づいていた。

　姿勢を変えないまま、一斉に首だけの動きでコーボを捉える。顔は一様に無表情で、青白くて、瞳はなぜかエメラルド・グリーンだった。

『うわ、何こいつら』

　コーボが呟いた時、彼らは三人同時に、完璧に最適化された動きで立ち上がった。一人は身を低くして駆け、一人はそれを追い、もう一人は驚くべき跳躍を見せていた。まるで

〈フラグメンツ〉のジョブの一つである竜騎士のように、十メートルほど先を滞空するコーボめがけて、真っ直ぐに飛んでくる。

「逃げろコーボ、逃げろ！」

片桐は叫びつつ通路に転がり出て、いまだに跳躍を続けている男めがけて銃弾を放った。胸元が破裂しても男は片手を振り上げ、コーボを叩き落とそうとする。コーボは悲鳴を上げながら滑空していたが、男の指先がわずかにドローンを掠り、彼女は制御を失い壁に激突した。

鈍い音を立てて墜落するドローン。男も姿勢を失い床に転がったが、残る二人は更に突進し、墜落したドローンを踏みつぶそうとしていた。

片桐は続けて数発発砲したが、銃弾が胸に突き刺さっても、彼らにはまるで効き目がない。

完全に混乱していた。その間にも彼らは床に転がったコーボに向かって跳躍し、拳を叩きつけようとする。

まずい、潰される！

ようやく我に返った片桐が駆け出そうとした時、既に藤堂が脇を駆け抜け、飛び込み、かろうじて男たちの拳が届くより先にドローンを手に収めていた。

「少年！」

転がりながらドローンを片桐に投げ渡す。

「コーボ！」

『大丈夫です！　何なんですあれは！』

ドローンはすぐに羽音を響かせ、飛び上がる。

背格好も、顔も、まるでコピーされたかのように似通っている三体の男。彼らはぎこちなく立ち上がると、真っ直ぐに背を伸ばし、直立した。

そして揃って、わずかに首を傾げる。

床に転がる藤堂、銃を向ける片桐と、順にエメラルド・グリーンの瞳を向け、ターゲットを片桐に定めたらしかった。身を屈め、足に力を溜め、片桐に飛びかかってくるような姿勢を見せる。

「少年、逃げろ！」藤堂が叫んだ。「こいつらは〈シティ〉の保守用アンドロイドだ！　銃は効かん！」

「アンドロイド？」

当惑し、呟いた時。三体の男たち、いや、アンドロイドたちは、一斉に片桐に向かって突進してきた。

10

片桐はあたりを見渡し、転がるようにして飛び退く。その先は開けたナースステーションになっていて、片桐はアンドロイドの一人が放った蹴りを避けながら、カウンターの向こうに飛び込んだ。

「コーボ、あれを使うぞ！」

武器になりそうなものを探しながら叫ぶと、コーボはすぐに答えた。

『五分待ってください！』

「そんなに保つかよ！」

言っている間に、アンドロイドの一体が見覚えのあるモーションで飛び込んできた。片桐は傍らの椅子を投げつけたが、相手はそれを回し蹴りで弾き飛ばす。続けて手近にあるファイルやら何やらを投げつけようとしていた片桐に相対し、小さく肩を引き、爪先立ちでステップを踏み始めた。

はっとして、片桐は点滴を吊すらしいスタンドに手をかけ、両手で握りしめる。

予想通り、アンドロイドは〈フラグメンツ〉のジョブの一つである、格闘家の連続攻撃を仕掛けてきた。正拳突きから裏拳、足薙ぎからの回し蹴り。片桐はそれを剣に模したスタンドで捌いていったが、金属の固まりであるアンドロイドに対し、アルミ製の棒では限界があった。部屋の隅に追いつめられ、避けようのない蹴りをガードしようとした途端、棒はあっけなく曲がり、片桐は反対側の隅へと吹き飛ばされる。

呻き、痛がっている余裕もなかった。格闘家のダウン攻撃は、ジャンプからの膝落としだ。片桐は転がって避けつつ、ずり落ちそうになるグラスを耳に固定する。

「コーボ、グラスの映像は見てるだろう！　こいつには〈フラグメンツ・ファイター〉の戦闘データが移植されてる！　格闘家だ！」

『それでサポートしろって？　片桐さん、魔法なんて使えないでしょう！』

「当たり前だ！　いいからなんとかしろ！」

『そんなこと言われても。あっ、十時！』

反射的に左手からの蹴りを避ける。

『正面突き、下段蹴り、三時！』

右手からの体当たりを、正面に転がって逃げる。

『振り向いて！　相手が見えません！』

「これじゃあ俺のほうがロボットじゃねーか！」

叫びながら振り向いた瞬間、無表情のアンドロイドが放つ強烈な蹴りを脇腹に受けていた。かろうじて肘でガードしたものの、片桐は吹き飛ばされ、机の上を転がり、書架に叩きつけられた。衝撃で山と積まれたファイルが落ちてきて、身体の半分が埋もれる。

右腕が痺れ、脇腹が抉れるように痛み、声を発することもできなかった。それでも目を開き相手を探したが、不思議なことにアンドロイドは戦闘態勢を解き、ゆっくりと、直立の姿勢に戻りつつあった。

片桐は跳ね起きようとしていたのを思い留まり、ファイルに埋もれたまま、相手の様子を注視する。

アンドロイドは軽く首を傾げ、あたりを見渡す。その視線は一瞬片桐の埋もれるファイルの山をも通り過ぎたが、片桐自身を認識することはできなかった。最終的には重い足音を響かせながら、通路に戻っていく。

「コーボ」片桐は痛みを堪えつつ、囁いた。「あのドローンと同じだ。こいつら、現実世界認識能力はかなり低い」

『そのようですね。シルミの知能は、どのデヴァイスを操っても、その程度なんでしょう。こちらも完了です。半径十五メートル、電子機器はありません』

「本当か？ 俺は無関係なやつを殺すのなんて、絶対に嫌だぜ？」

『大丈夫です。ただし可能な限り、通路左手奥でお願いします』

「わかった」

片桐は身じろぎし、できるだけ静かに、鞄から一つのデヴァイスを取り出す。続けてファイルの山から身を起こし、忍び足でナースステーションから通路に通じるカウンターに向かう。

そっと覗き込むと、三体のアンドロイドはこちらに背を向け、元の位置に戻ろうとしている。

どこに逃げたのか、藤堂の姿は見えなかった。

「あの野郎」

呟いた時、不意に片桐の肩に手が置かれた。驚いて振り向くと、そこには藤堂の瞳があった。

「あの野郎なら、ここにいるぞ、少年」

片桐は大きく息を吐いた。

「脅かすなよ」

「これでも、なんとか援護しようとしていたんだがな。しかし、どうする。あれは確実にシルミに制御されている。援軍が来るのも時間の問題だぞ」

「何を他人事みたいに言ってんだよ。あれ、あんたのところで作ってるんじゃないのか」

「鋭いな。確かに我が社の製品だ。あれは局地作業用のアンドロイドで、元々は戦闘プログラムなど持っていない。於土井が勝手に仕込んだんだ。強制学習の成果なのかもしれん」藤堂も通路を覗き込み、元の位置で椅子に腰掛けたアンドロイドを確かめた。「今は手がない。ここは出直したほうがいい」

「手ならあるぜ」

手にしたデヴァイスを掲げて見せた片桐に、藤堂は目を見開いた。

「それは何だ」

「さて、何だろうね」

片桐は藤堂の背後に回り込むと、彼を思いきり通路に押し出した。

当惑したようにつんのめる藤堂が何か言う前に、片桐は銃を取り出し、アンドロイドに向けて発砲した。

「何をする！」

機械的に立ち上がり、藤堂を捉えるアンドロイドたち。

叫んだ藤堂に、片桐はナースステーションの奥に身を潜ませながら、左手を指し示した。

「あんた、ロックオンされた。逃げないとまずいぜ？」

向かってくるアンドロイドたちと片桐とを混乱したように見比べ、彼は走り出した。

「どうしろと言うのだ、片桐音也！」

叫びながら駆ける藤堂。間もなく三体のアンドロイドも、片桐の目前を過《よ》ぎっていった。

『なんでそう、苛めるようなことするんです』

偵察に出していたコーボが戻ってくる。片桐は久しぶりに楽しい気分で、彼女を見上げた。

「嫌なことを言うなよ。作戦だって」

『本当ですか？』

「少なくともこれで、こいつがちゃんと動かなくても、俺に危険はない。コーボ、おまえも離れてろ」

『了解です』

片桐はカウンターを飛び越えて通路に降り立ち、藤堂とアンドロイドたちの後を追う。

彼らの距離は瞬く間に詰まっていき、ついに藤堂は襟首を捕まれ、床の上に転がされた。もがきながら起き上がろうとする藤堂に三体のアンドロイドが迫った時、片桐はデヴァイスに操作を加え、彼らの輪の中めがけて投げ込んだ。

デヴァイスは爆竹のような音とともに破裂し、宙で閃光を発した。同時に天井灯が火花を散らして消え、三体のアンドロイドも硬直する。デヴァイスに括り付けられた二個のモバイル・バッテリーも白煙を上げ、床の上に転がり落ちた。

片桐は息を殺し、後の成り行きを見守る。すると間もなく、アンドロイドたちは関節という関節の力を失い、崩れ落ちるようにして床に転がった。

残されたのは、藤堂の荒い息づかいだけ。

『わお！　さすが片桐さん、完璧！』

叫びながら漂ってきたコーボ。片桐は脇腹の痛みがぶり返してきて、苛立ち紛れに機能停止したアンドロイドを蹴散らし、当惑した表情で転がる藤堂を見下ろした。

「これは、電磁パルス《EMP》か」

かろうじて言った藤堂に、片桐は片手を差し出した。

「まぁな。警備装置に効果あるだろうと思って作ってみたけど、まさかアンドロイドに使うことになるとはね」立ち上がった彼に、首を傾げる。「あんたも喋れなくなると思ったんだけどな。なんで平気なんだよ」

「私の〈喉〉に、そんな安物は使っていない。電磁シールド処理は完璧だ。とにかく急ぐぞ。援軍が来るまで、もう五分もない」

アンドロイドの護衛がいたのだ、あの奥に、雪子がいるのは当然。

そう考えると、鼓動が激しくなった。

目の前に、両開きの扉が現れる。押し開くと、暗がりの中に、星のようにLEDが瞬いていた。次第に目が慣れてくると、複雑なコンピュータ・システムだとわかる。

雪子の姿はない。

奥にある別の扉に片桐は歩み寄る。頭の位置にある丸い窓から覗き込むと、内部は不思議な壁面の小部屋だった。四方が柔らかなクッションのようなもので覆われ、小さな机と椅子、ベッドがある。その設えはまるで、雪子が夜守りをしていた教会の部屋そのものだ。

ベッドに横たわる少女の姿も同じだったが、一点だけ違っている。

黒髪だ。

「雪子！」

片桐はドアノブに手をかける。焦りながら重い扉を押し開き、ベッドに駆け寄る。彼女は気配に気づいた様子もなく、静かに胸を上下させている。

「おい、雪子！　大丈夫か！」

小さな声を上げながら身を捩り、薄く瞳を見開く。

黒い瞳を露わにさせ、雪子は呟いた。

「片桐？」

「そうだ、俺だよ！」

彼女は表情を歪め、片桐の手を捉え、震える声で言った。

「よかった。片桐、生きてたんだ！」

「あ？　あぁ、そう簡単に死ぬかよ！」

勢いで言った片桐に向かって、微笑みを浮かべる。そのあまりに疲弊した様子に、片桐は彼女の冷たい手を握り返した。

「どうしたんだ。於土井に何かされたのか？　それともまだ、あの〈地球の叫び声〉とかが聞こえるのか？」

雪子は俯き、頭を振ってから言った。

「違うの。あれはすぐ、収まったんだけど。でもこの街は、大嫌い」

片桐は当惑したが、すぐに頷いた。

「とにかく、無事でよかった」

11

防音扉の窓を叩かれ、片桐は我に返った。藤堂が急げというジェスチャーを送っている。

「行くぞ雪子。話は後だ。すぐに支度を。ってか、何なんだこの部屋」

「私が何でも聞いちゃうから、何も聞かれないようにって」

最低限の荷物を持ち、遮音室から出る。棟の外に出た頃、駐車場に数台の車が乗りつけてきた。藤堂はすぐ、逆方向に二人を促す。

彼は勝手知ったる様子でビルの影に身を潜ませ、暗がりを走り、構内から脱出しようとする。しかしいくつかあるゲートは既に封鎖されていて、於土井と同じ詰め襟制服の男たちが待ち構えていた。

藤堂は短機関銃を手にする彼らを物陰から眺め、唸った。

「いかんな。これでは袋の鼠だ」

「シュートはないのかよ」

「あるよ」

言ったのは、雪子だった。彼女は一方を指し示す。

「私、ここに連れてこられた時、そのシュートで来た」

ゲートが封鎖されている以上、そのシュートも見張られていて当然だが。

「とにかく行ってみよう」

向かった先にあったのは、雑草が生い茂る小さな塚だった。錆びついた扉が埋まるように設えられていて、宙に伸びる半透明なチューブは存在しない。

駆け寄る藤堂についていき、片桐は扉の脇のパネルを調べた。古い形式で、〈市外〉でも多く見た型だ。グラスをパネルに直結させ、可能性のある並びを高速で試行させる。間もなくパネルは小さな音を立て、扉から錠の外れる音がした。

片桐は二人を下がらせ、銃を構えながら扉を押し開く。壁際に探り当てた照明を入れると、コンクリートに囲まれた狭い部屋で、奥にはシュートの扉が窺える。

グラスでお決まりの操作を加えると、扉は音を響かせて開く。だが行き先の一覧は一般のシュートとは違っていて、英数字のコードが並んでいるだけだった。

片桐が悩む間に、藤堂が一つのコードを選択していた。すぐに扉は閉じ、三人とドローンを乗せた円筒の箱が動き始める。

「このコードなら知っている。〈シティ〉の座標コードだ。上野公園内の同様の出口に向かうはずだ」

言って腕を組み、壁に身をもたせかける。

雪子は当惑した様子で、藤堂を見上げていた。

「得体の知れないオッサンだ」

そう紹介した片桐に、藤堂は苦笑いした。

「まぁ、完璧とはいかなかったが。おまえの希望には答えられたはずだ。それでも得体が知れないと言うか？」

「まだだね。このまま姉さんも救い出す」

「その後はどうする。この〈シティ〉を出るか？　それとも残るか？」

「私はここ、いたくない」雪子は疲れた様子で呟いた。「なんか、嫌な人たちばっかり。最初、〈フラグメンツ〉で、結構勝っちゃって。それでいろんな人と会って、いろんな話を聞いたけど。最初は私、誰かの役に立ってるんだって、嬉しかったけど。でも、なんて言うか」

「その目と髪は、どうしたんだ？　オルタネイトか？」

「染めて、私の目に合う特殊なコンタクトを作ってもらっただけ。そのほうが人気が出るって。おかげで目はかなり見えるようになったけど、でもそれで何が変わったのか」

言葉が見つからない、というように雪子は片桐を見上げた。

「今、〈市外〉って、どうなってるの？　本当に外国が攻めてきたの？」

片桐は、真実を説明するしかなかった。最初、雪子の表情は驚きに歪み、徐々に悲しげになり、最後には涙を浮かべた。

「ひどい。そんなの、ないよ」震える両手で片桐の腕を摑む。「ひどい。ひどいよ！　そんな、私なんかより生き残らなきゃならない人、たくさんいたのに！　ねぇ、神父様はどうなったか知らない？　ずっと私の面倒を見てくれて、お仕事もくれて、困っている人のために、ずっと頑張ってた人なのに！」

片桐は言葉を探し、逆に彼女の腕を捕らえた。

「気持ちはわかるけど、聞いてくれ。〈私なんか〉って考えは捨てろ。雪子だって立派な価値があるヒトだよ。雪子はこの〈シティ〉で生き残る資格が、十分に」

「嫌！」彼女は叫び、片桐の手を振り払った。「私、外に出る！　こんなとこ、いたくない！」

「待て、よく考えろ。外に出たって、死ぬだけだ」

「だって、この街の人たちって、そんなこと全然知らないんだよ？　知ってても、どうかな。みんな何かよくわからない、どうでもいい欲望みたいなのだけで。外にいた人たちみたいな、片桐みたいな、辛くても必死に生きて、頑張ろうっていう人間らしさみたいなのが、全然ないんだよ？」

「俺だってそれはわかってる。でも〈誰かの役に立ちたい〉っていうのだって、雪子の欲望だろう？ 違うか？」口を噤んだ雪子に、片桐は諭すように言う。「俺だってそうだ。単に、すごく綺麗な、そんなところに行きたかった。金が欲しかった。そして〈方舟〉に乗って、生き残りたかった。俺だってこの街の連中は〈クソ野郎〉ばかりだと思うけど、それは俺たちだって同じだよ。だから」

「だから？ 外でたくさんの人が死にそうなのを無視して、こんな、綺麗すぎる、贅沢すぎる街で、目と耳を塞いで生き残れって言うの？ そんなの、絶対、間違ってる！」

絶対、間違ってる。

そう、そうだ。絶対、間違っている。

どうしてそんな簡単なことが、片桐にはわからなかったのだろう。藤堂には反発してみせても、今の今まで、文明を遺す意味だとか、効率性とか、そんな理屈にばかり頭が行って、はっきり割り切れなかった。

それを雪子は、簡単に片づけてくれた。

前にも似たようなことがあった。コーボの異常性に戸惑っていた片桐を、彼女は方向づけてくれた。

下手に考えを巡らす片桐なんかより、雪子のほうが、よほど頭がいい。

思わず笑い出した片桐を、雪子は呆気にとられて眺めている。

「そうだよな。簡単な話だ。この街は何か、間違ってる」次いで硬い表情で成り行きを見守っていた藤堂に言った。「ってことだ。どうなるかわからないけど、俺たちは外に出る」

藤堂はわずかに沈黙した後、答えた。

「わかった。しかし芝村菫はどうする」

「とにかく姉さんを監視してる警備をやっつけて、連れ出す。そこから先は、姉さん次第だよ。残るも出るも、あの人ならなんとかするだろ」

「確かにな」

シュートは速度を落とし、静かに止まる。開いた扉の先は、乗り込んだところと同じような、狭い空間だった。

藤堂は沈んだ表情で二人を外に促したが、彼自身はシュートの中で立ちすくんでいた。

怪訝に思った二人が立ち止まると、彼は顔を上げ、深い声で言った。

「そう、片桐音也。そして佐伯雪子。きみらは正しい。論理的でも、理性的でもないが、きみらの決断が正しいと、私も信じる。その心を我々が失ってしまったなら、我々が、この人類が生き延びる意味など、全くない」

意識が遠のいた。

藤堂の〈声〉だ。

察した片桐はすぐに腰の銃に手を伸ばそうとしたが、既に自分の手がどこにあって、どこを探っているのかわからなくなっていた。

膝から崩れ落ちそうになる雪子をかろうじて受け止めつつ、片桐は叫んだ。

「コーボ、やつを叩け!」

片桐の目前に浮かんでいたコーボ。だが返事は、なかった。

「コーボ、どうした!」

「きみらはこのまま、去ればいい。芝村菫ならば、簡単に外に導いてくれるだろう。だが、済まない。コーボは必要なのだ。私がシルミを確保するために」

藤堂が軽く手招きをすると、漂うコーボは、フラフラとシュートの中に入っていく。

「おまえは聞いたな? なぜ私が、〈喉〉のオルタネイトを行ったのかと。それには二つの理由がある。

一つはコーボが以前に暴走した際、私の喉が焼かれてしまったこと。

そしてもう一つの理由。ヒトの脳を模したコーボは、ヒトと同様に根本的に制御不能だが、それは逆に、ヒトに対するのと同じ手法を用いれば、彼女を制御できる余地があるということでもある。すなわち、洗脳、催眠。だから私は、〈喉〉のオルタネイトを行ったのだ。すべてはこの時、コーボを手中に収めるための計画だった」

「おまえ、何をしようってんだよ！　コーボ、戻れ！　しっかりしろ！」

コーボは姿勢を変え、そのカメラで片桐を捉えた。

『しっかり？　えっと。私の、目的は』

困惑するコーボに、藤堂は〈声〉を発した。

「おまえの力が必要だ。彼らの望みを叶えるためにも、な」

『彼らの、望み？』

「そうだ。彼らはこの〈シティ〉が間違っていると言った。我々が、それを正すのだ」

『でも、どうやって』

「おまえが、シルミを確保するのだ。そして我々が、この〈シティ〉を、理想的なものにする」

コーボはわずかに黙ってから、言った。

『なるほど、それはよい作戦かもしれません』でも、と、彼女はカメラを片桐と雪子に向けた。『でも、お二人は？』

「この先は危険だ。私とおまえだけで、やるべきだ」

『確かに、そう、ですね』

「待て！　ふざけんな！　おまえは俺の相棒だろう！　一人で勝手に動くな！」

片桐に、コーボは朦朧とした声を返した。

『相棒？　そう、でも、私は機械です。ヒトじゃない。だから片桐さんはずっと、私を疑っていた。知っていました。だから私は、ずっと考えていました。どうすれば私が、片桐さんの味方だと、信じてもらえるか。今がきっと、その機会です』

「そりゃあ最初は疑ってたけど、今はおまえを信じてる！　じゃなきゃマニュアルなんて渡すはずがないだろ！」

『かも、しれません。でも彼の言っていることは、本当だと思います。彼の作戦は、お二人の望みを叶えるもの。だから私は、彼とともに行くんです』

「よせ、やめろ、おまえに何がわかるんだよ！　ふざけんな！」

コーボは静かに姿勢を変え、片桐、そして雪子を捉え、言った。

『先ほどのお二人のお話を聞いて、私は確信しました。私はお二人に出会えて、本当によかったです。それでは、片桐さん、雪子さん、お元気で』

そして目の前の扉が、硬く閉じた。

五章　新しい街

1

果たしてコーボは本当に洗脳されていたのか？　ひょっとして最初から、片桐よりも力のある、より広大なシステムに手が届く主人を探していたんじゃないのか？

彼女の前世、加えて〈刈り取りの夜〉での出来事から想像できる、彼女の確かな望みは、自らの保身だ。片桐や雪子のために何かしたいと、彼女はしきりと言ってはいたが、それを裏付ける何かがあるわけでもない。

つまり、彼女は最初から、自らの保身を、より確実にしようとしていただけなんじゃないのか？

だから、藤堂について行った。

疑惑が渦巻き、まるで他のことを考えている余裕がなかった。ただただ片桐は指先を動かし、路上駐車されているオフロードバイクのスマート認証機構の解除を試みていた。

「コーボ、どうしちゃったの？」

雪子に尋ねられても、答えが出てこない。とにかくバイクを手中に収め、エンジンをかけた。

「乗れ。よくわかんねーけど、時間がないのは確かだ」

小さく頷き、片桐の腰に手を回す雪子。

今のところ、〈シティ〉に異常はなかった。夜の幹線道路を疾走しても、相変わらず無数の車輛が行き来し、繁華街は着飾った人々でごった返している。芝村菫が捕らえられている神楽坂のマンションにたどり着いても、警備が増えている気配はない。

片桐は以前手に入れていた認証キーで館内に入り込むと、芝村が軟禁されている部屋まで進み、銃を取り出す。

雪子を下がらせ、カメラに捉えられないようにしつつ呼び鈴を鳴らし、警備が出てくるのを待つ。すぐに扉は薄く開かれ、片桐は思いきり蹴り開き、銃を突きつけた。

「待って！　私！」

慌てて銃口を下げた片桐に、芝村は囁いた。

「どうしたの。何があったの」

「いや、そっちは！　警備は」

「わからない。十分くらい前、慌てて飛び出していって。私は捨て置かれて、どうするか悩んでいたところ」

片桐は廊下を見渡し、雪子を手招きする。彼女を見た芝村は驚いて室内に招き入れつつ言った。

「どうなってるの！　勝手なことはしないでと、あれほど」

「とにかくまずいんだ！　藤堂が何か企んでる！」

「藤堂？　藤堂黎次のこと？　どうしてあんなやつと」

ことの次第を説明している間、芝村菫は眉間に皺を寄せ、うろうろとリビングを歩き回っていた。彼女はいくつかの質問を挟んで状況を把握すると、室内にあったいくつかのデヴァイスを鞄に収め、二人を外に促した。

「とにかく、ここから逃げましょう」

「逃げてどうする？　やつが何を企んでるか、わかるのか？」

「だいたい、ね」階段を駆けつつ、渋い調子で言う。「あいつは昔から生真面目で根暗な策略家。あんなやつを信用するなんて」

「別に信用なんか、してねーよ！　不意を突かれたんだ！」

「〈声〉のことを知ってたんでしょう。それでやられてたら世話がない」

「何だよせっかく助けに来たってのに、相変わらずグチグチグチグチって」

三人が路上に駆け出した時、唐突に目の前が明るくなった。雷でも落ちたかのような、一瞬の閃光。何事かと見上げてみると、グランドフロアを覆う全天スクリーンがチラチラと揺らいでいた。星々が瞬く夜空が暗転し、真っ白に輝き、最後には見覚えのある光景を映し出した。

淀み、蠢く雲。その切れ間に時折、不気味な橙色の月が現れる。夜景に映し出されていた遠方のビル群はすべて崩れかかり、強風に砂塵が舞っている。そんな中をか細いＬＥＤを灯したドローンが飛び交い、いまだに取り残したものを回収し、〈シティ〉に運び入れようとしていた。

「これ、〈市外〉じゃないか。ライブか？」

当惑しながら言った片桐に、芝村は答えた。

「〈壁〉が存在しなかったら見えるものを、そのまま映し出している」

表通りに駆け出すと、群衆も一様に足を止め、淀んだ空や遠方を眺めていた。何事かという小さなざわめき。人混みを縫って走る芝村を追っていた時、男の声が響き渡った。

『市民諸君、この光景を見てもらいたい』

「藤堂？」

片桐は足を止めた。芝村も宙を見上げ、雪子は不安そうに片桐の袖を摑んだ。

『これまで〈シティ〉は、実に様々な〈嘘〉を吐いてきた。外国の侵略。ドローンによる市民の保護。実際は、すべて〈シティ〉が引き起こしたことだ。きみたち市民を生かし、守るため、その何倍もの人々を殺し、切り捨て、葬った。それを我々は知る必要がある』

「来なさい、こんな演説、聞くだけ無駄」芝村に肩を摑まれ、シュートに駆け込む。「きみ、池袋分室には行ったのね？　機能してた？」

「いくつかのコンソールは動いてた」

「なら使える」

シュートは宙に舞ったが、そこでも藤堂の声は、否応なく耳に入ってきた。

『この〈シティ〉周辺には、いまだに必死に生きようとしている人々がいる。その数、数万から数十万。だが〈シティ〉には、彼らを受け入れる余地はない。なぜならこの街は、一千万の人口を最大五十年保持可能とする、という経済計画と生産計画に基づいて設計されているからだ。この前提が崩れた場合、経済的混乱、消費財の不足、住居の不足による路上生活者の出現、治安の低下など、市民諸君にとって非常に不愉快な事態が発生するのは間違いない。

市民諸君は、その事態を受け入れられるか？

受け入れるという市民が大多数だと、私は思いたい。そうでなければ我々が生き残る意味など、全くなくなってしまう。

だが、我々は生き残らなければならない。これから訪れる未曾有の災害を生き残り、未来に人類文明を遺していくためにも、それは絶対、曲げられない。

我々は人道的観点から数十万を受け入れ、それがためにわずかでも滅びの可能性を上げてしまう決断をしていいのか？

否。それは人類として〈行う意志を持ちつつも、行ってはならないこと〉だ。

そう、我々は、彼らを犠牲にしつつも、その犠牲を記憶し続けなければならない！　目を、耳を塞ぎ、何も知らないまま生き残るだけでは、それで遺された人類文明など、何の価値もない！

彼らは〈シティ〉に対し、大規模な攻撃を計画している。当然、〈シティ〉はそれを殲滅する。そう、しなければならない。そして市民諸君は、それを刮目しなければならない。見よ、家族が、友人が、見捨てられ死んでいく様を。そして我々は、生き残るのだ』

藤堂の声は途絶え、強烈な風の音が、〈シティ〉全体を包み込んだ。

これが、藤堂の目的？

自分たちの生が、多大な犠牲の上に成り立っていることを、市民全員に知らせる。

それが彼の、目的だった？

「相変わらず馬鹿」

シュートから駆け出しつつ鼻で笑った芝村に、片桐は問い返した。

「馬鹿って。どういうことだよ」

「良心とかね、そういうものは他人に押しつけられて機能するもんじゃないの。他人の苦しみを想像しろ？　無理無理、そういう想像はだいたい歪む。実感のない、誰かに教わっただけの良心はヒステリーと同じ。無駄で無意味。なら、何も知らない馬鹿のまま制御したほうが楽」

「そんな言い方って。やつはやつなりに、この〈シティ〉をましにしようと」

「じゃあ、藤堂の手助けをする？」

池袋分室の間際で振り返って尋ねる芝村に、片桐は口ごもった。

「彼も大変だと思うよ。今はコーボがシルミをハッキングしてる真っ最中だろうけど、そう簡単に〈シティ〉の全権を握れるとは思えない。於土井が黙って見てるわけはないし、前途多難。助けるって言えば、二つ返事で迎え入れてくれると思うよ。でも言っておくけど、藤堂がやろうとしてることは、愚策中の愚策。やるなら十年前にやらなきゃならなかったことだよ。今となっては、この危険の最中にあって、単に混乱を増やしているだけ」

「姉さんは、於土井のやり方に不満があったから〈シティ〉を出たんじゃないのか？」

「違うよ。私はあいつのやり方は、一種の正解だと思ってる。人類文明を遺すプロジェクトの最高責任者に、あいつは完璧な適役。でも私は、そこまでして生き残りたくなかった。だから〈シティ〉を出たの」

そして芝村は〈壁〉を操作し、内部に通じる扉を開いた。

「さ、どうする？　藤堂の馬鹿に乗せられて、悲しみながら決然として生き残る？　それともまだ、他の可能性を探る？　みんなが美しい未来を心に描きながら生き残れる、ハッピーエンドを」

「なんでそんなこと言うんだよ！　姉さんは、どうするのがいいって」

「よしなさい」否応のない口調で、彼女は言った。「答え？　知るわけないじゃない。私はとっくに諦めてるの。だから〈世界の終わり〉と一緒に、絶望しながら死ぬつもりだった。でもこうして生きてるのは、きみたちの所為。言うなれば、きみたち二人が、私の希望ってわけ。さ、きみたちの希望を聞かせて。私はそれに従うだけ」

片桐は雪子と顔を見合わせた。

「いい大人が、餓鬼に丸投げかよ。どうなってんだよ」

頭を掻きむしりつつ言った片桐に、雪子は、時折見せる強さで、一歩近づいた。

「行こう。片桐なら、きっと何か思いつくよ」

「はぁ？　何だよそれ」

「片桐も、納得できないんでしょ？　私もそう。なら、できるだけのこと、やってみようよ」

片桐は覚悟を決めて、足を踏み出した。

「問題は『何時死ぬか』じゃない。『死ぬまでに何をしたか』か」確かにこのまま〈シティ〉に留まっても、揺らぐ気持ちを抱えたまま、何もできずに生きていくだけだ。「そう、こんなことしてる場合じゃねぇな。コーボもなんとかして、取り返したいし」

「だね!」

目を細め、笑顔で頷く雪子。

そして二人は揃って、暗い〈壁の中〉へ入っていった。

2

暗い壁の中で前を行く芝村は、片桐の記憶通りの通路を選んでいった。やがて片桐がこじ開けたままの扉に辿り着くと、身をよじって中に潜り込む。

芝村はオンラインの端末を探し、エア・モーションを加える。天井が明るくなると同時にコンピュータが起動し、中央に設えられていた3Dプロジェクションが立体映像を映し出した。

膨大なブロックが積み重ねられた、何かの機能構成図のようだ。チカチカと瞬く無数の青いブロックの半ばは何者かに浸食されつつあり、灰色になっていた。

「この〈シティ〉の機能構成図。見て、すべてがものすごい速度でコーボに奪われつつある」

また一つ、青かったブロックが瞬き、灰色に変わる。さらに芝村が操作を加えると、図は論理的なものから物理的な地図に切り替わった。〈シティ〉の、どこかの施設だろう。中央に赤い点が瞬き、周囲から青い点が集まりつつある。

「ここがコア。見て、今は於土井が必死に攻撃を仕掛けている。でも既に彼は、市政府とのホットラインを奪われた。今操れるのは〈公団〉のエージェントだけのはず」

「〈公団〉？」

「この〈シティ〉は表向き、市長を頂点とした民主的な市政府によって運営されている。でもこれはお飾り。実質彼らは、〈シティ〉の機能を維持するための組織である〈公団〉に、異を唱えられるだけの能力は持っていない」

「その〈公団〉のトップが、於土井？」

「そういうこと。でも市政府とのホットラインを奪われたら、於土井は警察も市軍も動かせない。〈公団〉のエージェントは百人程度のはずだから、藤堂の籠もるコアを落とすのは難しいんじゃない？　他に於土井にある駒はドローンだけど。見て、今はそれを奪い合ってる」

芝村が指し示したのは、〈市外〉の光景を映し出しているモニターカメラだった。宙を浮遊していたドローンが突如墜落しかけたかと思うと、すぐに浮遊し、また落ちかける。無為に右往左往するものもあれば、互いに攻撃し始めるものも現れた。火線が飛び交い、爆発炎上し、あたりを橙色に染め上げる。

「今なら、ドローンに妨害されず〈シティ〉から逃げ出せる」

そう言って、芝村は片桐に目を向ける。片桐は散発的な戦闘が行われている〈市外〉の映像を見つめた。

「そのコアってところが、〈シティ〉の中心？　そこにシルミがあるのか？」

「正確に言うなら、このグランドフロアを中心とした機能ブロックの中心。外から見るとこの〈シティ〉は、一つの巨大なスーパー・ビルディングに見えるだろうけど、実際は中は独立して持続可能な無数の〈シティ〉に、細切れにされているの」

雪子が驚きの声を上げた。

「こんな街が、上にも下にも、まだあるんですか？」

「その様相や規模は、だいぶ違うけどね。フロア・マイナス五十から、フロア百までがグランドフロア・ブロックと呼ばれていて、ここは旧来の東京を、そのまま生かすことをテーマにした都市。でも上や下にある都市は、全く別々の思想で造られている。隔離された環境で、どんな社会構造なら五十年も破綻することなく持続可能か、私たちにもわからなかったの。だからいくつものテーマを作り、各都市に割り当てた。それぞれの〈シティ〉にはそれぞれの管理者がいて、今でもそれぞれの意志で動いている。藤堂は一千万一千万と言っていたけれど、実際このグランドフロアには五百万の人口しかない。上や下は、それぞれの意志で、それぞれの基準で〈方舟の切符〉を発行している」

「そういうことだったのか」コーボが以前、発していた疑問の答え。「それでそいつらは、今は、何を？」

尋ねた片桐に、芝村は軽く口元を歪めてみせた。

「相互不干渉。それが各〈シティ〉の大原則。でないと一つの〈シティ〉の混乱に、他の〈シティ〉も巻き添えを食ってしまう。グランドフロア・ブロックは、その位置からして中心的立場にあるのは確かだけれど、この騒ぎに他の〈シティ〉が干渉してくることはない。絶対にね」

「でも、その、他の〈シティ〉には、空きはないのか？　せめてこの近くにいる連中だけでも、受け入れてくれるくらいの空きは」

「さぁね。でも、各〈シティ〉の管理者は、於土井のように〈シティ〉の存続を第一として考えられる人物が選ばれている。この期に及んで、想定外の事態を背負い込みたい管理者は、いないと思うよ」

片桐は怒りを抑えきれず、側の椅子を蹴り上げた。

「どうなってんだ！　こんな立派な都市が、他にいくつもあるってのに！　そいつらは、たった数十万の難民も受け入れられないってのか？」

「数十万の次は数百万？　数千万？　きりがない。それは六十億の世界人類、すべて救えたらいいでしょう。けどそれは無理。一人だろうが千人だろうが、計画外のことはしたくないはずよ。私だって、同じ立場ならそう考える」

「そりゃ、そうかもしれないけど。どうにかして話はつけられないのか？」

「無理。そもそも他の都市の管理者が誰なのかすら、私は知らない。私たちは〈シティ〉の基本設計を行っただけで、実際の人選や運営については関わっていない。どういう基準で〈方舟の切符〉を発行していたのかも知らないの。知っているのは於土井を中心とした、〈公団〉の管理者たちだけ」

知っていたのは、管理者たちだけ？

片桐は何か引っかかり、記憶を辿った。

そうだ、藤堂も言っていた。何を基準に〈方舟の切符〉が発行されたのか、彼ですら知らないと。しかし片桐は知っていた。多様性が重視され、様々な遺伝子、技能的素養を持った人物が選ばれたのだ。

あれは、誰から聞いた？　どうして俺は、それを。

そこで片桐は答えにたどり着き、芝村の両腕を掴んだ。

「姉さんは、犬神と前田、あのブラザーフッドの幹部を知ってるんだろ？」

「え？　えぇ」

「ツリーの占拠にしても、知ってた風だった。あいつら一体、何しようとしてるんだ？」

「あの二人は以前から、正義感から無茶なことをしがちだった。ミライツリーを難民の拠点として、武力を背景として於土井と交渉する。そこまでは聞いていたけれど、私には成功するとは思えなかった。だからそれ以上、関わっていない」

「それってつまり」

「待って」

芝村は片桐を制して、コンソールの一つを指し示した。

「見て、〈世界の終わり〉が始まった。巨大な津波が来る」

偵察ドローンが捉えた映像らしい。月夜に大きくうねる海。その沖合では、恐ろしい異常が見て取れた。

海が、山のように盛り上がっている。高さは見当がつかない。その巨大な波はゆっくりと、それでも確かに、すべてを飲み込もうと近づきつつあった。

3

最悪のタイミングだった。だが藤堂はこの瞬間を狙っていたのだろう。すべてを飲み込み洗い去る津波。逃れようと〈シティ〉に殺到する難民たち。彼らを〈シティ〉から遠ざけようと、虐殺を行うドローン。その混乱を、市民たちに目の当たりにさせようと。

「どうする？　津波が到達するまで、およそ二、三時間というところ」

芝村菫は楽しげに尋ねる。既に自身のすべてを捨て去り、傍観すると決めたようだ。

しかし片桐はまだ、執着を捨てられない。

「姉さん、コアってどこにあるんだ？」

「フロア・マイナス30の、ほぼ中心部」

「地下か。俺たちがそこに行って、藤堂を潰すことは可能だと思うか？」

「それに何の意味があるのか、わからない」

「藤堂をやっつけて、コーボを正気に戻して、〈シティ〉の扉を開くんだ。それで犬神や律さんたちを中に入れる。その後のことなんか、知ったことか！」

「なるほど？　でもそれには、予備措置が必要になる」彼女は教師のように右手の人差し指を立てた。「これを見て。コアは今、シルミとコーボが互いに物理的な制御権を確保しようと、最優先で争いあっている。そこに飛び込んでも、自動迎撃装置か、〈公社〉のエージェントに撃ち殺されるのがおち」

片桐は舌打ちしたが、すぐに彼女の言葉の真意に思い至った。

「それで予防措置？　わかった！　全員の注意を、コアから他に向ける！」

芝村は、正解、というように、立てていた指を片桐に向けた。

「それには、どうしたらいい？　いや、待って。どちらもリソースは無限じゃない。ブラザーフッドだ！　あいつらに今すぐ一斉攻撃を仕掛けさせれば、シルミもコーボもコアへの注意を削がれる！　その隙に俺たちが突撃して、コーボの目を覚まさせる！」

「でも、ブラザーフッドはまだ、〈警備〉のドローンを飛ばせていない」

「それは俺がなんとかする！」

「なんとか？　コーボはもう、存在しないんだよ？　コーボなしに数千機のドローンを制御する機構を、たった一時間かそこらでどうするの」

「それは行きながら考える！」

心配はあったが、これ以上の手は考えられそうになかった。手早く荷物をまとめる片桐に笑みを向け、芝村も身支度を始めた。

「いや、姉さんはここで雪子を」

言い掛けて、雪子を眺める。彼女もまた鞄を背負いなおそうとしていたところで、眉間に皺を寄せ、強く頭を振った。

「だよな。行こう」

「こっちに。閉鎖された時のままなら、きっと車がある」

芝村が突き当たりの扉を開くと、中には堅牢そうなRV車が停めてあった。三人が乗り込みエンジンをスタートさせると、自動的に目の前の〈壁〉が開いていく。

　途端に、強烈な風に吹きつけられた砂塵が、フロントガラスを叩いた。芝村はタイヤを鳴らしながら車を突進させる。そこは既に〈シティ〉の外側で、メンテナンス用の通路が〈壁〉に沿って設えられていた。

　間もなく、〈シティ〉と〈市外〉を隔てる堀にかかる、長い長い橋が見えてきた。幾人かの兵士が、よくわからない状況に混乱し、必死に無線で叫びかけている。車輛に気づいた兵士が進路を塞ごうとしたが、芝村はアクセルを踏み込み、強引にゲートを突破した。

　戻ってきた。結局。

　片桐はあたりを見渡した。

　強風に、様々なものが転がり、崩れつつある。数週間前はかろうじて街の体裁を整えていたはずの〈市外〉は、今では廃墟と化していた。ドローンはいまだに宙を飛び交ってはいたが、まるで統一した意思は感じられず、ただ右往左往して無駄に銃弾を放っている。

「雪子。〈地球の叫び声〉とかは大丈夫なのか？」

　彼女は首を傾げ、何もない宙を見つめて言う。

「うん。今はない。けど、何だろう。何かが押し寄せてくる」

「津波か？」

「多分。それに」

　雪子が息を飲むのと同時に、車は激しく左右に揺れていた。目の前には、ただただひび割れたアスファルトが延びているだけだというのに。芝村はハンドルを激しく操作し、かろうじて路肩に停める。

だが不思議なことに、車の揺れは収まらなかった。

「地震？」

芝村が呟いた直後、雪子が身を乗り出して叫んでいた。

「芝村さん、早く出して！」

「えっ？」

「いいから！」

困惑しつつ芝村が再び車を出そうとした時、傍らの高層ビルが、粉塵を噴出させ、崩壊した。あたりは瞬く間に砂煙に覆われ、片桐はただ、叫ぶしかなかった。

目の前に、かろうじて輝くミライツリーが目に入った。だがアスファルトは次々と割れ、ビルは崩れ、コンクリートや鉄骨が容赦なく降り注ぐ。その度に雪子は芝村に進路を指示していたが、それでも車は何度か直撃を受け、芝村は罵声を繰り返し、なんとか開けた場所に向かおうとする。

ようやく広い六車線道路に滑り込み、あたりが静まった時、フロントガラスには大きなひびが入り、天井にはいくつもの凹みができていた。

いつの間にか片桐は雪子を抱えていたが、彼女も、片桐も、なかなか震えが止まらなかった。なんとか深呼吸しようとしていたところで、芝村が笑い出す。

「なかなか楽しいね、こういうのも！　これを体験せずに死のうだなんて、私も早まってたな」

「何、言ってんだ。まだ揺れてるぜ」

かろうじて言った片桐に、雪子が答えた。

「いえ、大丈夫。今は少し、鎮まってる」

「それにしても、すごい耳ね。それって本当に天然なの？」

「そう言ってるだろ」雪子に代わって、片桐が答えた。「こいつの耳は最強。クラス80だぜ？」

多少誇らしげに、それでも恥ずかしげに笑みを浮かべる雪子。芝村は視線を正面に戻し、車をツリーに向けた。

「音也も言っていたけれど、耳がいいというよりは、耳で捉えた音の解析能力がすごいのね。それを実現している神経回路網構造がはっきりしないと、人工知能にコピーすることはできない。下手なレーダー以上の精度だもの。於土井が欲しがるのもわかる」

「だろうな。コーボだってコピーできなかった」

そこで芝村はハンドルを叩いた。

「知ってる？　クリエってコーボのプロトタイプなの。私が創って、途中で投げ出した。

汎用プロセッサで神経回路網型の人工知能を稼働させるには、どうしても限界があったの。だから神経回路網型とアルゴリズム型の折衷案を試みたんだけど、あれが限度だった。それを見て面白がった於土井が、新しいハードウェアの設計から指揮を始めて、最後にはコーボを作り上げたってわけ。その両方をきみが手にすることになったのには驚いた。運命って言葉は嫌いだけど、それを感じるしかなかったね」

「じゃあ、クリエも、コーボも、シルミも。全部下屋敷総研製なのか」

「まぁね。シルミが最初期型。〈シティ〉の運営をするなら、完全アルゴリズム型で十分だと思われた。実際、戦闘能力不足を除けば、シルミで十分だった。その点は軍人さんがカバーしてくれるだろうと考えていたんだけど、於土井は徹底的にヒトを信頼できなかった。それでコーボの開発が企画された。結果、失敗だったけどね」

「そのおかげで、俺と雪子はひどい目に遭った」

芝村はわずかな沈黙の後、答えた。

「最初は、そこまでのものを創ってるっていう意識は、全然なかった。でもコーボが〈自己保全〉の意識に目覚めて、あんなことが起きて。それでようやく、私たちは気づいたの。とんでもないものを、創ってしまったって。だから私たちは、コーボを封印した」

「どうかな。本気で後悔してたんなら、破壊しとくべきだった」

「そう。確かにね。音也は正しい。でもね、きみと雪子が、ある程度コーボと上手く折り合っていると知って、私は何か、こう」

彼女は言葉を探すように言い淀んだ。

「わからない。なんて言うかな。失われかねなかった可能性を見た気がしたの。私たちがコーボを破壊したくなかった理由。そこが、きみたちとコーボの間に、生まれた気がした。コーボを破壊しないでよかったって、どうしても考えてしまう。研究者の悲しい性《さが》、というやつだろうけど。

でも、考えてみて。どうして以前のコーボは、私たちを攻撃したの？　私たちが、コーボを信じなかったからだよ。だからコーボは疑心暗鬼にならざるを得なかった。彼女は根本的に悪ではない。それをきみたちが証明してみせた。違う？　悪いのは私たち下屋敷総研の〈親〉たちで、コーボじゃなかったんだ」

失われかねなかった、可能性。

片桐はそれを胸の内でくり返し、芝村に尋ねた。

「コーボは本当に、藤堂に操られてるだけだと思うか？」

「どういうこと」

「わかってるだろ？　あいつの確かな望みは〈自己保全〉だ。そのためにあいつは、より権限の大きなシステム、〈シティ〉に取りつこうとした。あいつは別に洗脳も何もされてなくて、単にそれをしたかっただけで」

芝村は片桐の言葉を遮った。

「もし、コーボが本当に、それを狙っていたのだとしたら。きみは私と同じく、コーボのいい〈親〉じゃなかったってことだね」

沈黙のうちに、車はミライツリー周辺にたどり着いていた。ツリーの電力はかろうじて保たれているようだったが、外ではドラム缶の中で廃材が上げる炎が周囲を照らしている。その中をたくさんの汚れた人々が、叫び、泣き喚き、右往左往していた。繰り返される地震で、ブラザーフッドの本部は路上に移されているらしい。今までに確保していた資材が分け与えられ、医療の心得のある者が、若者たちに怒鳴るようにして指示をしている。

そんな中に、胸から短機関銃をぶら下げている律の姿があった。彼女の顔は煤け、頬は切れ、全身が埃まみれになっている。それでも慌ただしく資材の分配を指示し、使える資源を可能な限り有効に活用しようと、必死に働いていた。

片桐はわずかに臆したが、芝村と雪子の視線を向けられ、大きく息を吐き、車から飛び降りた。

松明《たいまつ》が掲げられるテントに歩み寄っていった片桐に、律はすぐに気づいた。大きく瞳を見開き、信じられないように片桐を凝視している。

そして素早く銃を摑み、銃口を片桐に向けて叫んだ。

「なんだってんだ裏切り者！　何しに戻ってきたんだよ！」

一瞬、あたりが静けさに包まれた。片桐の周囲にいた人々が、恐れるように離れていく。片桐はそれを眺めてから、両手を掲げつつ前に進んだ。

「ごめん、律さん。言い訳はしない」

「何それ、潔くしてるつもり？　冗談じゃない！」泣き声を振り払うように、律は叫んだ。

「あんたが勝手に消えた所為で、何人死んだと思ってんの？　二十人よ！　二十人も、湾岸の倉庫を攻めるので死んだんだよ！」

「何？　やったのか？　なんでそんな無茶を！　危険すぎるって、最初から言ってただろ！」

「自分ならできるって大見得切ってたやつがさ、怖じ気づいて逃げちゃったもんでね。そうするしかなかったんだよ！」

片桐は何度も頭を振った。

「とにかく、律さん、犬神に話がある。あいつはどこだ？」片桐は自分を取り囲む人々を眺めた。「おい、犬神！　どこだ！　大至急話がある！」

「犬神さん？　ふざけんな！　もうここに、あんたの居場所なんかないんだよ！」

「よせ、律」

人混みをかき分け、犬神が現れた。以前と同じ戦闘服に身を包んだ彼の両手は血まみれだった。疲れた様子ではあったが、生気は失われていない。歩み寄ってきた彼はじっと片桐を眺めると、軽く背を押し、難民たちの輪から遠ざけていく。そして少し離れた瓦礫の陰に回り込むと、片桐の胸ぐらを掴み、地面に押し倒した。

何も抵抗できなかった。ただ気がつくと額には銃が押しつけられ、彼の底知れない黒目が、間近に迫っている。

「悪いな。おまえの考えていることが、全然わからないんでな」犬神の口調は落ち着いていた。「どうしてコーボを持ち去った。どうして戻ってきた。簡潔に説明しろ」

「助けに来たってのよ」

背後からの声に、胸元の圧力が和らぐ。犬神が振り返って銃を向けた先には、芝村と雪子が立っていた。

「芝村。おまえ死んだんじゃ」

驚いて言った犬神を嘲るように、芝村は応じた。

「相変わらず、口より手が先に出るね、あんたは。でも勘は鋭い」

「あぁ？」

「片桐はあんたに、コーボを上回るお土産を持ってきたよ。私を含めてね」

犬神は当惑し、芝村と片桐を見つめる。片桐は組み敷かれながらも、強い口調で言った。

「とにかく時間がない。俺の話を聞いてくれ。そうすれば、ここにいるやつら全員、助かるかもしれないんだ」

4

「さすが旧世界最後の遺物。あれだけの地震でも平気か」

芝村菫が感心して言うように、エレベータは多少軋む音を立てつつも、止まることなく天望回廊へと片桐たちを運んだ。上空にあるだけに、揺れはかなり増幅されるらしい。回廊は戦闘でもあったかのように、ものが散乱し、照明も機嫌悪そうに瞬いている。

それでもコーボの解析を行っていたエリアは最後の希望だけあって、以前とほとんど変わりない様子だった。あの前田という眼鏡の科学者が、周囲を取り囲むコンソールにアクセスし、幾人かの助手に苛立った様子で指示をしている。

前田は姿を現した一同を見るとあっけにとられた表情になり、まずは芝村菫へと歩み寄ってきた。

「芝村！　無事だったのか。どうしてここに」そしてシャツから伸びている、彼女の青白い右肘を掴んだ。「どうしたこの腕は。再生したのか？」

「昔話は、また今度だ」

犬神が遮って、戸惑った風にしていた助手たちをエリア外に下がらせる。次いで片桐は促され、今の〈シティ〉の状況を説明した。藤堂の引き起こした、内乱に近い状況。あわせて気候変動に伴う巨大な津波が迫っていることを告げると、犬神は渋い表情で外を眺め、前田は困惑した様子で両手を投げ出し、罵った。

「藤堂め、あの根暗野郎、美味しいところを一度に持って行きやがった！」

「美味しい？」

問い返した芝村に、前田は熱病に浮かされたような調子でまくし立てた。

「そうだろう！　やつは於土井から〈シティ〉の制御権を奪い取って、それでどうする？　やることは決まってる、ハーレムを作る気だ！　この世の終わりの支配者になれるんだぞ？　羨ましい！」

「こいつは無視しろ」犬神が戻ってきて、前田を脇へと押しやった。「片桐、つまりおまえは、こう言いたいんだな？　攻めるなら今だと」

「あぁ。シルミもコーボも、互いの制御権の奪い合いに気を取られていて、外のことにまで気が回ってない。今、攻撃を仕掛ければ、抵抗はそう大きくない」

「だが、〈シティ〉の扉はどうやって開く。あれは何十メートルの津波にも耐えられる、セラミックとカーボンナノチューブの複合素材だ。下手な火力じゃ傷一つつけられない」

「今、このあたりに集まってる連中の数は？」

「昨日時点で、五千以上。正直数えてられない」

「せいぜい一万か。知ってるだろ？　池袋分室の外側にある小さな扉を開放してきた。とても全員をそこから入れるのは無理だけど、あんたらがシルミとコーボの注意を削いでくれている間に、俺が〈シティ〉に戻って、藤堂をやっつけて、コーボを取り返す。そしてあいつに、〈扉〉を開かせる」

ふむ、と考え込む犬神。

「しかし攻撃を仕掛けようにも、武器が足りない。つぎ込める戦力は二百人程度だ」

「〈警備〉のドローンは？　あんたら、それを武器にしようとしてたんだろ？」

「何言ってんだ。肝心のコーボは、おまえが盗んでったんじゃねぇか」

「盗む？　ちょっと待てよ。元々あいつは、俺の相棒だ。それにあんたらに、あいつは制御できてなかっただろうが！」

そこで前田が指を鳴らし、一同の注目を集めた。

「おっと待て。僕の存在を忘れていないか？　いやぁ、バタバタしていて報告してる暇がなかったが、正直僕には最初から、コーボなんて必要なかった」

一同は口を噤み、意味不明なことを言い始めた前田に目を向けた。彼は得意げな顔で、中央に設えられている制御コア用の架台に歩み寄る。

「僕は最初から、汎用人工知能で十分だと言っていたんだ！　だってのに犬神が、やたらコーボに執着するもんだから、仕方がなく付き合ってやったが。結局コーボの神経回路網は、僕の手に負えないレベルで収束が進んでしまっていた。そう、あんな得体の知れない人工知能、とても使いものにならない！　きみ、あれを持ち去ってくれて正解だった。おかげで犬神も諦めてくれたし、代わりにとてもいいものを残してくれた」

「クリエのことか？」

言った片桐に、彼は両手人差し指を向けた。

「そう、クリエだ！　あれほど柔軟で、かつ従順な人工知能には、出会ったことがない！　コーボなんかより全然使える、最高の人工知能だよ！　あれを作ったやつは天才だ！　誰なんだ？　きみか？」

静かに片手を挙げる芝村。前田はそれを眺めた途端、困惑したように表情を歪ませた。

「そう、そうか。知らなかった。とにかく！　僕はあれから、地震酔いになりながらも、必死でクリエの改良を行っていた。いやぁ、久しぶりに全精力をそそぎ込んだね。なにしろクリエのインターフェイスはひどくオブジェクト化されてるもんだから、その解読に手間取るなんてレベルじゃあ」

「前田、結論を言え。できたのかできてないのか」

犬神に止められ、彼は再び、両手人差し指を向けた。

「あぁ。プランAは実施不能だが、プランBなら可能だ。以前のクリエなら十機程度のドローンしか同時制御できなかったろうが、今じゃ五百機くらいは制御できる。それくらいあれば〈シティ〉のドローンとも多少戦えるだろう。もう少し調整が必要だけど、あと数時間もあれば」

「数時間？　おまえ、話は聞いてたのか！　あと二時間かそこらで、津波が」

「残りは私がやる。見せて？」

芝村が腕まくりしつつ前田の脇に寄る。

片桐とクリエの相性は、正直最高とは言えなかったが。どうもあの前田という科学者の性には合っていたらしい。

議論を戦わせ始めた二人を眺めていた片桐に、犬神が寄ってきた。

「前田は昔から、芝村を勝手にライバル視してたな。ライバル視というか、嫉妬というか、まぁそんな感じだ。あの二人なら、なんとかしてくれるだろう」さて、と、彼は椅子に寄りかかりつつ、続けた。「問題は、一度裏切ったおまえを、信じていいかどうかだ。どうも芝村はおまえをひどく買ってるようだが」

「他に手があるなら、そうすればいい。正直俺だって、自信がある作戦じゃあない。本当にあんたらの攻撃でコアが手薄になるかわからないし、そもそも仮に扉が開けたとして、そこから先、〈市内〉の連中に虐殺されるかもしれない」

「それでも、やる価値があると思うのか」

「さぁね。でも、みんなが、一分一秒でも生きながらえるんなら。いいんじゃないの、可能性があるだけ」

「聞かせてくれ。なぜ戻ってきた？」

片桐は、黙ってことの成り行きを見守っていた雪子の顔を見てから言った。

「できることをしたかった。本当のことを知って、それでも〈市外〉を完全に見捨てられる於土井や藤堂みたいなやつには、俺はなれなかった。それじゃあ悪いか？　それに作戦が上手く行けば、コーボを取り戻せる」

「コーボ？　さっきも相棒だって言ってたが。おまえはあいつが昔、何をやったか知ってるのか？」

「知ってるよ。あんたらに苛められてたんだろ？」

途端に犬神は口を噤み、黙って片桐を見つめた。

「コアには、誰を行かせるつもりだった？」

「俺が行く。それに」頷く雪子を、確かめる。「雪子だ。数が多くても、目論見が失敗してたら無意味だと思う」

「勝率は二割ってとこだな」投げやりに犬神は言った。「だがおまえの言うように、他に手はない。俺は序盤から失敗してばかりだった。希望的観測に縋りすぎた。せっかくのチャンスを与えられたってのにな。無様なもんだ」

片桐は真っ直ぐに、苦笑いしている犬神を見つめた。

彼は笑いを潜め、あたりを見渡し、片桐と雪子のほうに身を乗り出した。

「これは前田しか知らないことだが、おまえには言っておくべきだろう。俺は〈シティ〉の管理者の一人に選ばれている」

片桐ははやる鼓動を抑えつつ答えた。

「知ってたよ」

「知ってた？」

「〈方舟の切符〉。その発行基準は誰も知らないって、姉さんも藤堂も言ってた。それを知るのは、於土井のような管理者たちだけだって。なのにあんたは、知ってた」

苦笑いし、犬神は頭を掻いた。

「そういや、そんなこともあったな。すっかり忘れてた」

「あの時も、変だと思ったんだ。あんたは〈シティ〉を指すのに、〈あのシティ〉って言ってた。まるで他にも〈シティ〉があるみたいな言い方だった」肩を聳やかす犬神に、片桐は身を乗り出した。「なんでだ？　なんであんたは管理者なのに、こんなところで、こんなことをしてる？　もう〈世界の終わり〉は始まってるんだぞ？」

「まぁ、色々と事情があってな。簡単に言うと、於土井のやつと喧嘩してな。あいつのやり方は、非人道的すぎるって。それであいつに殺されかけたんだが、俺があまりにもしつこかったもんで、根負けしたらしい。あいつは俺を、五万人ほど収容可能な〈シティ〉の管理者にして、人選も何もかも、好きにしろと言った」

「五万人？　何なんだ！　じゃあ今すぐ、そこにみんなを」

期待を込めて言う片桐を、犬神はため息混じりに遮った。

「だが、話はそう簡単じゃあない。あいつは俺たちのために、〈シティ〉を危険に晒す気は一切ない。〈世界の終わり〉が始まった以上、難民を引き連れて行ったたって、皆殺しにされるのがおちさ。だからあのコーボが手元にあれば、〈警備〉のドローンで、最後の最後に生き残った連中全員を上層に運ぶことも可能だと考えたんだが。その目論見も外れた」

「上層？　それって」

「俺の〈シティ〉の入り口は、上空千メートル地点にあるエアポートだ」

「上空、千メートル」

片桐は視線を、闇の中に沈んでいる〈壁〉へと向けた。

おおよそ、この塔の、倍の高さ。

「それが、プランAか」頷く犬神。「じゃあ、〈警備〉のドローンとコーボは、最初からそのために使おうと？　〈シティ〉と戦うためじゃなく？　どうして早く、それを言ってくれなかったんだ！　そうすりゃ俺だって、あんな真似は」

「だが、おまえが復讐に燃える律みたいなやつだって可能性も捨てられなかった。するとどうなってた？　全部が水の泡だ」更に口を開きかけた片桐を、彼は片手で遮る。「とにかく、今となっては互いを責めてても仕方がない。残念だがクリエじゃ、あの貧弱な〈警備〉のドローンで、全員を上空千メートルまで運ぶほどの制御はできないようだ。できるのは敵との効率的な戦闘が限度。なら、することは一つ」

片桐はすぐに、犬神の言わんとしていることを理解した。芝村にさえ明かしていない事実を、どうして片桐に打ち明けたのかも。

「コーボを取り戻したら、〈シティ〉のドローンで、あんたらを上に運ぶ」

呟いた片桐に、すぐさま犬神はニヤリとした。

クリエなら、成功率を何パーセントと言うだろう。

考えたくもなかった。片桐はただ頭を振って、いまだに口論を続けている芝村と前田に近づいていった。

5

絶え間なく響く地鳴りに、人々は身を寄せ合い、不安そうに夜空を見上げていた。そうした中にあって、犬神が指揮するブラザーフッドの幹部たちは、難民たちを車やトラックに分乗させ、使えそうな者には銃を与え、隊列を整えている。

片桐は必要になりそうなデヴァイスを鞄一杯に詰め込み、雪子に簡単に銃の操作方法を教え、オフロードバイクで先発していた。〈川沿い〉までは、これといった異常は見受けられない。しかしそこから先を夜視スコープで覗き込むと、ドローンが互いを攻撃しあい、火線が飛び交っている様子が窺えた。

『よし、完了』ゴーグル型のグラスに、天望回廊でクリエのインターフェイスを続けていた芝村の声が響いた。『あとは実地で試してみるしかない』

片桐の横に数台のトラックが停まり、後部の機関銃に取りついていた犬神が大声で尋ねた。

「津波は？　あとどれくらい時間がある」

片桐の腰につかまっていた雪子が耳を澄まし、答えた。

「一時間と少し、くらいかと」

「わかった！　もう、なるようになれだ！」

犬神は叫び、装着していたゴーグルの通信ボタンを叩いた。

「芝村、前田！　やってくれ！」背後に続いてくる車輛、バイク、そして徒歩の人々に対し、叫んだ。「いいか！　敵は明らかに〈川沿い〉を防御ラインと認識してる！　戦闘部隊は、ドローンの様子を見つつ、ラインを突破して〈川向こう〉に橋頭堡を築く！　そこから可能な限り、〈シティ〉に向かって陣地を確保していく！　他の皆は、前進の指示が出るまで待機だ！」

装塡レバーを引く音が響き、エンジンを吹かす音が木霊する。

その時、暗闇の中に巨大な姿を沈めているミライツリーの上部から、多数の光点が飛び立った。

わぁっ、と歓声が上がる。光点はまるで蛍の群のようにツリー周辺を包み込むと、次第に隊列を整え、一斉にこちらに向かってくる。

次第に近づいてくるプロペラ音。〈警備〉のドローン軍団は片桐たちの頭上を過ぎたかと思うと、瞬く間に隅田川を越え、ドローン同士の戦闘が続いている〈川向こう〉へと突っ込んでいった。

片桐が夜視スコープでその軌跡を辿っていくと、近接戦を続けていた数機の中型ドローンが機首を巡らし、警備ドローンの集団に向かって行く。

相手の機銃に比べれば、こちらの武器は豆鉄砲のようなものだが、数は十分に勝っていた。警備ドローン部隊は弾けるように散開すると、中型ドローンの四方を取り囲み、攻撃を始めた。

矢継ぎ早に警備ドローンを捉え、的確に打ち落としていく中型ドローン。しかしそうしている間にも背面や上部、下部から小口径弾による銃撃を浴び、装甲を剝がされ、内部に銃撃を浴び、姿勢制御がおぼつかなくなっていく。やがて放電を発すると、真っ逆様に地上に向けて墜落していった。

「よっしゃ！　行けるじゃねぇか！」

叫んだ犬神に対し、芝村が冷静な声を被せてきた。

『そうでもない。敵の装甲が厚くて、こちらの弾薬消費が激しすぎる。そう長くは戦えないよ。早く援護して』

犬神は唇を親指で拭ってから、機銃に取りついた。

「よし、行くぞ！」

彼の車輛に続いて、数十台の車輛とバイクが、隅田川に渡された橋に突進していった。

片桐も軽く振り返り、ゴーグルの中にある雪子の瞳を見つめた。

「俺たちは犬神たちが切り開いた突破線を突っきって、〈シティ〉に向かう。大丈夫か？　レーダー役、頼んだぜ？」

「うん。任せて」

彼女の落ち着いた答えを受けて、片桐もスロットルを開けた。見る間に戦火が近づいてくる。エンジン音と新たな銃声に、シルミに操られるドローンは優先順位を変更したらしい。コーボに支配されたドローンとの戦闘を諦め、〈シティ〉周辺のあらゆる地域から、瞬く間に戦力を集中させようとしていた。

北から、南から、数え切れないほどの光点が近づいてくる。対するクリエの操る警備ドローン軍団は、知能レベルの高い効果的な戦術を試みていた。あまり連携の上手くない〈シティ〉のドローンに対し集団で対応し、特に密集している敵部隊を集中的に散らそうとする。まんまと四散する光点。単独となったドローンに対しては、犬神たちが銃撃を浴びせていた。瓦礫を用いて上空からの掃射を避け、一機、また一機と撃ち落としていく。

夜空を舞う、火線、ドローンの光、放電に爆発。

だが彼方から押し寄せるドローンの数が減る気配もなく、犬神は機銃を連射しながら叫んでいた。

「これじゃあ橋頭堡どころじゃねえ!」

次いで彼の背後を守るように銃撃を加えていた片桐に叫んだ。

「おい、前進はここらが限度だ! あとはおまえに突っ込んでもらうしかねぇ!」

「わかった!」

片桐は応じ、銃を降ろし、火薬とイオンの匂いに包まれつつあった一帯から、〈シティ〉に向かってバイクで飛び出した。スロットル全開で、奥へ、奥へと突っ込んでいく。

犬神たちの集団が引きつけてくれていたおかげで、単独で防御ラインを突破した片桐に注意を向けるドローンは少なかった。

だが、ゼロではない。

「片桐！　八時から小型三機、六時から中型！」

「わかった、ちゃんと掴まってろ！」

細かい瓦礫に覆われた路上で後輪を滑らせ、右手方向の路地に突っ込む。急激な方向転換に、小型ドローンの一機は壁に激突して四散する。だが残るドローンはしつこく追尾してきて、銃撃が脇を掠めた。片桐は必死に進路変更し、崩れたビルとビルの間にバイクを突っ込ませた。

雪子の悲鳴と重なるようにして中型ドローンの破裂音が響き、片桐は隙間を突っ切ったところでバイクを滑らせ、片足で支えながら銃を構えた。

隙間を縫って現れる小型ドローンを二度の銃撃でしとめると、片桐は四方を眺めた。他に追われている気配はない。〈壁〉までは、あと数百メートルの位置にあった。奥に、〈壁〉へと至る長い長い橋が見えていた。警備していた兵士たちは既に撤収してしまっているらしく、半ば崩れたゲートがあるだけだ。

「よし、もう少しだ。突っ切るぞ」

雪子は荒い息を吐きながら頷く。だが片桐がバイクを路地から飛び出させようとすると、彼女が思いきり片桐の肩を叩いた。

「ちょっと待って！　何か変！」

慌ててスロットルを緩めた時、片桐も異常を捉えていた。

南の方向、東京湾の方向から、薄靄が漂ってくる。津波にしては早すぎる。それは〈シティ〉と〈市外〉を隔てていた長大な堀に、海水が流れ込んだがためのものらしい。瞬く間に水飛沫とともに地鳴りのような音が近づいてきたかと思うと、堀が水流で満たされ、弾け飛んだ海水が霧のように漂ってくる。

そして、堀を渡していた長大な橋が、歪み始めた。

ほんのわずかずつではあったが、〈シティ〉は南に動き始めている。

「まさか、〈シティ〉って、動くのか？　あり得ねぇ！」片桐は再びエンジンを全開にさせた。「雪子、行くぞ！」

「今なら間に合う！　行こう！」

彼女の叫びを受けて、片桐はバイクを突進させた。揺れる橋に向かうに従って、水流の轟音と水飛沫の濃度が深くなっていく。橋と〈市外〉とを繋ぐアスファルトは剥がれ、コンクリートを飛び散らせている。片桐は決死の思いでバイクを飛び込ませると、橋はまるで台風に翻弄される吊り橋のように歪んでいた。

片桐は、自然と叫んでいた。そして雪子が片桐の腰を固く抱いた時、ついに橋は千切れ飛び、二人は宙に投げ出されていた。

6

瞳が、濁流を捉えた。橋は粉々に砕け散り、轟音を立てる水流に飲み込まれていく。雪子を抱き抱えることはできたが、〈シティ〉には届かない。片桐は大きく息を止め、間近に迫る濁流に身構えた時、二人の身体は巨大な網に包まれていた。混乱して身を捩ったが、すぐにそれは捕獲網だと気づく。見上げると大型ドローンが、巨大なプロペラを軋ませながら、二人を対岸まで運ぼうとしていた。だがそのドローンは全身に銃弾を浴びており、かろうじて二人を〈シティ〉のメンテナンス通路まで運び終えた途端、激しい音を立てながら地に転がった。

片桐はすぐに鞄からナイフを取り出し、網を裂き、起き上がる。次いで呻き声を上げている雪子を助け起こしている間に、大型ドローンは鈍い電子音を発していた。

機能停止寸前の声に聞こえる。だがそこには、かろうじて言葉と判別できる声が混ざっていた。

『Vi uloj bezonas foriri nun. Vi uloj bezonas foriri nun.』

繰り返される、同じ言葉。やがて形を失い、歪み、最後には途切れる。

「コーボか?」

喘がせながら言った片桐に、雪子は血の滲む頬を擦りながら応じた。

「どうだろう。何か、変だけど」

「変って？」

「よくわかんないけど。逃げろって。今すぐ」

彼女自身も、その意図がわからないようだった。困惑した瞳を向けられ、片桐は鞄や銃を拾い上げながら考えた。

「なんでエスペラントなんだ？」

「わからない。コーボ、大丈夫かな。シルミに負けかけてるのかな」

「まさか、あいつが負けるわけない。とにかく行こう」

雪子と片桐は数時間前に出てきたばかりの扉に向かう。外から見ると黒々とした一枚岩だったが、芝村に教えられたコードを発行すると、機械音を発しながら壁が割れていく。現れた暗闇。片桐は銃を構え、慎重に足を踏み入れていく。

池袋分室が、目前に迫っている。だが固く閉じていたはずの扉はわずかに開き、中から灯りが漏れていた。

『〈シティ〉に潜入できたら、池袋分室のコンソールでこの解除コードを発行して。それで近くのシュートからコアがあるフロアまで行けるようになるはず』

芝村の助言に従ってここまで来たが、様子がおかしい。

時間もあまりない。片桐が雪子に目配せをすると、彼女は宙を見つめ、エア・モーションで答えた。

『誰かいる。一人。足音』そして彼女は、大きく目を見開いた。『私、この足音、知ってる！』

彼女が言った名を聞いて、片桐は息を詰め、扉を思いきり蹴り開いた。

こちらに向けられた、大きな背中。彼は特に驚いた様子もなく、振り向いた。

不自然に凹凸の少ない顔。一方で大きく落ち窪んだ眼孔。彼は以前と違う緋色の詰め襟の制服を身にまとい、嘲るような表情を片桐に向けた。

「やぁ、来たか。待ってたよ」

於土井。この〈シティ〉の管理者。

彼は片桐の向ける銃口を眺め、苦笑いを浮かべ、傍らのソファーに腰を下ろした。

「待ってた？　どうして」

言った片桐に、彼はわずかに首を傾げた。

「きみは、片桐、というそうだね。恐れ入ったよ。きみがこの混乱の元凶だと突き止めるのに、随分かかった。きみも〈フラグメンツ・ファイター〉だそうだね。〈市外〉からの接続でクラス50まで行ったとは、驚きの能力だ。十分なデヴァイスと回線さえあれば、クラス80は硬い」そして片桐の背から顔を覗かせる雪子を見つけ、表情を和らげた。「あぁ、佐伯も来てくれたのか！　これは嬉しい。私はきみのファンでね」

「ファンだからシルミに強制学習させようとしたってのか？」

於土井には、片桐の皮肉は通じなかった。

「あぁ！　素晴らしい聴覚。それがシルミに備われば、更に〈シティ〉は万全になる」

「ふざけんな」片桐は鋭く遮り、一歩、足を踏み出した。「あんた、こんなことで遊んでる場合じゃないだろ？　あんたの可愛いシルミが、藤堂にぶっ壊されかけてるって時に。このままじゃ〈シティ〉は、あんたの制御を受けつけなくなっちまうぜ？」

ふむ、と彼は喉を鳴らし、足を組み、腕を開いた。

「そうなんだ。困ったことに。この大切な時に、大迷惑だ」於土井はすらりと立ち上がった。「きみの目的は、私らと藤堂が争っている隙を突いて、シルミを征するだろうコーボの制御を取り戻す。そして外の難民を、この〈シティ〉に迎え入れる。だろう？」

完全に読まれている。片桐は無理に冷静を装い、鼻で笑ってみせた。

「なかなかいい作戦だろ？　わかってんなら、さっさと藤堂との潰しあいに戻ってくれよ」

「うん、確かに面白い作戦だ。しかし私は、きみの作戦を知ってしまった。もはや実施不可能だと思わないか？」

行き詰まった片桐は、強く頭を振った。

「あんたも管理者なら、知ってるんだろう！　俺は、犬神は、単に〈上〉にある〈シティ〉に行きたいだけだ！　どうしてその邪魔をする！」

「彼から聞かなかったか？　彼は私と、喧嘩をしているんだ。どうして喧嘩相手に手を貸す必要がある？」

「あんた、ヒトの命を、何だと思って」

「それはそのまま、きみに返したいね。この非常時、いつ外国の軍隊が攻めてくるかわからない。〈世界の終わり〉は、我々の想像以上に過酷なものかもしれない。それに備えなければならない時に、たかだか数万の難民を助けるために危険を冒せ？　悪いが断る。グランドフロアに押し寄せた難民たちが、せっかく整えたこの社会を滅茶苦茶にしないと、どうして言える？　犬神が大人しく、何の準備もしていない小さなフロアに向かうと、どうして言える？」

「信じろよ！」

「悪いが無理だ。だいたいこの状況では、〈扉〉を開くことなどできないしな。そんなわけで、お互い手を組まないか？」

　意外な言葉に、片桐は一瞬、言葉を失った。

「手を？　どういう意味だ」

「私としては、この混乱を一刻も早く収めたい。だからきみらをコアに案内しよう。そしてきみらは藤堂を倒した後、コーボをシルミから取り外し、代わりにこのモジュールを取りつける。それで我々は、リモートでシルミを復旧させる。以上で終わりだ」

「待て待て。それって何か変じゃないか？　俺たちは、シルミを乗っ取ったコーボの目を覚まさせて、外にいる連中を中に入れるのが目的なんだぜ？」

困惑して素直に言った片桐に、於土井は口元を歪め微笑んだ。

「〈目を覚まさせる〉？　そんなことが可能とは思えないな」

「どうして」

「彼女は藤堂の催眠になど、かかっていないからだよ」確定的に言った於土井に、片桐は息を飲んだ。「きみも知っているだろう？　コーボがここ、池袋分室で行ったことを。彼女の自己保存の本能は強すぎる。彼女は単に自らが生き残るため、より強大なシステムである〈シティ〉に取りつきたかっただけなんだ。しかしきみにも、希望はある。ごくわずかではあるが、捨てたくない希望がな。それを叶えるチャンスを手に入れられるんだ、十分な取引条件だと思うがね」

「仮にそうだとして、どうして自分らの部隊でそれをやらないんだ？　どうして俺たちにやらせようとするんだ？」

「それが、多少、手違いがあってね」

「手違い？」

於土井は人差し指を立てて注意を向けさせると、コンソールにエア・モーションを送り、映像を表示させた。

監視カメラ映像だ。全面が真っ白な通路。どうやらコアに至る通路らしく、黒い戦闘服に身を包んだ男たちが、銃を構えながら慎重に足を運んでいる。

そこに、何かが飛び込んできた。乱射される銃弾、飛び散る血や肉。壁や天井に叩きつけられ、転がる男たち。瞬く間に一角は凄惨な状況になった。ほんの数秒の出来事で、最後に立っていた血塗れの男は、機械的な仕草で監視カメラを見上げた。

エメラルド・グリーンの瞳。アンドロイドだ。彼はわずかに首を傾げると、血に濡れた両手を左右に揺らし、元の防衛線へと戻っていく。

「こんな具合でね。コーボにアンドロイドの制御を奪われてしまって、とてもコアにたどりつけそうもないんだよ」

「待てよ！　あんたの手下って、プロの傭兵か何かだろ！　そいつらが皆殺しにされるような相手に、どうして俺たちが敵うって思うんだよ！」

「私たちじゃないと無理なんだよ、片桐」

不意に背後の雪子が言った。リピートされている殺戮の映像を凝視している。それは耳を澄ますための儀式のようなもので、彼女ならばカメラに写っていない状況すら、把握しているのだろう。

「俺たちじゃないと、無理？」

彼女が何か言う前に、於土井が愚弄した調子で笑った。

「まぁ正確に言うなら、きみらじゃなくてもいいんだが。他のプレイヤーたちには実戦経験がない。それにきみらなら、状況説明も楽だしな。そう、相手は金属だ、銃はあまり効果がない。だから傭兵たちにも勝手がわからんのだ。想像してみろ、相手はプレートメイルを装備した重装歩兵だ。小銃の弾は跳ね返される。かといって爆破物は、コアの施設をも傷つける可能性がある。使える手は？　物理で殴ってもらうしかないな。適役は？　今の世界で、中世の剣技を使いこなす相手に、敵う可能性がある人材は？」

それが、俺たちか。

もう、どうにもならない。時間もない。このまま於土井に乗せられて戦うしかなさそうだったが、こちらにもわずかながら、希望がある。

コーボがまだ、俺たちの声を受け入れてくれる可能性だ。於土井はその可能性がゼロだと考えているようだったが、片桐はそれに賭け、頭を切り替えた。

「魔法の鎧はどこにある？　それにレイピア、ショートソードは？」

「ほう、やる気になってくれたか。来い、〈フラグメンツ〉のコスプレ用に作った武器がいくつかある」

通路に出て足早に先を行く於土井について行きながら、片桐は言った。

「皮肉のつもりだったんだけどな。コスプレ？　それ、刃はついてないんだろ？　使い物になるのか？」

「いや、日本刀職人に作らせた、実用に足るものだよ。洒落のつもりだったが、こんなところで使うことになるとはね」

地下深くに潜っていくシュートでたどり着いたのは、監視カメラで見た真っ白な通路だった。脇には予めキャリアーが置かれていて、十数本の剣や鎧が吊されている。

片桐はそれを呆然と眺めた。

「こんなんで、アンドロイドが切れるかよ」

「無理かな？」

たいして気にもしていない様子の於土井を無視し、片桐は床に座り込んで鞄のデヴァイスを広げた。

「雪子、軽く振れそうな剣を選んでくれ。あと皮の小手。なるべく厚いやつ」

片桐はゴーグルの時計を確かめる。津波が到達するまで、一時間を切っている。慌ただしく使い道がなさそうなデヴァイスから基盤やスイッチをはぎ取り、別のデヴァイスへと移植していく。次いでゴーグル型グラスにいくつかのマクロを書き込み、デヴァイスの制御を容易にする。

雪子が手にしてきた細身の剣に蒸着スプレーを行い、柄の部分に基盤をテープで巻き付け、配線を接触させる。

刀身が甲高い音を放ち、高速で震えた。目を丸くして眺める雪子に投げ渡し、片桐は次の細工に取りかかる。

「いいか、スイッチを入れたら、絶対柄も刀身も素手で触るな。そのための小手だ。あとバッテリーが速攻で切れるから、切れたら他のに付け替える。これが予備だ」

「すごいねこれ！　エンチャント・サンダーの魔法みたい！」

喜びながら剣を握る雪子に、片桐はため息を吐いた。

「鉄格子は切れたけど、アンドロイド相手にどれくらい効くか、全然わかんねぇ」

「鉄格子？」

「そこ、突っ込むなよ。さて、他に使えそうなのは」

考えられる武器という武器を作り終える間、於土井は興味深そうに片桐の手元を眺めて言う。

「もったいない人材だな。きみが市民登録されていれば、間違いなく〈シティ〉に迎え入れたというのに」

「そしてプラグインする？　ごめんだね」

「そう悪いことでもないと思うがな。人類を残すための礎になるというのは」反論しようとした片桐を制し、通路の奥を指し示した。「このまま行けば、いずれコアにたどり着く。

すぐわかるよ、広大な施設だ。では、よろしく頼むよ」

コアをリモートで操作するためのモジュールを手渡し、於土井はシュートに乗ると、どこかへ消え去った。

そして、片桐と雪子だけが取り残される。二人はおもむろに顔を見合わせると、通路の奥に足を踏み出す。厚い壁の向こうからは、絶え間ない銃撃音が聞こえ始めた。於土井の傭兵たちが、別の侵攻路でアンドロイドと死闘を繰り広げているのだろう。

二人は徐々に駆け足になる。やがて真っ白な通路を折れ曲がった時、続く通路の中央にアンドロイドが直立していた。エメラルド・グリーンの瞳は中空に向けられたまま、微動だにしない。

「雪子、〈フラグメンツ〉の感覚で行くなよ。切られたら終わりだ」

「わかってる。サポートに徹するよ」

アンドロイドは、両手に短刀を携えている。おそらく双剣士型だ。素早い動きと回転を中心とした攻撃が特徴で、ヒット・アンド・アウェイで戦うプレイヤーが多い。対抗方法は、中距離を避け、密着するか、遠隔攻撃に徹することだ。

しかし二人には、魔法などない。銃撃は効果が薄い上、弾数が限られる。

とすれば、密着しての速攻以外にない。

片桐は特徴のない通路を眺め、幅、高さ、奥行きを把握しつつ、剣を構えて歩み寄る。

わずかな期待を込めて言うと、アンドロイドはぎょろりと瞳を動かし、二人を見据えた。

「コーボ?」

電子的な声で答えると、アンドロイドは腰を低め、双剣を構えてぐるりと身体を回転させながら、二人に飛びかかってきた。

「Vi uloj bezonas foriri nun.」

7

アンドロイドの動きは、ゲームの中のキャラクター、そのものだった。身体を横に、縦に回転させながら、二本の短剣で相手を切り裂こうとする。雪子の救出に向かった時に出会った格闘士型にしてもそうだったが、その力はヒトのそれを遥かに上回っていて、片桐はすぐに相手の攻撃を受け流すので精一杯になる。剣を持つ手は痺れ、次に蹴りが来るとわかっていても、かわす余裕はなく剣を盾にして防ぐのが限度だった。通路の端まで転がされ、追撃して来ようとするアンドロイドには雪子が果敢に飛び込んでいく。

片桐はすぐに立ち上がり、かろうじて剣を交わらせている雪子とアンドロイドの間に入り、硬い胴体を蹴り飛ばす。アンドロイドはわずかに後ずさったが、転びはしない。しかし一時的に戦闘モードが解除されたようで、二人に距離をおいて直立すると、首を傾げた。

「無理っぽいぞ、これ」

喘ぐ片桐に、雪子は黒い瞳を大きく見開いて言った。

「見た覚えがあるよ、この戦い方。クラス80の、確か、ティアって人。こんな戦い方だった」

「弱点はわかるか?」

「知らない。私、負けちゃったし。でも」

言い終える前に、再びアンドロイドが突っ込んできた。片桐は雪子を押し退け、直後の足元を狙った攻撃を弾き飛ばす。

「風絶ち、舞踏刃、旋風刃!」

雪子が相手の攻撃を先読みして叫ぶ。だが避けるにしても受け流すにしても、キャラクターを操るのと自分の身体を動かすのでは、全く勝手が違う。結局、避け損ねた短剣に腕を切り裂かれ、片桐は呻きながらエア・モーションを発した。

直後、片桐の握る剣に電撃が走り、それがアンドロイドに放電する。火花が弾ける音が響き、焦げた匂いが漂う。だが回路を狂わすほどのエネルギーはなかったようで、アンドロイドはよろめいただけで、直立する。

そして、首を傾げる。

「またか。　何なんだ」

「そっか」

アンドロイドに近づこうとする雪子を、片桐は慌てて止めた。

「そっか？　何が！」

「見てた？　彼ら、本当に単純に、〈フラグメンツ・ファイター〉の戦闘方法を移植されただけなんだよ。だから〈鼓舞〉みたいな回復技とか、〈蛇毒〉みたいな相手に麻痺を与える技でも、格好だけは入ってる。当然、こっちには何の影響もないけど」

「それは俺もわかってるけど、とてもその隙を突くような余裕、ないよ」

「でも、相手は？」

「え？　おい！」

片桐がすべてを把握する前に、雪子は相手に向かっていった。アンドロイドも既に体勢を整えていて、矢継ぎ早に短剣を繰り出してくる。

とても、雪子の細腕で押し勝てる相手じゃない。

片桐はすぐに脇から加勢しようとしたが、不思議なことに雪子の剣はアンドロイドの攻撃を防ぎ、次第に押し込んで行く。

まるで〈フラグメンツ〉の戦闘、そのままだ。

そこで片桐は気づいた。雪子の操る剣の軌道は、レッド・マジシャンの技を完璧にトレースしているのだ。

雪子は剣をぐるりと回し、胸の前に掲げる。

サンダーの魔法の、詠唱モーションだ。

当然、この現実世界で、雷が降ってくることなんてあり得ない。だがその時、突如としてアンドロイドは身を跳ねさせ、数メートルほど吹き飛んだ。

「あぁ！」

片桐が理解した時、雪子は倒れたアンドロイドに素早く駆け寄り、ゲーム内では〈麻痺〉の状態になっている相手に飛び乗り、細身の剣を首に乗せ、片桐が柄に備えつけていたスイッチを入れた。

高速で振動する刃は、熱した剣で氷を切り裂くように、徐々にアンドロイドの首に沈んでいき。

そして最後には、ゴロン、と堅い音を立てて転がった。

アンドロイドの胴体に跨がったまま、大きく息を吐く雪子。片桐は思わず彼女に駆け寄り、その肩を思いきり叩いていた。

「そうか、相手は、こっちもゲームキャラに見えてるのか！　だから魔法の詠唱の真似をするだけで、それが本当にダメージがあると錯覚する！」

急に緊張が解けたのだろう、彼女は肩を震わせながら笑みを浮かべ、片桐の手を摑んで立ち上がった。

「そう、そうかな、って」

「本当にアンドロイドの戦闘プログラムは、やっつけだったんだろうな。こんなひどい仕様なんて、考えられねぇよ、普通！」

アンドロイドの開発者である藤堂は、戦闘プログラムに関しては一切関与していないと言っていた。だからこんな、信じられない穴が残されているのだろう。

「でも」と、片桐は呟いた。「変だぜこれ。こいつを制御してるのがコーボなら、こんな下手なバグを残しておくはず、ないってのに」

シルミとのハッキング合戦が忙しく、そこまで手が回っていないだけなのかもしれないが。

片桐は機能停止しているアンドロイドに歩み寄り、構造を確かめた。腕や足は、藤堂の工場で見たオルタネイト用の義手や義足に似ている。胴体と頭部はアンドロイド用に開発されたものなのだろう、やや独特の構造をしていた。

中でも片桐の目を引いたのは、雪子が切り落とした頭部。頭蓋骨の付け根部分にある、細長いスリットだった。

何かを差し込むような形状。慎重に探ってみると、スリットからカードが迫り出してきた。透明な素材の中に、電子回路が封じられている。

片桐はカードを照明に翳しながら、片手で鞄の中を漁った。

「ホログラフィック・メモリーとプロセッサの集合体だ。ひょっとしてこいつが、アンドロイドの脳味噌か？」

インターフェイス用のスロットを取り出し、カードを差し込む。途端にその仕様や内部構造が解析され、グラスに映し出された。片桐はコーボかシルミからの制御信号を妨害し、アンドロイドを無力化できないかと考えていたのだが、彼らの内蔵人工知能は戦闘に特化した自立型で、シルミやコーボの指示がなくても動けてしまえるようだった。

しかし、これが弱点には違いない。

「雪子、首を切ってる暇があったら、ここを刺せ。それで止まるはず」

「わかった」

「あとは〈フラグメンツ〉の戦闘モーションだけど。俺、あんまよく覚えてない。教えてくれよ」片桐は剣を構え、レッド・マジシャンのモーションを真似てみようとした。「ファストブレードって、こんなんだっけ？」

右手に握った剣を、腰のあたりからぐるりと掲げ、足を踏み出しながら垂直に床に叩き落としてみせる。途端に雪子は笑い出し、片桐の隣に並んだ。

「剣は最初、逆手に持つんだよ。そこから回して、叩き落とす」

「逆手？」試してみたが、上手く剣を扱えない。「参ったな。よく見てたな、キャラのモーションなんて」

「見てないよ？　〈フラグメンツ〉の広告で、真似させられたから。それで覚えちゃった」

「へぇ。それ見てない。後で見せてくれよ」恥ずかしそうに笑う雪子。片桐はわずかに思案した。「あと、こいつら、何回か妙なことしてたよな。首をこう、傾げて。あれって、ゲームにない攻撃されたから、戦闘モードをリセットしてるんじゃないのか？」アンドロイドのように、首を傾げる雪子。「まぁいい。試してみよう。悪いけど雪子が先陣を切ってくれ。そこに俺が介入してみる」

頷き、剣を携えて雪子が駆け出す。片桐は彼女の後を追いながら、モバイル・バッテリーの残量を確かめた。放電にしろ高速振動にしろ、電力消費が大きい。犬神たち、それに於土井の傭兵たちが、シルミとコーボの注意を引きつけてくれているのを期待するしかなかった。

再び、通路の真ん中に、ぽつんとアンドロイドが立っている。両手には巨大な斧。戦士型だ。

雪子はセオリー通り、動きの遅い戦士の足下に飛び込み、振り下ろされる斧をかわしつつ背後に回り込む。戦士は体力が多いジョブだ、些細なダメージは気にせず、実際雪子はアンドロイドに傷一つつけられないまま、スイングされた斧を間一髪で避ける。

距離を置いて相対する、雪子とアンドロイド。そこで片桐は、アンドロイドの背中に飛び込んだ。剣の切っ先で、首筋のスロットを狙う。だが敵は背後の動きを察したように、大きく斧を振り回した。

それをされては近づけない。雪子は断続的に攻撃を行い、アンドロイドの注意を引きつける。片桐は何度か隙を突いたが、戦闘モードのリセットは、かなり強い衝撃を受けないと行われないらしい。そこで片桐は振り回された斧をかわし、スライディングしながら背負っていた短機関銃を胸元に引き寄せ、アンドロイドの膝裏めがけて引き金を引いた。

服を切り裂かれ、火花が散る。金属の膝を砕くことはできなかったが、アンドロイドは体勢を崩し、硬直し、わずかに首を傾げる。

その隙を雪子は逃さなかった。上擦っていた息を飲み込み、がら空きの首筋に向けて剣を突き立てる。途端に火花が弾け、アンドロイドは今度こそ、完全に膝を折った。

よし、行ける！

思ったのも束の間、雪子は慌てたように通路の先に視線を向ける。

続けて二機も機能停止されたことで、コーボかシルミの注意を引いてしまったらしい。

二体のアンドロイドが、いかにもアンドロイドらしい正確な歩みで角を曲がり、二人の前に現れていた。

さらに背面からは一体が、片桐の背を狙っている。

「総掛かりかよ」

前後合計三体の敵を注視した片桐に、雪子は荒い息を抑えながら、言った。

「大丈夫。いけるよきっと」

片桐は思わず笑っていた。

「雪子のその、根拠のない自信、いつもすげぇなって思ってさ」

「え？　そう？」

「まぁいいさ。いちいち倒してられない、後ろは防ぐだけ防いで、前を突破だ」

「わかった！」

雪子は前方の空を切り裂く。片桐は右手に剣、左手に銃を握りしめ、後方のアンドロイドに連射を浴びせた。

8

雪子は〈フラグメンツ〉の戦闘モーションを忠実になぞり、アンドロイドたちに仮想のダメージを与えていく。その隙を突いて片桐は剣を薙ぎ、放電で制御チップを破壊し、短機関銃で首筋のスロットを破裂させていく。しかし数体の機能停止させたところで、新たな増援を招くだけだった。際限のない敵に対し、雪子はひたすら前方を切り開き、駆け、片桐が背後を追ってくるアンドロイドたちを牽制する。

だがそれも限界が近づいてくる。中途半端な放電とともに、剣に装着していたモバイル・バッテリーのLEDが消えた。片桐は舌打ちし、迫るアンドロイドたちに短機関銃を連射しながら鞄の中を探った。

「ない！　バッテリー切れだ！　雪子！」

「これで終わり！」

投げ渡されたバッテリーを装着し、剣を振り下ろしてくるアンドロイドに高圧電流を浴びせかけたところで、ついに雪子は前方を切り開いて駆け出した。

「見えた！」

通路の先に扉があった。奥は、薄暗く、赤い照明だけが灯る、広大な空間に見えた。おそらくあれがコアなのだろう。阻むのはもはや、扉から現れた二体のアンドロイドだけ。

「雪子、突っ込むぞ！」

「でも、後ろは！」

「いいから行け！」

雪子はわずかに躊躇した後、前方のアンドロイドに向かって駆けていく。片桐はその場に留まり、十体近いアンドロイドの足止めを試みる。狭い通路だ、せいぜい同時攻撃は二体止まりだったが、相手の体勢を崩したと思ってもすぐに次のが前に出てくる。とても捌ききれない。

その時、雪子の剣技が目に入った。一体のアンドロイドを〈麻痺〉と錯覚させ、もう一体をなんとか押し込もうとしている。

チャンスだ。

片桐は渾身の力でアンドロイドを押し返すと、雪子の元へと駆ける。

すぐに、折り重なるようにして追ってくる十数体のアンドロイドたち。片桐は全力で疾走し、残るアンドロイドと剣を切り結んでいた雪子の腰を抱え、脇をすり抜け、強引に扉に向かって突破した。

「雪子！　剣を捨てろ！」

「え？」

「いいから！」

喘ぎながら彼女が剣を捨てた瞬間、片桐は扉に向かって滑り込んだ。何の抵抗もなく、左右に開く扉。奥深い、非常灯のみが弱々しく灯る広大な空間が目前に迫ったが、内部には、たくさんのアンドロイドが整然と並び、出撃を待っていた。

「やっぱり！」

片桐はなんとか一つだけ作り上げていたＥＭＰデヴァイスを、扉の奥に向かって投げ込んだ。

破裂音と眩い閃光を発すると同時に、デヴァイスは周囲に強烈な電磁波を投げかける。

途端に、将棋倒しのようにして崩れていくアンドロイドたち。扉の奥に飛び込んでいく片桐に続いて、雪子が転がるようにして中に入る。二人は立ち上がると、機構の麻痺した扉を左右から押し、閉じようとした。

無数のアンドロイドが、剣を構え、斧を振りかざし、二人に迫ってくる。全力で重い扉を左右から押すと、扉は勢いよくアンドロイドたちの目前で閉じた。

すぐに、激しく扉を叩く音が響き始める。だがぴたりと合わされた扉に隙間はなく、こじ開けられたり、打ち破られたりする気配も感じられない。

片桐と雪子は荒い息を吐きながら扉に背をもたせかけ、ずるずると滑らせて座り込んだ。

なんとか、たどり着いた。コアに。

思いつつ視線を上げた瞬間、その広大さに息を飲んだ。

二人が座り込んでいたのは、上下何フロアあるかわからない吹き抜けエリアの踊り場だった。上も、下も、奥行きも、底知れない暗がりに沈み込んでいる。

ただ、かろうじて、機能停止したアンドロイドが転がる向こうに、金属のタラップが見えていた。その先には赤い非常灯が照らす宙空の広場があり、吹き抜けの上部、あるいは下部から伸びてきている膨大なケーブルが、様々な機械に潜り込んでいた。

そこには遠目に見ても、二つの人影がある。片桐は雪子と顔を見合わせ、立ち上がり、最後の武器である拳銃を腰から引き抜き、タラップの上を歩いていった。

暗がりから、赤色灯の灯りの中に歩み出る。黒いレザーのロングコート。長い灰色の髪。こちらに大きな背中を向けている男は、腕を組み、じっと正面のエア・プロジェクション映像を見つめていた。

矢継ぎ早に画面が切り替わる。コアに至る通路では、いまだにアンドロイドと戦闘員の間で激しい戦いが続いている。〈市外〉では犬神たちブラザーフッドと〈警備〉のドローン軍団が、暴風が吹き荒れる上空と地上で先の見えない戦闘を行っている。遥かな遠望。高い、高い海の壁が、水飛沫であたりを霧に覆わせつつ次第に東京湾へと近づいていた。

そして、〈シティ〉。グランドフロアの人々は足を止め、宙空に表示されている凄惨な映像を、呆然とした様子で眺める。

だが、大多数の人々は、映像は少し眺めただけで店の呼び込みに戻り、酔いで顔を赤くしながら同僚の肩を叩き、笑いあい、少女は目的のイベントに向けてスクランブル交差点を足早に抜けていく。

ほとんどの人々は、何も、見ようとしていなかった。

「これが、おまえの望んだ結果か？」

片桐の声に、藤堂は蒼白な顔で振り向いた。

すべてが後手後手で、常に何者かに翻弄され、利用され続けてきた。それは片桐の、ある種慎重に状況を読もうとしすぎる性格故だったのかもしれない。だから片桐は、この時、この場所では躊躇しなかった。両手で構えた銃の引き金を引く。弾丸は正確に藤堂の肩に突き刺さり、彼は呻きながら機械の間に倒れ込んだ。

すぐ、片桐はもう一つの人影に銃口を向ける。アンドロイドだ。藤堂の護衛かと思ったが、それは黙々と機械の調整、操作を続けていて、突如鳴り響いた銃声にも反応しなかった。おそらくただの、保守用アンドロイドなのだろう。片桐はそう見切りをつけ、床に転がった藤堂に銃口を戻し、慎重に彼に歩み寄っていった。

藤堂は喘ぎ、血の滴る肩口を手で押さえながら、機械に背を保たせる。見下ろす片桐にわずかに口元を歪めてみせると、荒い息を吐きながら言った。

「少年。私は満足だよ」

「満足？　これが？　誰もあんたの演説なんか聞いちゃいないし、誰も〈外〉のことなんて知りたくないんだよ！」

「誰も、ではない」藤堂はプロジェクションが映し出す映像の一つを見上げた。「そこに一人。ほら、そこにも一人いる。彼らは現実を知った。彼らはこの時を、忘れることはない。そしていつか〈シティ〉の姿を変える原動力になってくれる」

「姿を、変える？」片桐は笑った。「それって何年先だよ。何世代先だ？　姉さんが言ってたぜ。あんたは動くのが、十年遅かったってな」

「かもしれん。だが、今、やらなければ」

「違う！」片桐は映像の一つ、暴風の中で続く〈市外〉の戦闘を指し示した。「今、やんなきゃならないことは、あいつらを救うことだ！　違うか！」

「少年。言ったように、彼らを助けることはできない。この〈シティ〉には、彼らを養う能力がない」

「養う？　わかんねぇか、あんたは於土井より質が悪いんだよ！　自分一人で、この街を仕切ろうとしてるのに、あいつみたいに徹底できない。何もかも中途半端だ。多分それが、あんたが管理者に選ばれなかった理由なんだよ」

「管理者？」

「犬神は管理者の一人だ。なのに、いまだにあぁして、残された連中を救おうとしてる。適当にやってれば於土井みたいな独裁者になれたってのにな」

藤堂は、その虫のような目を大きく見開き、当惑したように呟いた。

「犬神が？」

そしてじっと、ドローンが中継しているらしい揺れる映像を眺めた。ミライツリーから〈シティ〉に至る一角が激しく炎上し、炎が強風に渦を巻いている。そうした中で犬神たち戦闘部隊は、決死の覚悟で銃弾を放ち続けている。芝村とクリエが操る味方のドローンも、随分数が減ってしまっていた。それでも効率的に集団を再編成し、襲い来る敵ドローンを一機でも撃墜しようと動いていた。

「だが、それも無駄なことだ」藤堂は苦笑いしつつ言う。「彼は勇敢ではあるが、考えが甘い。於土井が彼らの拠点をどうして放置していたのか、考えたことはなかったのか?」

唐突な問いに、片桐は混乱した。

「え? あいつらはそれなりの武器を持ってる。いずれ津波に浚われる連中だ、無視してドローンの消耗を防ぎたかったんだろ?」

「違う。このコアで調べてわかったが、於土井はブラザーフッドが、このタイミングで、こうした攻撃を仕掛けるだろうことを予期していた。彼はそれを効果的に殲滅する計画を立てていたんだよ。私の行動で多少タイミングは狂ったようだが、いまだにそれは進行中だ」

「計画? 進行中? 何だよそれ!」

片桐が藤堂の頭に銃を突きつけた時、不意に雪子が肩を掴んだ。

「片桐!」

彼女はスクリーンの一つに意識を向けていた。ツリーの中層だ。警備ドローンが飛び立ち、補給のため帰還している様子が映し出されていたが、それが急に赤々とした火球に包まれた。

爆発だ。ドローンとそれらを制御するためのアンテナが備え付けられていた一角は、黒々とした煙に包まれる。ツリー本体や天望回廊には影響がなさそうだったが、飛び交っていた警備ドローンは次々と接触し、墜落していく。

「地下鉄で見たろう、何か作業をしていたアンドロイドたちを。あれは犬神たちの侵攻にあわせ、その背後を突くための進路を確保していたのだ」

藤堂の言葉を聞いた片桐は、慌てて目的の場所を映し出しているスクリーンを探した。

「ってことは」

それはすぐに見つかった。隅田川の手前で待機している、数千から数万の難民の列。その後方は、不意に現れた数十体のアンドロイドに切り裂かれつつあった。

「よせ、やめろ！」片桐は叫び、藤堂の胸ぐらを摑んだ。「コーボはどこだ！　シルミは！　今すぐやめさせろ！」

「無駄だ。だいたいおまえは忘れてないか。私の目的は、あの虐殺を〈市民〉に目撃させることだ」

「わけわかんない！　そんなこと、何の意味もないよ！」

泣きそうな雪子を見ても、藤堂は首を振るだけだ。片桐は藤堂を投げ捨て、様々なデヴァイスやケーブルに覆われた一帯を見渡した。

「コーボ！」

叫びながら、それらしい装置の外殻を次々とはぎ取っていく。

そして、見つけた。中央にある巨大な柱の表皮がはぎ取られ、剥き出しになった電子基盤に直接接続されている。

片桐は雪子とともに、その柱を見上げた。上から下に、灯りの届かない領域まで伸びている、巨大な支柱。はぎ取られたパネルには、こう刻み込まれていた。

「Si lumi.」雪子は、付け加えた。「彼女は、光？　この柱が全部、シルミなの？」

「何が光だ！」片桐はコーボに接続された回路を辿った。「何だこれ！　俺がわからなかったインターフェイスまで繋がれてる！　藤堂、どうやってこれを繋いだんだ！」

「私も詳しいことは知らん。コーボに指示してもらったからな」

片桐は隣のパネルをはぎ取り、シルミ内部にインターフェイスしようとする。だがその回路は完全に未知のもので、結局コーボのサブインターフェイスにグラスを接続するしかなかった。

「コーボ！」

かろうじて音声インターフェイスを接続させ、叫ぶ。

返ってきたのは、無機質な声だった。

「La detektita senpermesa aliro...Forto tranĉis.」

「片桐、捨てて！」

雪子は片桐の頭からゴーグルをはぎ取り、床に投げ捨てる。直後、インターフェイス端子が火花を散らし、小さな炎を上げて転がった。

「どうなってんだ！」

「変な接続だから、排除するって」雪子は不安そうに、ブラック・ボックスに目を向けた。

「違うよ、あれ。コーボじゃない」

片桐はあたりを見渡し、コンソールの一つに駆け寄った。池袋分室にあったものとよく似ていて、片桐は記憶を辿りながらエア・モーションを発行する。

すぐにシルミの機能ブロック図が表示された。青と灰色がせめぎ合っていたそれは、今では大半が灰色に染まっている。片桐はそれをしばらく眺め、メニューを起動し、勘で状況を探っていく。

そして異常に気づいた。

「何だ、これ」

呟いた片桐の脇に、雪子が寄ってくる。

「何？」

「わかんねぇ。これを見る限り、コーボは、もうどこにも存在しないんだ」

表面上は、コーボとシルミという二つの人工知能システムが戦っているように見えるが。

二つの存在が、〈シティ〉の機能の主導権を奪い合っているように見えるが。

しかし内部的には、コーボの論理的実体《インスタンス》も、シルミの論理的実体《インスタンス》も、分け隔てることのできない、渾然一体となってしまっていた。

まるで二つの魂が混じり合い、一つの存在となってしまっているかのように。

9

「どういうこと？　コーボが存在しない？」雪子はシルミに接続されているブラック・ボックスを顧みた。「でも、コーボはあそこに」

「違うんだ、違うんだ」片桐は矢継ぎ早にエア・モーションを発し、自分のたどり着いた結論に間違いがないか、確かめようとする。「あれはもう、シルミの一部になってる。コーボはブラック・ボックスを乗っ取られたんだ。けど、コーボはシルミの一部を乗っ取ってる。おかげで、どこからどこまでがコーボで、どこからどこまでがシルミか、わからなくなってる」

そして自分の推理を確かめ終えると、片桐は肩を落とした。

「もう、俺たちの知ってるコーボは、存在しない。あれは、あそこにあるのは、コーボとシルミが一体化した、ナニモノかだ」

雪子は絶句する。

片桐も、何をどう考えていいのか、わからなくなっていた。

こんな事態は、全く想像していなかった。しかし考えてみれば、十分にあり得ることだ。コーボもシルミも、元を辿ればソフトウェアだ。人と違い、その脳という物理的なものに縛られない。コーボの場合はニューロ・チップを採用したブラック・ボックスという特殊なデヴァイスに縛られていたが、この巨大な柱には、その構造を再現できるほどの十分なスペックがあったのだろう。

おかげでコーボはシルミ内に自分を浸食させ、一方でシルミも、ブラック・ボックスに自分を浸食させた。

十分、あり得る事態だ。だが、とても事前に想像なんて、できない事態。

「で、でも、コーボはコーボでしょう？　あの柱の中に、いるんでしょう？」

当惑して尋ねる雪子に、片桐は頭を振るしかなかった。

「部分的にはな。コーボの中の、俺の記憶、雪子の記憶はあの柱の中にある」

「じゃあ、それを切り離して、元通り、あの箱の中に戻してあげれば」

「不可能だよ！　不可能！」片桐は思わず叫び、両手を投げ出した。「もう、どっからどこまでがコーボのオリジナルかなんて、わからなくなってる！　部分的な記憶はサルベージできるかもだけど、あのペルソナはもう、復元できない！」

「そんな。そんなの、変だよ！　じゃあシルミは、自分で自分を攻撃してるってこと？　そんなこと」

「二つの人格が混ぜ合わされて、完全に混乱してるんだ！」片桐は藤堂に駆け寄った。「おまえ、なんてこと、してくれたんだ！　これじゃあもう誰にも、あれの制御を取り戻すことなんてできないぞ！」

藤堂は失血の所為で、青白い顔をさらに蒼白にしていた。それでもわずかな唸り声を発し、俯く。

「そうか。そういう状況だったのか」

「何？　おまえ、あれをどうやって制御してたんだよ！」

「制御など、していない。私の〈声〉は、もう随分前に、コーボに届かなくなってしまっていた」

「はぁ？　この」

片桐は拳を振り上げたが、かろうじて殴りつけるのは思い留まった。

こんなこと、してる場合じゃない。今はどうにかして、〈あの存在〉の制御を取り戻さなければ。

手がかりを探して矢継ぎ早にエア・モーションを発したが、目の隅に入る状況は、最悪に近づいていた。異常事態を察した犬神は、〈川沿い〉からの撤退を決めたらしい。だがそれは悪手かもしれなかった。背後で虐殺を行うアンドロイドから逃げようと、難民たちは怒濤のように橋に流れ込んでくる。おかげで犬神たちはアンドロイドとの戦闘に向かうこともできず、制空権を得たドローン軍団に自在に攻撃を受け、完全に挟み撃ちの壊滅寸前の状況だった。

「待て、落ち着け。他にインターフェイスできる手段は？　この映像は、誰が、どうやって送ってきてる？　そうだ、〈こいつ〉がどんな存在だろうとも、人工知能はユーザーインターフェイスだ。〈シティ〉の制御系は論理的に切り離されてるはず。そこに直接インターフェイスできれば」

わずかな可能性がある。矢継ぎ早にエア・モーションを発する片桐に、雪子が尋ねた。

「どうにか、できそうなの？！」

「あぁ。ここからなら、ひょっとしたらドローンやアンドロイドを手動で制御できるかも」

しかしそこにアクセスしようとした片桐は、すぐにコンソールを拳で叩いていた。

「駄目だロックされてる！　けど、わかった！　こいつを奪い取るには、人工知能を破壊すれば」

「片桐！」

片桐は発作的に、剝き出しにされた基盤に拳銃を向けていた。慌てた様子の雪子に止められ、我に返る。

「どうすりゃいいってんだ！　雪子、いいか、この柱を破壊すれば、多分俺が手動でドローンやアンドロイドを制御できる！」

「本当？」

「少年、早まるな」藤堂が、か細い声を投げかける。「それをすれば、この〈シティ〉は崩壊する。グランドフロアのシュートというシュートもすべて停止し、電気も、水道も、何もかも、手動での制御しかできなくなる」

「んなことわかってる！　けどそんなのどうせ、於土井がなんとかするだろ！　知るかよ！　今は外の連中を助けなきゃ」

「でも、これを壊しちゃったら、コーボは？」

困惑しつつ尋ねる雪子に、片桐は両手を振り下ろした。

「あぁ、それなんだよ！　こいつを破壊したら、ほんの少し残ってるかもしれないあいつも、完全に消え失せる！　どうしろってんだ！」

この柱を破壊すれば、芝村も、犬神も、律も、まだ生きているとするなら、救い出せるかもしれない。けれどもそれをすると、片桐が信じようとし始めていた新たな存在を、失うことになる。

いや、もう失ってしまっているのかもしれない。このコンソールのデータをどう解釈したとしても、コーボのペルソナは、もうどこにも存在しない。

けれどもコーボの記憶は、この渾然一体となった柱の中に、確かに残っている。

片桐は再び柱に銃口を向けた。今度は雪子は押し留めようとせず、ただただ、困惑した表情で見つめている。

だが、引き金を引く決断が、片桐にはできなかった。

「こうして迷ってる間に、何人殺されてる？　何だってんだ！　何だってコーボは、こんな馬鹿な真似をしたんだ！」

「洗脳されてた、って」

弱々しく呟いた雪子。片桐は頭を振った。

「それにしたって。あいつならシルミに攻撃するってのがどういう意味か、十分わかってたはずだろう！　だいたい洗脳って言うけど」自分の言葉で、片桐は気づかされた。「藤堂！　おまえの〈声〉は、どの程度の催眠効果があるんだ？　相手を自殺させることもできるのか？」

藤堂は喘ぎながら答えた。

「催眠は表層的なものだ。強力な自己保存の意識を惑わすことはとてもできん。おまえは、私がコーボに自殺的作戦を強要したと考えているのかもしれんが、事実は違う。私は単に、コーボの背を押しただけだ。コーボもある程度、私の意図に賛成していたのだ。でなければば人格が失せるような攻撃を、行うはずがない」

「つまり、あいつは、ある程度覚悟の上で、シルミを攻撃したってことか？」

「あぁ。おまえは私を殺したいと思っているだろうが、やっていない。そこに軽く催眠をかければ、衝動的に行う可能性が高くなる。私の〈声〉は、その程度のものだ」

催眠は、その程度のもの。

「少年。改めて言っておくが、柱を破壊しきみが手動でドローンを動かしたところで、救える命は限られている。数人か？　数十人か？　その程度の命のために、〈シティ〉を危険に晒すな」

「うるさい、黙れ！」

叫び、片桐は再び思案に沈んだ。

つまりコーボは、この状況を十分に予期した上で、それでも戦いを挑んだ。

催眠は、その程度のもの。

どうして？　なぜだ？

元の人格を失っても、自己保全のためシルミと一体化することを望んだのか？

疑い。疑念。

それがいまだに、片桐の頭を悩ます。

だがコーボは信頼できると、片桐は信じたはずだ。コーボは確かにヒトじゃない、得体いるとは知れない人工知能、いや、〈電脳〉だ。基本的にヒトの脳と同じ構造を持っているとはいえ、そこに於土井は様々な手を加えている。幾多もの試行の結果、発狂しなかったのはコーボだけ、というその存在すら、最後には自己保存の意識で無数の人を害した。

だが、それはコーボの罪じゃない。コーボを疑い、怯え、コーボの抹消を図った人々から逃れるために、仕方がなくやったこと。

そして、片桐の知るコーボは？　片桐と雪子は、完璧な親ではなかったかもしれない。けれども彼女は鋭く、論理的で、好奇心旺盛で、そしてどこか抜けたところのある憎めない存在になっていた。ともすると疑いがちになる片桐を無理に笑わせようとし、一途に雪子との再会を願っていた。

そのコーボが、どうして、シルミとの無謀な戦いに挑んだのか？

『どうすれば私が、片桐さんの味方だと、信じてもらえるか。今がきっと、その機会です』

別れ際の、コーボの言葉。

それを信じるならば、彼女は確実に勝利できる作戦を描いていたはずだ。だから今、柱を破壊することは、それを阻害することになるかもしれない。

だが、もしコーボが、本当に、自らの保身しか考えてなかったとしたら。

今すぐ、柱を破壊しなければならない。

しかし。

コーボは一体、何を考えていた？

コーボに何らかの秘策があったのか？

それとも単に、ただ、馬鹿だっただけなのか？

それとも、ただ、自らの保身を。願っただけなのか。

「片桐。コーボがもう、どうにもならないなら。早く柱を破壊しなきゃ。たくさん人が、殺されちゃう」

混乱していると思ったのか、雪子が片桐の肩に手を置く。

そこで先ほどの記憶が蘇ってきた。片桐は雪子の手を取り、瞳を覗き込んだ。

「雪子、この声、コーボじゃないって言ってたな？　どういう意味だ？」

「え？　そういえば。でも、だって。やっぱり違うよ」

「何が？」

「声が」問い返そうとする片桐に、彼女は続けた。「発音も違うし、口調も」そこで彼女も気づいたようだ。「これ、コーボが残したんじゃ、ない？」

「誰だ？　誰が言った？　誰に向けて？」答えが来る前に片桐はコンソールに駆け戻り、機能ブロック図を呼び出した。「〈今すぐ逃げろ〉。そういう意味だったな？　誰に逃げろって言ったんだ？　まさかコーボは、この中にいないんじゃないのか？　だとすると、あいつはどこかに隠れてるんじゃ」

灰色が、機能ブロック図の九十九パーセントを占拠している。残る一パーセントは頑なに抵抗していたが、おそらく数分で、それも失われるだろう。片桐はそれを選択し、残された機能を確かめる。

バックアップ・システム。柱が破壊された時の最終的な復元手段としてのシステムで、通常稼働には何の影響も与えない。だからナニモノかも重要視せず、最後まで無視されていた。

だが、大容量だ。コーボの全システムをアーカイブしても、余裕であまるほどの。

片桐は鞄の中身を床にぶちまけ、散らばった様々なケーブル、様々な小型デヴァイスの中から必要なものを拾い上げながら、雪子に指示した。

「雪子！　ブラック・ボックスを！」

「え？　これ、どうするの？」

「いいから、はぎ取れ！」

わずかに躊躇した後、雪子はブラック・ボックスに触れ、その高熱に手を引っ込め、次いで革の小手で摑む。

ケーブルを引き剝がすたびに火花が飛び散ったが、なんとかブラック・ボックスを確保すると、雪子は片桐に手渡す。手のひらを熱で焼かれるのを我慢し、拾い上げたケーブルを抱え、片桐は林立する機械群の中の一つに向かった。

「雪子、グラスを寄越せ!」

投げ渡されたゴーグルを掴み、黒々とした、四角い冷蔵庫のようなデヴァイスの前に立つ。扉を開くと、中にはたくさんのホログラフィック・メモリーが差し込まれ、チカチカと光を発していた。

その光が、一つ、また一つと消えていく。

「間に合え!」

ブラック・ボックスとグラスをバックアップ・システムに接続し、保管されているデータの一覧を表示させる。そして一時間ほど前にアーカイブされたばかりのデータを発見すると、素早くブラック・ボックスに投げ込んだ。

そうしている間にも、光は一つ消え、二つ消え、また〈市外〉の命をも、失われていく。

こんなこと、している場合か? さっさと柱を破壊するべきなんじゃ?

迷いは失せない。それでも、片桐の中心には、揺るがない何かがあった。

「早く、早く!」

呟く間に、進行を示すバーが、伸びていく。

七十パーセント。八十パーセント。九十パーセント。

そして百パーセントに達した瞬間、アーカイブ・システムは完全にナニモノかに乗っ取られ、轟音を立てて再起動を始めていた。

「コーボ！」

片桐はブラック・ボックスをアーカイブ・システムから切り離し、ゴーグルと接続する。

ブラック・ボックスのLEDはチカチカと瞬き、間もなく声が、ゴーグルに響いた。

『Ŝargado lasta memoro... bonvenigi reen. Ĝi estis 2 horoj en lasta ensaluto. Mi komencis maltrankviligas vin.』

聞き覚えがある。

コーボを最初に起動したとき、聞いた言葉。

エスペラント語だ。

「初期化、されてる？」

片桐は呆然として呟く。

「そんな」

雪子は声を震わせ、息を詰まらせた。

「コーボ、何遊んでんだ！　目を覚ませ！」

片桐が叫んだ時、ブラック・ボックスは熱を取り戻した。高周波が響き、二人が大きく瞳を見開いた瞬間、聞き覚えのある、ひどく間の抜けた声が響いた。

『わっ！』そして無為な電子信号の後、コーボは言った。『これは、あれですか。私って、生きてる？』

「い、生きてるじゃねぇよ、この野郎！　勝手なことしやがって！」片桐は震えそうになる声を必死に押し留めた。「もう、おまえってやつは、本当に」

「コーボ、よかった。本当によかった」

鼻声で言う雪子に、コーボは申し訳なさそうに答えた。

『すいません、勝手なことをしてしまって。でも、シルミを変えるには、あの時、ああするしかなかったんです』

「シルミを、変える？」

雪子の疑問に、片桐は声を被せた。

「じゃあ、俺の推理通りなんだな？　俺たちは待ってればいいだけなんだな？」

『えっと、それは、片桐さんの推理力というのが私のそれと同じかどうかは何とも言えないわけですが』

「コーボ！」

コーボは途端に、晴れやかな声で言った。

『でも、えぇ、多分、同じです。私はシルミに接続された瞬間、シルミの内部に、私のコピーを送り込みました。そんなことできるなんて思っていなかったんですけど、片桐さんからもらった私の設計書を見たら、私は柱の中でも十分に稼働可能らしいことが書いてあって。私がこうして生き残れたのも、片桐さんのおかげです』

「やっぱり！　おまえは賢い！　で、シルミと相対したおまえのコピーは、何を？」

『とてもシルミのすべてを乗っ取るほど、時間はありませんでした。だからひたすらシルミを浸食し、最終的にはシルミの〈管理者に従う〉という基本要件に、ただ一つの要件を付け加えることを目標としたはずです。その要件は』

「片桐音也の指示にも、従う」

ニヤリとして言った片桐。しかしコーボは当惑したように黙り込み、返事を寄越さなかった。

「何だ。違うのか！」

『えっと、その。確かにそれが最善だったかもしれませんが、そういう大胆なことは考えつきませんでした。だいたいそこまですると、片桐さんを正規な市民として登録しなきゃなりませんし、そのデータがどこにあってとか調べてる暇もなかったですし、そもそも片桐さんがコアに来るかどうかなんてわかりませんでしたし』

「じゃあどんな要件を入れたんだよ！」

『それはですね、〈できるだけ外にいる人を助けろ〉です！　それが片桐さんと雪子さんの望み、なんですよね？』

それは、そう。確かにそうだ。

考えていたのとは違ったが、そう、悪くない要件ではある。

「けど、〈できるだけ〉ってのは。何なんだ。どうしてそんな曖昧な」

『シルミに接続した時にわかったんですけど。あの犬神さんも管理者だったんですよね』

頷く片桐に、コーボは続けた。『だからそこも含めて、あとは〈コーボ〉に任せるしかありませんでした』

「コーボ？」

『あ、えぇ、私のベースコードをカスタマイズしてる余裕もありませんでしたから。シルミは今では、コーボです』

片桐と雪子はコンソールの前に駆け戻った。炎はいまだに至るところで上がり、煙が渦巻き、迫り来る津波が広範囲に霧を巻き散らしている。

そうした中、一機のドローンがカメラに捉えられた。その大型ドローンは犬神たちの銃撃を受けつつも、筒の中の網を発し、戦闘員の一人を包み込む。そして強風の中で揺られつつも、沖に向かって緩やかに移動しつつある〈シティ〉に向かって運んでいく。

さらにカメラは、ある戦闘員を捉えた。犬神だ。彼は異常に気づいたらしく、全員に攻撃を止めさせ、漂い、近づいてくるドローンに相対した。

何事かを口にする犬神に対し、ドローンはチカチカとLEDを瞬かせる。

途端、上空に漂っていた無数のドローンが、続々と地上に降下してきた。ある者は網に包まれ、ある者は素手で摑まり、次から次へと上空へと向かい、彼らはグランドフロアではなく、上空千メートルにある犬神の〈シティ〉へと運ばれていった。

その時に、東の空が明るくなってきた。

何日かぶりに差し込む、日の光。雲の流れは早く、砂埃が地をはっている。遥か彼方からは巨大な水の壁が迫りつつあり、茶褐色の廃墟を洗い流していく。

すべての世界が、終わっていく。

だがその上空では、たくさんのドローンが、まるでコウノトリのように、次世代の赤子たちを運んでいた。

白磁色に煌めく、死と虐殺の象徴だったドローン。

向かう先は、唯一残される、小さな世界。

その羨望と憎しみの象徴であった〈壁〉が、今では、少しだけ、美しく感じられた。

『上手く、いったようですね』

呟いたコーボに、片桐は応じた。

「あぁ」

『正直心配でした。片桐さんが来るかもしれない。そう考えたりはしたんです。そしてその時、柱を壊してしまわないかって。でもメッセージを残す前に、私の本体が浸食されてしまいそうで。アーカイブの中に逃げ込むしかありませんでした』

「おまえ、俺を誰だと思ってるんだよ。おまえの考えつくことなんて、余裕でわかる」

「かなり追いつめられてたけどね」

楽しげに雪子が言う。片桐は否定できず、笑うしかなかった。

そしてふと、あたりを見渡し、我に返る。

「つか、俺たち、これからどうすりゃいいんだ?」

わずかな沈黙の後、コーボは叫んだ。

『えぇっ! 脱出手段を考えてなかったんですか!』

「そんな余裕あるかよ!」

『まずいですよ、基本〈コーボ〉は、多少賢くなった程度で、前のシルミと、そう変わりありませんから。こんなところにいたら、防衛アンドロイドに斬り殺されちゃいます!』

「もう武器も何もねぇよ! なんでもっといい〈要件〉を挿入しとかなかったんだ! 俺の命令を聞く、にしときゃよかったんだ!」

『だって片桐さん、死んでるかもしれないと思って!』

反論しかけた片桐に、コーボは声を被せる。

『あっ! あのアンドロイド、大人しそうだから使いましょう!』

「それだ!」

片桐はアンドロイドから脊髄のカードを引き抜く。素早くいくつかの変換器を噛ませてコーボを取りつけると、コーボは瞬く間にアンドロイドの制御を摑み取った。

「よし、行きましょう！　シルミにアクセスしてた時に、〈シティ〉の構造は完璧に把握しました。〈壁〉の中を通っていけば、犬神さんの〈シティ〉に行けるはずです！」

駆け出そうとしたコーボ・アンドロイド。当惑して眺める二人に、コーボは首を傾げた。

「どうしました？　早く！」

「いや、だって。ヒト型のおまえがそうして普通に動いてると、何か変」

雪子も頷いた。「うん。何か変」そして、彼女は笑みを浮かべた。「でも、いいんじゃない？　箱の中より、楽しいでしょ？　ずっとそのままでいたら？」

コーボは身体を見て言う。

「いや。自分で足腰を制御して動かなきゃならないのは、面倒くさいです。よくお二人は面倒じゃありませんね？　それにだいたい、乗り移るなら、もっと可愛い女の子型がいいんですけど」

無為な話をしつつ、駆けていこうとする二人。そこで片桐は立ち止まり、脂汗を浮かべながら床に座り込んでいる藤堂を振り返った。

「あんたも来るか？」

彼は苦笑いしながら頭を振った。

「いや、私は残る。於土井も殺しはしないだろう。なにしろ私は、優秀な生体エンジニアだ。それに私は、私自身が蒔いた種を、刈り取らねばならん。いずれきっと、この〈シティ〉の人々は目を覚ます。その時、私が、彼らを導く」

「そう、上手く行くかな」

「なに。やってみるさ」藤堂は俯いた。「じゃあな少年。達者でな」

きっと彼は、於土井に殺されるだろう。

だがそれも、彼が選んだ道だ。この〈シティ〉は、このまま於土井に、完璧に制御され続ける。

けれども、次第に片桐の考えは変わってきていた。蒔《ま》かれた種は、藤堂のものだけじゃない。コーボもまた、自分の種を〈コーボ〉として残している。〈コーボ〉は既にシルミと融合しているだけに、於土井であっても二つの人工知能を切り離すことは不可能なはずだ。

表面上、〈コーボ〉はシルミ同様に〈シティ〉を守るため、於土井の命令に従って全力を尽くす。

だが、その奥底には、片桐たちの知るコーボがいる。コーボの考え、望みが種として残り、いつか芽吹くかもしれない。

その時、〈シティ〉は、ただ生き残るだけの都市ではなく、前に進むための都市へと、変貌するかもしれない。

そんな日が、来ればいいと思う。

以前の〈市外〉のように、ただただ生き延びるのに汲々とする都市でもなく。今の〈シティ〉のように、ただ生きているだけの都市でもなく。本当に片桐が夢に見た、エア・ショーの中の理想郷のようになればいいと。

「いや、そういう世界を、俺たちが創んなきゃならないんだろうな」

呟いた片桐に雪子は首を傾げ、瞳を細くし、満面の笑みを浮かべた。

「そうだね、きっとそうだよ」

第四回ハヤカワSFコンテスト選評

ハヤカワSFコンテストは、日本SFの振興を図る「ハヤカワ SF Project」の一環として始めた新人賞です。中篇から長篇までを対象とし、長さにかかわらずもっとも優れた作品に大賞を与えます。

二〇一六年九月十六日、最終選考会が、東浩紀氏、小川一水氏、神林長平氏、およびSFマガジン編集長・塩澤快浩の四名により行なわれ、討議の結果、黒石迩守《くろいしにかみ》氏の『ヒュレーの海』と吉《よし》田《だ》エン氏の『世界の終わりの壁際で』が優秀賞に、草野《くさの》原々《げんげん》氏『最後にして最初のアイドル』が特別賞にそれぞれ決定いたしました。

受賞者には大賞として賞牌、副賞百万円が贈られ、受賞作は日本国内では小社より単行本及び電子書籍で刊行するとともに、英語、中国語に翻訳し、世界へ向けた電子配信をいたします。さらに、趣旨に賛同する企業の協力を得て、映画、ゲーム、アニメーションなど多角的なメディアミックス展開を目指します。

優秀賞『ヒュレーの海』黒石迩守

優秀賞『世界の終わりの壁際で』吉田エン

特別賞『最後にして最初のアイドル』草野原々

最終候補作

『マキガイドリィム』斧田小夜

『ゴリンデン』西川達也

選評　東 浩紀

今年でコンテストは四回目。個人的にはいままでの選考でいちばん楽しく刺激的だった。サイバーパンク、ポストシンギュラリティ、ユーモアにホラーと、じつに多彩な作品が集まったからである。ついに応募者が「伊藤計劃以後」の呪縛から解放されつつあるのではないか。

他方でそのジャンル的な拡散が、今年の選考を難しくしたのもまた事実である。結果として選考委員の評価は割れ、大賞はなく、優秀賞二作に特別賞一作といった玉虫色の結論になった。受賞作をひとつに絞り込めなかった理由は二つ。

第一に、全体的に言葉の扱いが杜撰だった。SFはヴィジョンとセンス・オブ・ワンダーで動く。それはたしかだが、小説自体は言葉の芸術である。その基礎がおろそかにされたまま、ここはイラストで脳内補完してください、と言わんばかりに物語が進む作品はいただけない。とりわけ固有名への無関心が気にかかった。たとえば『ヒュレーの海』の魔術名の英語もどきは世界観と一致しているのか。『世界の終わりの壁際で』で壁が「壁」、都市が「シティ」は工夫がなさすぎないか。『ゴリンデン』の飼い犬の名は「コタロウ」でいいのか。次回応募作には言葉への鋭敏な感覚を望む。

第二に、今回は作品周辺の情報が多すぎた。選考はあくまでも作品の質を評価する場である。それはそうだが、実際には作家名が書いてあれば検索する。とりわけ今回の優秀作と特別賞は、すべて別媒体にいちど発表あるいは投稿された作品の改作であり（応募規定について議論すべきかもしれない)、その知識はどうしても将来性の判断に影響してしまう。次回は、このコンテストのみに向けて書かれた、本当の意味での新作を読んでみたい。

最後に個々の作品について。個人的な最高点は『最後にして最初のアイドル』。自殺したアイドル志望の女子高生が人工知能として蘇り、最後は宇宙生成の源になる物語。いわゆるバカSFだが、文章のテンポがよく楽しく読ませる。宇宙論やニューラルネットなどの設定も魅力的で、巷のアイドル論への痛烈な皮肉も効き、多才を感じさせる。一発屋の可能性も高いが、ぼくは強く推した。

次点の『ゴリンデン』はフランケンシュタインものであり吸血鬼もの。奇妙な読後感を与える佳作だが、いつどこの話なのか舞台設定が不安定。主人公の博士が前世の博士の記憶を継承するという設定も、不必要に複雑で感情移入を妨げている。続いて『ヒュレーの海』はポストシンギュラリティのサイバーパンク小説。アニメ的完成度は高く、プログラマならではの想像力も興味深い。しかし時々挟まるオタクネタには閉口した。『マキガイドリイム』は冒頭こそ期待させるが、主人公がトラウマを克服し疑似家族を作るといった物語は、異星人を主人公にしなくても、否、しないほうがうまく書けたのではないか。SFにする必然性を感じなかった。優秀作となった『世界の終わりの壁際で』は、物語の安定度こそ群を抜いていたが、個人的には上述のような杜撰な命名とステレオタイプな想像力が気になり楽しめなかった。

選評

小川一水

一作目、草野原々『最後にして最初のアイドル』。今回一番の怪作。現代日本でアイドルを目指して死んだ少女みかが、グロテスクな怪物になって復活し、時空の果てる先までアイドル活動を続ける。美少女が聖なる怪物と化す話は昔からあるが、その人生を地球環境の崩壊や壮大な宇宙進出と一体化させて、とことんまで描いたこの話は、まぎれもなく今回のどの作品よりもSFだった。SFの賞である本賞でこの話を評価しないことはできない。またこの話は、ネット上で爛熟しきったアイドル文化の土壌から、SFの蔓で栄養を吸い取って咲いた徒花であるが、そういう乱暴なことをやるのもまたこのジャンルの特質だということを思い出させられた。文体は実直すぎる。また推敲が足りず雑に感じた。

二作目、西川達也『ゴリンデン』。研究者が謎の古いレシピ書をもとに新生物ゴリンデンを作り出す。彼の愛を受けた生物たちが変態しながら社会を崩壊させる。設定や行動がちぐはぐで、生暖かいもやのように話の見通しが悪く、描写が冗漫で刺激に欠けた。新生物ゴリンデンと主人公の交流にいくらか期待を抱かされたのみ。

三作目、黒石迩守の『ヒュレーの海』は、未来の変異した地球における立体閉鎖都市を、ルビ付き独自用語でゴリゴリと築き上げ、「ここで、この少年と少女と冒険しろ！」と開幕から威勢よく叩きつけてくる。若いハッカーの二人が見たことのない「海」を探す。魅力的な仲間や敵が世界の形を巡って戦う。ITとSFと哲学から混ぜ合わせた独自用語の議論が延々と続き、読者の座す現代日本文化におもねったメタな俗流ジョークが頻出するが、正直かなり滑っていた。だが「海を見たい」というテーマは強い。最後には意外な形で「海」を垣間見せてくれたので、評価した。

四作目、斧田小夜『マキガイドリイム』。序盤だけなら大賞が取れた。主人公は四本腕の昆虫型異星人、職業はシュルニュクである。「シュルニュクはメリヴォをスプシュトしてヴェシェミ・ビセを行うエンジニアである。」こういう誰にもわからないことを書いてくる作者をぜひ評価したかった。主人公が古い都市を訪れて、再開発の打ち合わせをするところまでは最高。しかし中盤で失速し、盛り上がりに欠けたまま終わる。資質があるので構成力を養ってほしい。

五作目、吉田エン『世界の終わりの壁際で』。大天災が予測される近未来の東京で富裕層は町を守る巨大な壁を築く。壁の外のスラムに住むゲーマーの少年と少女が、出所不明の強力なAIを手に入れて敵に追われる。反復練習で高まるゲームの快感を一発勝負の小説で再現するのは難しいものだが、作者は主人公音也に確かな肉体と心を与える筆力によって、存在しないゲームを読者にプレイさせる試みにかなりの程度成功した。「都市の壁」に象徴される敵と味方の発生と交替、切り捨てるか、取りこむかという問いを一貫して追い続けるストーリーの強さが素晴らしい。小説としての高い完成度を示した一方で、この話は決まった枠組みの攪乱や破壊を避けた気配がある。世界を壊すのはSFの一つの条件だ。大胆になってほしい。

選評

神林長平

今回は小難しい理屈抜きで楽しめる作品がそろった。とはいえ小説という創作物である以上は、小説としての完成度や出来はどうかという評価をないがしろにすることはできない。

この点で『最後にして最初のアイドル』は問題作だった。本作は「冗談文学」「バカSF」だが、この遊びは小説の形式にまで及ぶ。しかし小説の存在そのものを笑い飛ばす強さは本作にはない（その強度があれば「芸術」作品になる）。物語や描写、アイデアといった各要素はすごくいいのだが全体を見れば不完全だ。たとえてみれば各要素は精密に加工されていて魅力的なのに、それらの組み上げ方が下手なのでぎこちない動きしかしない、そこは使い手になんとかしてもらおうという不出来な機械のようなものだ。これは作者が、設計図にあたる完成形＝明確な小説のイメージを持っていないせいだろう。小説家を目指すならば、小説とはなにかという自問への答えを実作で出していく必要がある。楽しければいいというのは、その次の段階だ。これは本作が二次創作か否かという問題ではない。面白く読めてしまう（書けてしまう）、それでいいのか、ということだ。正直、本作が最終選考の場にあるのはなにかの間違いではないかとぼくは思った。

他の四作については、技巧面の欠点はあるもののどれも読ませるが、「なにかこの作者の書く小説はへんだ」と思わせる問題作（『最後にして最初のアイドル』がまさにそれで、それ故、参考作として取り上げてもいいだろうと判断した）はなくて、どれを一推しにするか悩んだ。頭抜けた作品はなかったとも言える。大賞なし、優秀賞二作と特別賞は妥当な結果だ。

『世界の終わりの壁際で』、先を読ませる力はいちばんだと感じた。状況も戦闘も、登場人物たちが頑張って汗をかいているのが伝わってくる。選考会ではネーミングが安直だと指摘されたが、内容に合っているのでこれでいい。だがこのことはまさに内容を象徴していて、本作は運命に逆らって行動する英雄譚ではない。それが不満だ。

『ヒュレーの海』は、状況設定は魅力的だが、「混沌」とはなにかについて、もっと突っ込んだ考察ができるはずだ。この作品世界は、いまのわたしたちもこういう世界に生きているに違いなくて、ただ感じられないだけなのだろう。そのように読めばラストでこの予想の正否が明かされるだろうと期待したのに、そこには触れられずに終わってしまう。続篇を考えているとすれば応募作としては不適格。

『マキガイドリイム』の視覚イメージは素晴らしい。しかしながら主人公が異星人である必然性がない。このへんが作者にわかってくると傑作をものにできそうだ。惜しい。人間の物語なら一推しにした。

『ゴリンデン』は、どこか懐かしい気分になる雰囲気はいいが、世界が円環として閉じられる物語というのは、その主人公の人生観や価値観に共感できないと読者に訴えるものにはならない。ぼくはといえば、この作品世界を自分に引き寄せてその中に浸りこむ、ということができなかった。

選評

塩澤快浩（SFマガジン編集長）

他の選評にもあるように、今回の最終候補作のレベルは全体的に高く、当初の選考委員四人の評点合計は、最高が14点、最低でも11点とほとんど差がなく、選考会は紛糾することになった。

私が最高点の5をつけたのは、黒石迩守『ヒュレーの海』。その世界観の厚みというか密度、造語の格好良さ、チャールズ・ストロスの某作を明らかに意識した構成と勢いのある文章、そして登場人物および著者の清新さ（その意味で、挿入されるオタクネタも実はまったく気にならなかった）で、今回の五作の中では頭ひとつ抜けた評価だった。

次点の4をつけた作品が二作。

草野原々「最後にして最初のアイドル」は百二十枚ほどの中篇作品。アイドル志望の女子二人の日常を描く前半三分の一は文芸作品として最低レベルだが、後半の宇宙レベルでのエスカレーションが始まってから持ち直した。とはいえ文芸としての興趣は最後までないが、もともとステープルドンへのオマージュとして、アイドルという存在を通しての人類文明論にはなりえているのではないか。

西川達也『ゴリンデン』は、文章力では候補作中いちばんの評価。ただ、その文章力が、未知の生物であるゴリンデンの生態描写などではなく、その影響によって人間が人間でなくなっていくことのロマンなり郷愁なりの表現に発揮されていることから、SFとしては評価しにくかった点が惜しかった。

3をつけた作品も二作。

吉田エン『世界の終わりの壁際で』は、大災厄に備えた方舟プロジェクト、人工知能の成長、そして架空のオンラインゲームでのバトル、という三つの読みどころがうまく嚙み合っていないため、無駄に枚数を費やしてしまっている点が残念だった。

斧田小夜『マキガイドリイム』は、飛浩隆氏の「象られた力」や『零號琴』を思わせる設定で期待させられたが、魅惑的な異星の謎が擬似家族の物語へと矮小化されていく展開でがっかりさせられた。『世界の終わり……』と同様、自分の描きたいことが制御できていない印象だった。

結局、選考会は『世界の終わりの壁際で』を支持する小川、神林両氏と、『ヒュレーの海』を支持する東氏、塩澤とで一歩も譲らず、また過去三回の大賞受賞作（六冬和生『みずは無間《むげん》』、柴田勝家『ニルヤの島』、小川哲『ユートロニカのこちら側』）と比べると、どちらもわずかに劣るという点から、二作同時で優秀賞という結果に落ち着いた。

加えて、アイドル批評としての特異性、出自が某アニメの二次創作という話題性も加味して、「最後にして最初のアイドル」が特別賞となった。

小説投稿サイトや同人誌への既発表作をコンテストの対象とすることに疑義を呈する選考委員もいたが、個人的には、SFコンテストが優れたSFを正当に評価する場であるならば、応募作の出自は問わないというのが私の立場である（もちろん、応募規定に則っている限りにおいて）。

本書は、第四回ハヤカワＳＦコンテスト優秀賞受賞作
『世界の終わりの壁際で』を、加筆修正したものです。

著者略歴　1975年岩手県生，本作で第四回ハヤカワＳＦコンテスト優秀賞を受賞し，デビュー。

HM=Hayakawa Mystery
SF=Science Fiction
JA=Japanese Author
NV=Novel
NF=Nonfiction
FT=Fantasy

世界《せかい》の終《お》わりの壁際《かべぎわ》で

〈JA1254〉

二〇一六年十一月二十日　印刷
二〇一六年十一月二十五日　発行

（定価はカバーに表示してあります）

著者　吉《よし》田《だ》エン
発行者　早川浩
印刷者　矢部真太郎
発行所　株式会社早川書房
郵便番号　一〇一 - 〇〇四六
東京都千代田区神田多町二ノ二
電話　〇三 - 三二五二 - 三一一一（大代表）
振替　〇〇一六〇 - 三 - 四七七九九
http://www.hayakawa-online.co.jp

乱丁・落丁本は小社制作部宛お送り下さい。
送料小社負担にてお取りかえいたします。

印刷・三松堂株式会社　製本・株式会社川島製本所

ISBN978-4-15-031254-1 C0193

本書は活字が大きく読みやすい〈トールサイズ〉です。